U1070632

我的恋爱脚本总是出错（上）

真树乃 著

CNS PUBLISHING & MEDIA 中南出版传媒
湖南文艺出版社
HUNAN LITERATURE AND ART PUBLISHING HOUSE

图书在版编目（CIP）数据

我的恋爱脚本总是出错 / 真树乃著. -- 长沙 : 湖南文艺出版社，2019.11
ISBN 978-7-5404-9436-0

Ⅰ. ①我… Ⅱ. ①真… Ⅲ. ①长篇小说－中国－当代 Ⅳ. ①I247.5

中国版本图书馆CIP数据核字(2019)第203018号

我的恋爱脚本总是出错
WO DE LIANAI JIAOBEN ZONGSHI CHUCUO

作　　者：真树乃
出 版 人：曾赛丰
责任编辑：刘诗哲
监　　制：邓　理
策划编辑：徐　璐
封面绘制：JF
封面设计：罗静颖
版式设计：罗晓芸
出版发行：湖南文艺出版社
（长沙市雨花区东二环一段508号　邮编：410014）
网　　址：www.hnwy.net
印　　刷：湖南天闻新华印务有限公司
经　　销：新华书店
开　　本：880mm×1230mm　1/32
字　　数：256千字
印　　张：9
版　　次：2019年11月第1版
印　　次：2019年11月第1次印刷
书　　号：ISBN 978-7-5404-9436-0
定　　价：35.00元

♂我喜欢你。

——喜欢你。

如此而已。♀

姓名 奚洛　　男（圈选）　女

生日 8月6日

血型 O型

身高 172cm

职业 电竞选手

『队长！不准在训练室里吃东西！』

喜欢的东西 游戏

讨厌的东西 恐怖片！！！热情的女孩子

兴趣 游戏、和鹦鹉玩
收拾房间

特征

心情全写在脸上
非常可爱但不承认自己可爱
家务小能手
关键时刻很靠谱

姓名 方见娜	男 (女)
生日 11月3日	
血型 A型	
身高 166cm	
职业 警察	

喜欢的东西

没什么特别喜欢的

讨厌的东西

小动物

兴趣

射击

特征

冰雕美人

受小动物欢迎

不擅长家务

立场不像看起来那么坚定

『我们是一个严肃的战队。』

姓名	周成也	㊚ 女
生日	10月22日	
血型	O型	
身高	185cm	
职业	电竞选手	

喜欢的东西

~~战队~~ 可爱的小东西，甜食

讨厌的东西

不守规则的人

兴趣

~~战队的一切~~ 看言情剧

特征

钢铁硬汉（自认为）

在感情上超迟钝

擅长恋爱咨询

喜欢甜食和可爱的小东西

姓名 程珈奈　　男 （女）

生日 6月12日

血型 B型

身高 159 cm

职业 电竞选手

喜欢的东西

地球♡

讨厌的东西

没有喔~

兴趣

观察蚂蚁、拼乐高

特征

宅男女神
非常腹黑
各方面都很厉害
经常有拿某个人没办法的时候

“周队，PK一把？”

『周末要和我约会吗？』

姓名 夏耀节　　男（圈选） 女

生日 1月5日

血型 AB型

身高 180cm

职业 天屿集团董事

喜欢的东西 猫

讨厌的东西 半熟蛋、山药、纳豆

兴趣 音乐、读书

特征

游戏角色的原型
非典型霸道总裁
学霸
在小事上经常倒霉

“好想退休……”

姓名	喻柚
男 女	女
生日	5月16日
血型	A
身高	162cm
职业	记者.编辑
喜欢的东西	乌龟
讨厌的东西	甲方
兴趣	睡觉

特征

有点阴暗
眼镜是性格设定的一部分
非常负责的理想乙方
怕事但不软弱

目录

Contents

第一章

出门记得带身份证

所谓恋爱，就是一种自欺欺人的幻觉。

不过只是一颗再普通不过的玻璃珠，甚至连玻璃珠都比不上，仅仅因为有人对你说了你是世上独一无二的珍珠这样的情话，便当真觉得自己是颗价值连城的珍珠了，这难道不是幻觉吗？

但是，我认为，人甘愿将自己交付给幻觉——这是一种非常了不起的行为。

我并没有反讽的意思。

不如说呢，我觉得人活着本来就是一种幻觉。但这个话题一旦谈起，那就没完没了了。所以我打算就此闭嘴。

♂♀

“等等，别啊，别闭嘴啊，再聊五块钱的呗——总而言之，现在，我爱上了一个人。嗯？这游戏挺单刀直入的啊？”

在新装修好不久，窗明几净，桌上放置的蓝牙音箱正在播放着德沃夏克的《野鸽》的训练室中，奚洛对着电脑屏幕和麦克风，正态度十分不端正地直播着一款与新训练室的气氛有些格格不入的网页恋爱游戏。

“顾诗林，顾氏珠宝公司的总裁，二十七岁，身高一米八五，毕业于哈佛大学经济学系，家中有一猫一狗，他对动物毛发过敏，却非常喜欢小动物……好的，这是开始人物介绍了。大家看到了，我们这个游戏的男主角叫顾诗林，他是个总裁，对动物毛发过敏，但是喜欢小动物，这什么破设定？而且这个人物立绘也太难看了，这形象你跟我说是总裁？卖煎饼还是卖塑料袋的总裁啊？行吧，我们继续啊。我是谁呢？哦，我是个刚进公司的实习生——等会儿，我这形象也不怎么样啊！这立绘谁画的？没给钱吧！现在我在公司门口撞到了顾诗林，而且泼了他一身的咖啡，顾诗林问我叫什么名字了，我叫什么名字呢……我就叫小熊熊吧！”

……

“顾诗林让我下班后在公司门口等他，我觉得害羞并且不知所措……等一等，我就这样简单粗暴地坠入爱河了吗？那这游戏前面那段神神叨叨的话是什么意思啊？什么幻觉不幻觉的，我觉得要是这样的话，这个游戏后面可能有反转。不，别剧透！你们听我说啊，它既然有个那样的前言和这样一个土味开头，如果后文没有反转的话，我就得报警了。真的，现在我对面就有家派出所！”

从他身后的窗户望出去，正对面便是派出所大面积的蓝白色外墙。派出所的旁边是一家挂着绿色招牌的牛腩面馆，售卖清汤牛腩细面、牛肉丸和萝卜牛杂。再往东走，是一家招牌上蒙了一层薄尘的网吧，网吧旁边，也就是街道的拐角处开着一家水果店，绿色的招牌就好像在提醒网吧里的人注意健康似的。从这家健康意识良好的水果店向后望去，可以见到不远处的购物中心的大型广告牌。

总而言之，奚洛所在的电子竞技俱乐部的训练中心，便是坐落在这条多少有些混乱逼仄，却又五脏俱全的街上。

这个训练中心是UNI电子竞技俱乐部的SPT分部，两年前，如日中天的UNI的老板用一个现在看来非常划算的价码从一家摇摇欲坠的小俱乐部手中将奚洛买下，也一把将他捞进了光明的办公大楼。

奚洛今年二十二岁，和UNI的战队队长一样，都是《SPT》这个游戏的第一批国内玩家，也是见证了它从一个小众网络游戏到举办电竞邀请赛，而后一路攀升至十大电子竞技游戏排行之第六名全过程的那批人。不过，由于必须年满十八岁才能注册为职业选手，今年只是他出道正式打比赛的第四年。

仅仅四年，他即以任谁都不能忽略的职业水准一路跻身明星选手之列，《SPT》这个游戏也因此在普通粉丝当中得到了极大的关注度。他的前途一片光明，职业圈内的所有人——无论是喜欢他的还是厌恶他的——都必须承认这件事。

他对此也有着充分的自觉。

前途一片光明，但是，此时，他眼前的电脑屏幕却是一片黑暗。

♂♀

“是的，我们已经联系了电力公司，停电的情况马上就能够查明原因，还请您稍等。您说排球比赛……是的，我知道，说真的，不瞒您说，我也在看比赛呢，我也非常着急。我们一起等，好吗？”

派出所里，一位年轻的男警官正在以他那把听起来比深夜感情咨询广播的主持人更温柔的嗓子，对因看不了排球赛而上门报警的中年阿姨解释着眼下的大范围停电问题。

他旁边的凳子上坐着一位穿着相同浅蓝色制服的女警官，她一边玩着一只金毛猎犬的耳朵，一边几度欲开口插话，都让男警官稳准狠地及时用眼神和微笑制止了。

“旁边施工，刨水管，把电线刨断了。”在确定报警人已经离开后，憋了一口长气的女警官马上开始吐槽，“这有什么不能直接说的？而且你要跟她一起等什么？新年的第一抹阳光还是昙花一现？”

“嗯？”男警官如沐春风地回过头微笑，“当然是等待来电。”

“等待来电需要说得这么恶心吗？”

“不不。”里屋一闪身，出来一名中年男性，同样穿着一身警察制服，只是胸前几颗扣子已经被发福的肚子撑得摇摇欲坠。

这人是这间派出所的所长，在看到阿姨气势汹汹地冲向派出所大门时，他已自觉大事不好地躲进了里面，把整桩事都推给了外面的两个年轻人。

“我跟你说啊，这种问题，还就得小江用这么恶心人的方式才能解决。”

被称作小江的男警官看起来对“恶心”这个形容词适应良好，他微笑着点了点头。

“这不是就解决了嘛，多好啊。”所长说，“小方啊，我跟你说，其实今天这也是个例外，平时停电也不会有人报警的，而且我们这片一年也就夏天停这么一次电吧，你这刚来就让你给赶上了……今天这是有排球决赛，比赛重要，大家都着急。说真的，送流浪动物来的那才叫多呢，不过小方啊，感觉你和狗的关系处得还挺好的？这可太好了，你看，你们一个对付人，一个对付狗……”

“那您呢？”女警官问。

“我啊？我……我给你们加油。”

“所长，您这种角色，如果放在电影里，就是吊儿郎当了四分之三的时间，在最后关键时刻为主角挡枪的。”女警官处变不惊地说。

“别瞎说！”所长背后一寒，赶紧拒绝，“我们又不是拍电影！我这个角色，在被创建出来的时候就不知道怎么挡枪，就没有应对那种好莱坞局面的能力！而且我们小警察！哪儿有枪！”

女警官张了张嘴，欲言又止地摇了摇头。

“你又想说什么？”所长警惕地问。

“没事，我就是想了一下，要是到您这个年纪还是拿不到枪……”

年轻男警官赶紧打岔：“小方，我觉得这只狗真的很喜欢你。你喜欢狗吗？”

“不怎么喜欢。”女警官看着在自己腿边转来转去的金毛猎犬，“不过总比对付人要好点吧。”

噢，来了。

男警官想，这种恋爱游戏中待攻略对象之一的经典发言来了。

这个想法来自于他多年的恋爱游戏经验。

一般来说，像方见纱这样的性格高傲冷淡的角色最终都会被温柔的男主角所打动，坦诚自己的冷漠不过是掩饰脆弱的工具云云。这种套路的游戏，他玩过的就不下十个。

不过，他想，这样的故事，只是一部分男性满足自身妄想的产物罢了。

无论是怎样的女性，她们的本质都是温柔软弱的，都需要他们的关照与保护——诸如此类的妄想。

也只能是妄想而已。

这名待攻略对象——这名女警官名叫方见纱，这是她进入派出所工作的第一个星期。就和所有职场新人一样，她还需要一些时间来适应这份工作。

帮助她适应工作的人便是她身边的男警官江斯黎，他已经在这间派出所里待了三年，没有意外的话，将来也要继续待下去。他主要负责的是户籍档案的整理工作，因此和居民打交道的机会颇多，因为得天独厚的社交天分，再加上第一年入行时便创下的“搞定了绝不可能搞定的人”的伟业，他们的派出所所长自然而然地把方见纱塞给了他。

方见纱这个人，用一句简单的话来形容就是：她无论何时都在全面地贯彻自我。

不理会他人的感受，不在意他人的立场，只要从结果看她是正确的，她便有充足的理由将自己的言行贯彻到底。

这一点，江斯黎在刚刚结束的一场情侣纠纷中领悟得非常彻底。

那是一场由情侣纠纷演变成的聚众斗殴，故事的女主角是个大学生，她的男友是她的同学，因男友忙于打工忽略了她，她于是出轨了一位对她示好的理发师。这女孩脚踩两条船地过了半年，结果在同学聚会不欢而散的续摊上不小心说漏了嘴，惹得男友暴怒，直接带着几个同学杀向了理发店。那位理发师当然也不是趴下任揍的主，眼看两拨人在街上打起来，路人赶紧报了警。

江斯黎和方见纱赶到现场，只见两边打得热闹，中间的女主角惊惶劝架：

“不要打了，你们不要为了我……”

从她的神情和语气当中能看出，她有种不希望战争这么快结束的感觉。

看到警车，两边好歹停下手来。方见纱拨开人群向女主角询问情况，女主角将故事讲得生动且委屈，中间几度强调“两个爱她的人为了她而打架”这回事。

“所以，是你劈腿了？”方见纱听了一半，不耐烦地打断了女主角的话。

“不是的！”女主角连忙解释，“只是他对我很好……我没有答应他。”

理发师不干了：“你天天让我送早茶到你学校里，你现在说你没有答应我？”

“我和你说过我有男朋友……”

“对啊！但你说你可以和他分手啊！”

“我就知道。”女主角的男友“啧”了一声。

接着便是漫长的调解。

女主角被男友和理发师夹在中间，再加上面对着两个警察——其中一个还特别凶，她既害怕又难堪，解释不下去干脆哭了起来。围观路人看不下去，过去连哄带劝地和了一通稀泥，好歹把三个人劝和。女主角在中间抽抽噎噎，两个男的倒是握手言和了。

人群散开，江斯黎回头找方见纱，就看到她已经坐回了警车里，车窗没关，人正盯着手机不知道在看些什么。她察觉到江斯黎靠近，收了手机，抬起头：“完了？”

“嗯，完了。”江斯黎绕到警车的另一侧，拉开门坐了进去。

开车的是方见纱，一开始本是江斯黎做司机的，被方见纱以他技术不好，她坐着头晕强行夺了开车权。

出警的范围就这么一亩三分地，头晕能晕到哪儿去。江斯黎这么想着，没说出口。毕竟坐车比开车舒服——他舒服地坐在副驾驶上，拿出手机开始玩游戏。缓冲时间，他侧头跟方见纱搭话：“其实吧，刚才那个小姑娘也挺可怜的，就是缺存在感而已。”

“存在感？”方见纱重复了一遍，“什么存在感？”

“就是那种存在感呗。反正人都需要关注嘛，有的人可能就对这个的需求更加强一点。”

“就是那种‘明明不晕车，遇到看着顺眼的人就突然晕车了’‘明明自己能打得开瓶盖，眼前只要有人就突然打不开了’‘理发师夸一句小姐长得年轻又漂亮，就当真了’的存在感？”

“小方，我作为师兄跟你说，你这么年轻就看透人生的话，你的生活会很无聊的……”

“师兄想太多了，我不觉得我看透了人生，也不觉得无聊。”方见纱在红灯前刹了车，认真地回答，“当然了，要是我整天面对着刚才那女的那样的人，我才会觉得怀疑人生。你没看到吗？她刚才都快趴你身上了。”

“所以你是怕她趴你身上，所以你才早早躲回车里了？”

“这倒不是。”方见纱说，“有你在，你是男的，又是温柔又靠谱的成年男性，她怎么可能趴我身上。我只是觉得看着头疼而已。”

“其实啊……”江斯黎苦笑，欲言又止。

“怎么了？”

“我是觉得啊，下次要是再遇到那样的人，你就别管，我来处理就好了。你知道的，那个……关于警察的形象问题，还是有点重要。”

“还有这种要求？”

“倒也不能说是要求……反正你知道，报警的人嘛，一般情绪都不怎么稳定对不对？我们尽量不要刺激他们。”

“这样啊，如果他们被激怒和我动起手来，我可以以蓄意袭警罪逮捕他吧？”方见纱目视前方，平静地问。

“大小姐……”

“我知道了。”方见纱说，“我不出声就是了。而且你不要这么循循善诱地和我说话。”

“嗯？”江斯黎一向被赞誉优雅体贴的说话方式突然被否定，他一下没反应过来。

“恶心。”方见纱平静地说。

不过，此时此刻坐在派出所里，方见纱本人显然是对自己之前答应过的“保持沉默”感到了不满。眼看面前这么一场不知所谓的戏，憋着不能说话这点显然不是她的作风。尤其她想到这电一时半会儿来不了，这帮看不成排球决赛的阿姨说不定还得再来一次的时候，就觉得一阵头痛。

虽是G市的长夏，但过了七点，天差不多也要黑了。没有空调和电视的闷热夜晚并不好过，趁着吵闹的人还没聚集起来，她打算去做点别的。

比如说检查一下周边网吧的规范情况。

所谓的规范情况，大体便是些什么消防设施是否到位，是否预留了安全出口，以及是否存在未成年人违规上网等问题。听别的所里的老警察说，如果运气够好的话，还能收获那么一两个在逃的通缉犯——当然这事一般来说得是便衣的时候，不是她这样光明正大穿着全套警服的情况。

管它呢。她想，先躲开这些阿姨再说。

♂♀

算起来，这次停电的时间也着实是久了些。

周雄也从健身房向训练室走去，晚上八点，天已经黑透，走廊中只能看到路灯模糊的光打进来，让照片墙上的人像都透出一股恐怖片的意味来。他摇了摇头，但没有错开视线。

周雄也是这个UNI战队的队长，在整个夏休期里，他都敬业地留守在了战队中。这段时间虽说没有比赛，但应俱乐部的要求，队员们也不得闲着，日常的基础训练不能懈怠，还得轮班来直播和粉丝互动。现在是七月末，假期的尾巴，不少队员都在家中待了个够而提前返程，想的是在训练室里好好打一通游戏。结果这么一停电，原本在训练室里的几个人就都跑去了对面的网吧。

毕竟不是每个人都有周雄也这么好的兴致能独自在漆黑的大楼里暗夜巡行。

去网吧原本是没什么问题的，但是周雄也总觉得有什么地方不对，好像有什么话忘了说，他却又一时想不起来。

戴帽子？戴口罩？他们应该有这个自觉。

说话小点声？他们应该也知道。

那是什么来着？

周雄也就这么一边琢磨一边踱着步，停电固然不是什么好事，倒也不至于太过影响心情。毕竟——他看着身后漫长的走廊，如果不是这一次停电，他也不大能有时间像现在这样悠闲地享受一段自己的时间。

他这个队长做了四年时间，自上一任老队长退役之后，他便接下了这个重任，并带领着UNI拿下两个冠军。两年前，赛季结束的时候，老板突发奇想要给他们的训练大楼重新装修，结果他们就被挪到了郊区的另一处老训练营。经过了一年多的装修和空气流通后，才重新搬了回来。

每天做着重复的事，会让人对时间的感受变得模糊。他自诩是生活极其规律且有计划的人，却也不由得感叹时间流逝之快。

从他十六岁开始打比赛开始，今年已经是第十个年头。

照片墙这东西，虽然照片上的每个人都是程度不同的歪瓜裂枣，但如果想回忆些什么，没有什么比它更方便快捷了。

但是，他的偷闲和回忆到底是没能持续多久，即被突然响彻走廊的尖嗓门给打断了。

“哎，你看见了吧！那位大姐就好像拎她在人生道路上走偏了的儿子一样拎我的衣领啊！我初中毕业后我爸都没这么拎过我！而且我哪儿长得像未成年人了?！”

想起来了。

周雄也的大脑中，两根断了的弦顿时接了起来。

他们要去网吧，他忘了在他们出门前提醒他们带身份证。

这么的，他就看着奚洛挂在队友身上，一边嚷嚷一边朝他这边走过来，走廊窄小，奚洛一眼看见自家队长，立马愤怒又委屈地开始大声喊他："队长！队长你说是不是?！”

“怎么了?”周雄也问。

“就是那个……”被奚洛当成了树抱着的队友哭笑不得地解释，“我们刚才不是一起去网吧了吗?游戏得给粉丝播完啊。结果赶上这段时间查……”队友顿了一下，重新组织了一下语言，“查得紧。我们又都没带身份证，才进去半个多小时，就让一个警察给请出来了。”

“拎出来了！”奚洛强调。

奚洛，在电竞圈里人称洛大神、洛宗、洛哥。这位前年夏天才转会过来UNI的超级新人飞快地适应了磨合期，在第一场正式比赛中就表现突出，无比顺遂地成为了UNI的一员核心干将。但是，对比起这些霸气十足的爱称，他有一个让周雄也看了就不由得头痛的问题：他长得像未成年人。

长得像未成年人，不管怎么打扮都像。头发老老实实放下来，像初中生；染成金色，用发胶抓起来，像高中的不良学生；模仿精英人士的造型留一个大背头，像十几年前影楼里的儿童艺术照。

事实上，奚洛的这个外形，首先挑战的便是电竞赛事的官方规则。根据近些年的新规，职业选手需年满十八岁才可正式参赛，而顶着这张脸的奚洛，难免会遭受不少无端的猜疑和攻击，连带着俱乐部一起挨骂。毕竟，电竞职业选手的黄金期只有那么几年，十八岁出道和十五岁出道，这是截然不同的两个概念。无论他的技术多么过硬，笼罩在他头顶的“谎报年龄”的谣言，却始终都是他职业道路上的一个障碍。

UNI将他买下，并大张旗鼓地召开转会记者会时，俱乐部的老板和队长周雄也也受到了舆论波及。在一次赛后，当周雄也再度被媒体追问这一问题时，他首度做了公开回应，即他相信他的队友，也相信联盟的规则不会被任何人轻易破坏。

“况且，”在那个严肃的环境的驱使下，周雄也说出了他一生中唯一一句让他时不时觉得后悔的话，“我个人并不觉得他像未成年人。”

周雄也的确是强硬地对在场的所有人表明了他的态度，殊不知，这句话也成了奚洛的圣经。

这事其实也不难想象，在一个所有人都在怀疑、攻击你的时候，有个人突然站出来说，我站在你这一边，不冲上去抱着他以身相许就不错了。

奚洛不是那种会为了莫须有的谣言抑郁痛苦的性格，他的不爽只是为了一点——他们嘲讽自己的脸像未成年一样。他这个人对自己的脸可谓是相当自信，可能仅次于对自己技术的自信。他觉得自己英俊潇洒、风流倜傥，少年成名、不骄不躁，是教科书级别的正面形象，怎么能和未成年联系在一起呢?

他对着镜子，怎么都想不明白这一点。

他们就没看到从我每个毛孔里散发出来的硬汉气息吗?！

所以，冷不丁听到自家队长在旁边这么说，奚洛简直恨不得当场给周雄也跪下磕头。他坚信，他正直坚韧的队长绝对不是撒谎的人。

队长说他不像未成年，那他就不像。

“看见没有?以后谁再敢找我茬，我就找队长！”

从那之后，所有UNI的队友都觉得，奚洛恨不得给这句话做个牌子，顶在头上天天说。

周雄也心里苦啊。

这就是一个社交辞令，怎么还能当真了呢?

其实说到硬汉，周雄也才是真正身体力行地演绎着这个词的人。

他身高一米八五，除了日常训练便是泡健身房，身材健硕孔武有力，他的战队成员也像是同类相吸那般，每个人都一米八几，坚持锻炼，作息规律。如果不做电竞选手的话，就属于老板和客户谈判时会带在身边撑场面的那种级别的人物，简单地说，就是有点犯罪分子的气息，换身衣服分分钟就能去讨债。因为这独树一帜的外形，粉丝们给他们起了个“黑道组”的外号，周雄也的内心非常满意。

太有格调了，太有品位了。就是这样，再夸一会儿。

他面不改色，只在心中暗暗肯定。

但是，这种荣耀俨然已经成为了历史。就在顶着个苹果头，穿着卡通大T恤的奚洛和他们同吃同住同训练之后，周雄也苦心经营起的冷酷无情的战队风格一秒坍塌。

这件事是这样的。

以奚洛因为时间赶不及而一边啃流沙包一边往训练室跑的那一天为分界线，从那之后，UNI的训练中心就多了一批在路上啃流沙包的人。

起初，周雄也严肃地制止了这种无组织无纪律的不正之风，结果有一天，他自己也不幸地睡过了头，得以初尝了一回带着晨间凉丝丝的空气味的流沙包。

还挺好吃的。他不甘心地想。

走了两步，他觉得在路上啃流沙包有点不符合他个人形象，就揣在兜里带进了训练室，结果当天训练室里就闹了蟑螂。

G市的蟑螂，都是一只能顶北方蟑螂五只，脑满肠肥，还长着翅膀会飞的那种。当时奚洛正盯着电脑屏幕研究战术，戴着耳机，也听不到外界的声音，于是一只蟑螂悄无声息地落在他手背上，他整个人顿时就不好了。

奚洛害怕蟑螂，而且怕得有点含蓄。是那种明明害怕，却又要拗着劲不说自己害怕，但让他打又不敢打，不打放着又怕它到处飞的那种害怕法。

但这都是有准备的，就是他提前知道这屋里有只蟑螂，他可以凭借意志和尊严让自己保持冷静。这里面不包含这种突然袭击的剧情。

所以，看着手背上的蟑螂，奚洛当即第一秒钟就“嗷”地大叫起来，带着旁边不明所以的队友也跟着哇哇叫。蟑螂甚至还飞到了周雄也脸上，于是，所有人都第一次听到了他们冷酷无情但始终温和有礼的队长脱口而出的一句脏话感叹词。

这一屋子大老爷们上蹿下跳，每一个人都在嚷嚷，没一个人会抓蟑螂，结果是周雄也出去叫了保洁人员进来，抓了蟑螂顺便给训练室做了个彻底的大扫除。除了周雄也早上滴在地上的流沙包内馅之外，地上还有番薯糖水的番薯、海底椰西米露的西米、冻柠茶里的柠檬片，应有尽有，热闹非凡——这且还不算藏在抽屉里的饮料瓶果冻包装薯片袋咖啡杯。

保洁阿姨拿着抹布连连叹息，同时对桌子底下干干净净的奚洛提出了表扬。

“怎么能在训练室吃东西呢？”奚洛非常不解。

“不是你先吃的吗大哥！”队友们痛彻心扉地齐声高喊。

“我在路上吃，又没拿进来！谁让你们拿进来了？”

队友们自知理亏，纷纷将目光投向周雄也。周雄也咳嗽了一声，有点心虚地摸了一下自己口袋里装流沙包的塑料袋。

“以后，”他说，“都不准在训练室里吃东西。”

“不准在训练室里吃东西！”奚洛马上站到队长旁边同仇敌忾。

♂♀

时间回到那个停电的七月末。

面对这个先破坏了战队风格，又重塑了战队规则的人，周雄也如果说不头痛，那是哄人哄己。

“你说被警察请出来了？负责咱们这片的不是对面派出所的警察吗？”周雄也问，“那个江警官跟咱不都已经挺熟了？你认识他吧。”

“江警官我当然认识啊，但不是他，是个没见过的女警察。”队友摇头，“特别公事公办，差点还要问老板的责。结果好说歹说才算了……”

“查严点也没错。”周雄也说，“下回去哪儿记着先拿身份证。”

“对！”奚洛被提醒了，嚷嚷起来，“我得拿着身份证去找她！”

“你去找她？以前也没见你拿着身份证去找记者啊。”队友揶揄他。

“那不一样！那是有所预谋，这个是……”

“这个是？”

“这个是那个大姐眼瞎！气死我了……什么玩意儿！队长，不是我说啊，你说这地方装修得那么好看有啥用啊？老停电受得了吗？！”

“行了行了。”队友哄他，“洛哥啊，其实我刚才没好意思说……你上网搜一下你自己，然后给那警察看不就行了吗？”

“对哦。”奚洛后知后觉地眨了眨眼，又立马摇头，“不行！这不是暴露我身份了吗？而且那大姐就是眼瞎！凭什么我证明啊！谁主张谁举证啊！”

周雄也在旁边听着，琢磨过来为啥奚洛这回气性这么大了。同样的一个话题，记者说得难听多了，也没看他特别当回事。这是因为他已经是自动将记者、媒体、黑粉都划分到了“敌营”，既然已是敌人，那便说什么都不作数，即使他们说他是个不穿衣服的大萝卜，他也能面不改色地该做什么做什么。但是，这次的情况好像是，他好好地在地图上散步，突然一个和他全无利害关系的NPC走了过来，随口说了一句：“哎，你怎么是个没穿衣服的大萝卜啊？”

虽然都是同样的话，但伤害程度不是一个等级的。

“眼瞎眼瞎。”周雄也拨开了队友，自己过去哄着奚洛。他浑然不知，在这两年时间里，他已然被驯养出了一种光辉的父性。只要奚洛不高兴，他就想过去哄。

这个条件反射一般的毛病，归根结底只能追溯到他自己身上。他十六岁的时候身高就已经蹿到了一米八，无人敢冒犯的硬汉形象也颇具雏形，加上他当时痴迷《教父》，穿着打扮行为举止一概按照马龙·白兰度来，基本上就形成了那种方圆十里，小孩子看见了都退避三舍的个人风格。如此成长下来，在他的内心深处，可能潜藏着一个渴望被弱小的动物所需要的人格。

当然，奚洛的本质并非是什么弱小的动物，但他看起来像，这对多少已经有点饥不择食的周雄也来说，也算足够了。

“那队长，没办法了。”奚洛的气来得快，平复得也快，“那个游戏只能等来电了再接着播了。”

“好玩吗？”周雄也问。

“还行吧……也说不上好玩不好玩，我一个大老爷们玩恋爱游戏，要是还觉得好玩是不是有点太变态了。”奚洛有点纠结地思考着，“反正就是个谈恋爱的页游，挺土味的。开篇神神叨叨地说一堆和游戏没关系的东西，不知道谁写的脚本。那女主角一开始还说恋爱是幻觉，到第三章就开始说恋爱是战争了。可能根本不是一个人写的，反正就先这么玩着吧。”

恋爱是什么？

这些人都没什么发言权。电竞选手，一般十几岁就一边上学一边进训练营了，训练营里的男女比例可谓惨不忍睹，大家在这种极端环境下生出一个默认的规矩，即妹子是珍贵的宝藏，不得以任何个人原因将其私有化。身边的妹子不能碰，远方的妹子碰不到，女朋友这个词就自然而然地被替换成了虚拟人物的等身抱枕，今天是游戏角色，明天是漫画角色，常换常新，永不疲惫。

女朋友？有的，在电脑里。

奚洛对真实的“恋爱情绪”的记忆，可能需要追溯到幼儿园的时候。他喜欢同班的一个小女孩，就把自己的棒棒糖给她吃，然后想尽办法和她一起坐，在做体操的时候坚持不懈地去拉她的手。但这段初恋自然是无疾而终，小女孩完全没有搭理他，这还不算，还在一个夏天过后便转了校。

他的初恋连序章都未来得及书写，便宣告了结束。

升入小学之后，因为他着实调皮捣蛋，他那个当时还非常年轻，不懂得怎么教育孩子，又看了不少不良少年叛逆谈恋爱引发的悲剧的父亲，一心担心儿子给他惹出什么麻烦，而想出了一个极其离谱的说辞。

“儿子啊。”奚父把背着小书包，一脸懵懂的儿子叫到面前，认真而沉痛地说，“你记住，千万不能和班里的女孩子有接触。你现在已经七岁了，和从前不一样了。七岁的男孩子碰到女孩子的话，女孩子是会怀孕的。”

本着对成年人天然的敬重和信任，奚洛几乎一丝犹豫都没有地信了他爸的话。等到他明白这回事完全只是他爸的信口胡言之后，那已经是初中时的事了。

被骗了六年，奚洛对女孩子已然生出了一种条件反射的恐惧。这种恐惧就和世间更常见的深海恐惧或者巨物恐惧差不多，是纯粹生理性的反应。但凡三米之内有女孩子接近，他就不由自主地开始紧张。如果女孩子对他心怀好感，那就更加糟糕了。在他刚刚出道那年，有女粉丝在机场想过来要签名，结果他身边恰好没有队友在，他几度挣扎，最后还是扭头一路狂奔，还和韩国队的死敌撞了个满怀。

现在，他到底在圈里打拼了四年，和女主持人、女记者也接触了不少回，不至于见了女孩子掉头就跑，但要说到恋爱程度的那种亲密接触，当然是不存在的。

好在战队内的老爷们儿也都是同病相怜，几人坐在一起胡侃，侃到恋爱话题时，就像高中时一起没做作业的同学一样惺惺相惜起来。相惜之余，几人也开始发誓：“今年要拿冠军！还要找到女朋友！”

大家的目标过于一致，以至于在赛季结束时的采访上，记者从最右边一个一个问，每个人都坚定地给出了相同的“新年目标是拿冠军和找女朋友”的回答，团结异常。

“那这样的话……”记者把话筒递给奚洛，“我们问问洛大神喜欢的类型好不好？也给粉丝个机会。”

“我啊？”奚洛看着记者，反应超快地一笑，“怎么着啊？我说了，你给我找一个？”

记者也是个能接茬的：“您先说啊，您不说我怎么知道能不能给您找着？”

“那行啊。我啊……”奚洛张口就来，“我喜欢黑寡妇那样的。”

“洛大神说的黑寡妇，就是漫威电影里的黑寡妇吧？”

“对啊，我就喜欢她。”奚洛点头。

这种采访往往没啥干货，不少记者自己不懂游戏，顺而觉得观众们也不懂游戏，便把采访重点都放在了不知所谓的八卦问题上。光是回答想要结婚的年龄就回答了八次，大家都摸清了套路，开始胡说八道起来。他们的战队经理是个研究生才毕业的新人，特别严肃教条的一个人。为了这帮人满嘴跑火车的事而把周雄也叫到办公室约谈了一回，没人知道他们谈了什么，只知道经理出来的时候，脸色不是特别好。

周雄也是个护犊子的，但那个时候，他并没有真正领悟到——说出去的话泼出去的水，出来混迟早都要还，没事不可随便说话的人间真理。

第二章

当全宇宙都在催你谈恋爱

所谓恋爱，是一场绝对不能妥协的战争。

打一个比方吧，每个人在各自的人生道路上，都怀抱着一些东西。东西的种类和价值因人而异，为了顺利活下去，人们需要用已有的东西，来和他人交易。

付出时间，获取知识。付出知识和时间，获取金钱。付出金钱，获取餐食、衣装、时间等等。

然后，付出人格和尊严，换取社会地位和世间认可，让自己得到顺利成为一个“被社会化的人”的机会。

太残酷了？

也对，这是一个恋爱故事嘛，嘿嘿。

那么，继续以物换物的话题吧。以物换物，在恋爱的场合，则大概是这种情况：付出温柔和体贴，换取关注与感动；付出化妆品和化妆打扮的时间，换取心动和赞美；付出自己的自由，换取婚姻的保障。

这些，都是能够被称为“等价交换”的东西，也是稳定长久的情感关系得以建立的前提。但是，一旦交易不再平衡，就有什么开始悄然变质。

之所以会说这些，是因为我想重新思考和顾诗林的关系。

♂♀

江斯黎坐在面馆里，百无聊赖地戳着手机屏幕上“未完待续”的文字。

这个恋爱游戏最近火得莫名其妙，不知道是谁一开始带起来的，先是一批游戏主播们直播玩，之后带动职业选手也跟风开始玩，在如此强大的群体效应之下，这个游戏飞快地成为了一个网络话题。

不过诚实地说，他觉得这个游戏的完成度非常一般。男女主的爱情线用的尽是二十年前的言情小说里的老段子，情感转换也十分突兀，整条感情线都弥漫着一种土味。但同时，和感情线相对的，一些和故事主线无关的地方却是歪理与金句齐备。总的来说，是一个尴尬之余，又有点魔性的游戏。他一边回头翻着游戏里的对话，一边顺口和正用筷子夹着牛杂的方见纱搭话："小方啊。"

"有话说话，我听得见。不要每次都叫我。"方见纱说。

"小方你觉得，恋爱是战争——这个形容怎么样？"

"挺好的。"方见纱淡然地点了点头。

"怎么说？"

"恋爱是战争——是吧？"方见纱的筷子没停，显然没有把这对话当作什么需要严肃思考的问题，"我觉得这是在说能谈恋爱的两个人，首先要可以做对手。"

"原来如此……"江斯黎点着头。

"看相亲节目呢？"

"不是，一个游戏，页游。"江斯黎解释，"里面说的，恋爱是战争。"

"恋爱有好多种呢。"方见纱漫不经心地说，"有势均力敌的，有就是喜欢压人一头的，有执着于让人保护的。如果是最后那一种的话，你要对她发起战争，她就能抓着你袖子对你哭。"

"哎，对了，我能不能八卦一下……"

"不能。"方见纱淡然地回绝，"别想把我列入你们的名单。"

"名单？"江斯黎眨着眼睛装傻充愣。

"还在装吗？"方见纱说，"上回你说是人口调查，结果在六号楼十楼的高阿姨家里说了半天有的没的，一边说还一边瞄着我。结果当天晚上九点，那高阿姨就加我微信拐着弯地问我考不考虑她家二姨的侄子，你敢说这事和你没关系？"

江斯黎顿时紧张地吞了一口口水。

他一是紧张这事已经过去挺长时间了，但方见纱竟然还连楼号带名字都记得，二是紧张方见纱既然一早就知道了这件事，却在他面前始终装得仿佛无事发生。

她太淡定了，淡定得让他有一种自己的一切她都尽在掌控的感觉。

“这不是……这不是因为我结婚了嘛。你也知道那些阿姨啊，她们看到我就想给我介绍女朋友……”江斯黎解释得毫无力度。

“那你为什么不和她们说你结婚了？”

“我……”

好的，她照例非常淡定地接受了他已经结婚这个设定。江斯黎抑郁地想。照理来说，像他这种年轻有为风流倜傥的人，一般人听说他已经结婚这回事，都是得稍微惊讶一下的。而方见纱，不出意外地完全没有。

“所长说了，我特别受阿姨们欢迎，一般人解决不了的事，我一出面就解决了。当然啊现在你来了，你可能解决得更快更好，比我更好……反正那个就是，所长让我不要跟人说我结婚了，怕以后能解决的不好解决。”

方见纱皱起眉：“那警察牺牲也太大了吧。”

“对啊！”江斯黎用力点头，“我们作为人民的公仆……”

“不过，你自己也很享受吧。别人解决不了的事你能解决，所长搞定不了的阿姨你能搞定。你在这种认同当中感受到了存在感和参与感，所以你知道，如果你对她们说你结婚了，就会失去一部分信任，也失去一部分工作中的满足感。”方见纱抬起头，“所以，你是自觉自愿的。”

“小方，”江斯黎努力微笑，“过去有没有人和你说过‘人艰不拆’四个字……”

“嗯？”

“不，没什么……”

这两名身穿制服的警察坐在前后加一起不过六张桌子的牛腩面馆里，一时引得食客说话都不敢大声。

按照通常情况来说，他们这些警察在非执行公务的时候，都会把警服暂时换下。一来是不让其他人紧张，二来也不给自己招致太多注意力。但方见纱初来乍到，并不清楚里面这层规矩，江斯黎则是今天忘记带洗好的便服衬衫，就也无奈地穿着警服进了面馆。

时间已到午高峰，旁边的食客一拨接着一拨，惟独方见纱一人端坐在桌前，从容不迫地小口吃着萝卜牛杂。

“话说啊，”江斯黎吃完了面，开始没话找话，“小方，你为什么要当警察？”

“因为我小的时候射击很厉害。”方见纱说，“我爸觉得我可以做一位特警。为此给我修了一个靶场。”

“靶场？”江斯黎一愣，“修在哪？”

“家里。”方见纱并未听出江斯黎语气中的疑惑和惊诧，只继续把话说下去，“我当时也觉得自己很厉害，于是天天都过去练习。结果到了教练对我进行正式考核的时候，发现自己还差得远。”

“不不，你等会儿。”江斯黎整理着头脑中的思绪，“什么教练？而且，为什么你家里会有靶场？”

“为什么家里会有靶场？”方见纱疑惑地重复了一遍。

“小方，你难道是那种，只是随便考个警察玩玩……然后回家去继承家业的，富二代吗？”

“当然不是。”方见纱皱起眉，“我是打算继续考特警的。”

很好，并没有否认富二代这三个字。江斯黎想。

“你想问什么？”

他正出神的时候，方见纱伸手在他面前晃了一下。

“嗯？”江斯黎回过神来，连忙搪塞，“没……没事！对了你没点饮料啊，这家饮料特别好喝，你喝什么？我去给你点。”

“可以吗？”

“可以可以！”

“那给我一杯冻柠茶吧。”

在江斯黎匆忙起身去以点饮料的形式平定自己情绪上受到的冲击的时候，有一个幼儿园大班模样的小女孩跑了过来，几下爬到江斯黎的椅子上，举起手里的一个棕色钱包晃了一晃。

“警察姐姐。”小女孩眨着眼睛，“你是警察姐姐吧？”

“我是警察。”方见纱说，“怎么了？”

“我在这里捡到了一个钱包。”小女孩指了指身后的一桌，“就在那边的桌上。”

“我知道了。”方见纱接过钱包，“谢谢你。”

“不客气！”小女孩眯眼笑起来，她坐在位子上荡着腿，没有要离开的意思，“我妈妈刚才说，交给店员就可以啦。但是我觉得，捡到钱包应该交给警察姐姐。其实我早就想过来啦，但是刚才那个警察叔叔在，我觉得警察叔叔好凶，都不敢过来了。”

拿着收银小票和冻柠茶回来的江斯黎，完整地听到了小女孩的话。

我凶？

他的嘴角颤了一下。

我凶？你不敢过来？我走了你就敢过来了？

这孩子是不是瞎？来来来，警察叔叔带你去医院检查一下好不好？

“那，警察姐姐拜拜。”小女孩乖巧地摆了摆手，跑回自己的桌子，江斯黎顶着一张怀疑人生的脸坐了回去。

“话说回来啊，我也奇怪，”他把冻柠茶放在桌子上，“你发现没有，好像动物啊、小孩啊，都和你特别亲近？”

“有吗？”

“所长是这么说的，一开始我也没感觉，今天我觉得好像确实有……”

“但我不喜欢动物，我也不喜欢小孩。”方见纱说，“他们亲近我也没什么好处。”

“不是这个意思……”

江斯黎正摇头感叹的时候，店门突然被人大力推开，有一个人一溜烟地蹿进来，一路嚷嚷："对不起我钱包丢了有人看到我的钱包吗——"完全是中学生搞丢了作业，半路冲回教室的风格。

方见纱正想说什么，闯入的这人已经眼尖地看到了被她就这么放在桌上的钱包。

"啊！这个这个，这个就是我的钱包！谢谢你啊，警察姐姐……"

"说一下钱包里有什么。"方见纱先他一步拿起钱包，并拉开了拉链。

"啊？"

"你说一下，这个钱包里有什么。"方见纱重复了一遍。

"嗯，有身份证，有一百多块钱吧……还是两百？我忘了……还有两张银行卡，一张建行的，一张工行的，还有一张游戏卡贴。"

"姓名。"方见纱抽出身份证。

"那个……我叫奚洛。"

嗯?

江斯黎抬起头来。

"身份证号背一下。"

"好的好的。"

奚洛本着对警察制服的敬畏，乖乖地开始背。但背着背着，他看着对面这位冷面女警察的脸，总觉得似乎有什么地方不大对头。因为童年的阴影，他其实一直以来都不怎么能直接注视异性的脸。所以上一次，他也并没记住那个将他拎出网吧的女警察长什么样。只是此时面对着方见纱，看到她眉眼间流露出来的那种一切都不值一提的神色，顿时和他心中那个混蛋女警察的影子重叠了起来。

"就是你啊！"他直接叫了出来。

"什么？"

"就是你！你不记得了？我记得！上次在网吧！我说我忘了带身份证，你非说我是没到拿身份证的年龄！你还诬陷老板包庇我！你现在看见了没有？我成年了没有？我能不能去网吧？！”

“你小声一点。”

“我小声一点……你看清楚我的身份证！我是不是成年了？”奚洛听话地压低了音量，但争还是要继续争的，用气声也要争个究竟，这是原则问题。

方见纱被这人的大嗓门吵得脑壳痛，她仔细回忆了一下，似乎是有过这么一回事——毕竟，虽然这件事和上一件事只隔了一章，但在时间线上已经过去了一个半月。她也因此从一个初出茅庐的警察长成了一个勉强能够顺利与各种人和他们带来的各种琐事打交道的人。光是在网吧里抽查就抽查了四回，揪未成年违规上网也揪出了半个班那么多，自然没有多余的心力去特意记得其中的某一人。

不过，她此时拿着奚洛的身份证，对照着他本人，还是必须得承认眼前这个怎么看都是中学生的人已经成年了三年。

“我知道了。”方见纱点了点头，同时将钱包交还到奚洛手中，“这确实是你的钱包。”

“不是，钱包……钱包的确是我的……钱包是我的！”奚洛接过钱包，一时在语言组织上卡了壳，“但你看过我身份证了吧？上次是你搞错了吧？搞错了就完了啊？你冤枉好人怎么算啊？”

“上次的确是我误会了，但是，上网需要带身份证本来就是规定，还是你违反规定在先。而且，我觉得，你既然是这种个人情况的话，那么更加应该有要带身份证的意识，以避免不必要的麻烦。”方见纱重新将奚洛从头至脚打量了一番，“当然，我个人的建议，不止网吧。你在去酒吧的时候，最好能够把身份证挂在脖子上。”

♂♀

方见纱的话中，不能说不存在讥讽的意味。但她也并非是故意针对奚洛，应该说是，她无论对谁，都是这样一副态度。

居高临下的，不容置疑的。

这样的语气和态度，奚洛在比赛前的垃圾话环节见得多了。所谓的垃圾话环节，是在比赛正式开始之前迅速炒热气氛的环节。两方选手互放垃圾话嘲讽，态度越冰冷不屑，杀伤力就越强。奚洛刚出道的时候搞不明白游戏规则，大吵大闹说着“今天让你们都回家”的VCR还在各个视频网站上大肆流传，他为了一雪前耻而苦练垃圾话，但怎么都改变不了粉丝心中“炸毛的奶猫”的印象。

是的，他承认，对手们的垃圾话确也几度让他当场爆炸，但是，在他的记忆之中，还未有被什么人充满压迫感的一句话彻底击沉的情况。

他拿着自己的钱包，一路沉默地走回训练中心，又一路沉默地在电脑前坐下，开机，加练。

基础训练是没法满足他的，不如说基础训练只能让他心里更加不爽。于是他看了一圈好友列表，意外地看见周雄也的小号居然在线。他人没在训练室里，那大概就是在宿舍里开着电脑不知道研究什么呢。

奚洛没多想，直接建了个房，给周雄也发去了一个私聊邀请：PKPK啊队长。

邀请发出去几秒，周雄也那边就应了。房间开的是随机模式，游戏地图随机到了一个造船厂，地图复杂，高低落差很大，是个对狙击手十分有利的地图，狙击枪——正是奚洛最擅长的一种武器。

不过他这回用的武器不是狙击枪，而是换了主打近程的喇叭枪。而对面周雄也倒是换了把狙击枪，奚洛一愣，噼里啪啦打字：队长你这是在我面前甩狙啊？你可以的啊？

那边周雄也只打了两个字：呵呵。

呵呵什么呵呵？奚洛莫名其妙，队长什么时候走这个嘲讽的风格了？

接着倒数计时开始，奚洛也将那点疑惑的心思收了起来。

《SPT》这个游戏，最基础的游戏规则是占地，即两方分别使用不同颜色的墨水喷涂地图，最后颜色面积更大的那一方胜利。后来在此基础上衍生出了更多的玩法，也有了更多的武器。比如现在的PK场，就取消了最传统的以颜色定胜负的规则，而和绝大多数游戏的PK场的规则一致，就是开打，将一方血条清零为止。奚洛于是一路直冲，墨水子弹直逼周雄也面门，被他轻闪一避躲开，跟着，周雄也一脚踩在身后柱子上轻巧地翻上平台，手里狙击枪蓄力瞄准，奚洛看自己脚下一条水线，后跳却已经慢了一步。

这时一条消息又在屏幕下方刷出来：呵呵。

呵呵什么！除了这句话不会说别的了吗？

结果跟着，那头又来了一句别的：你爸爸永远是你爸爸。

这个欠揍的语气……这是有人登录队长的游戏账号耍他玩儿呢！

奚洛操纵角色跳到台子上，啪一下开了麦，吸一口气对着麦克风喊："老程你跑这儿干什么！你把我们队长拐到哪儿去了？！你给我把队长交出来！"

♂♀

这时，货真价实的周雄也正走进训练室，才一只脚踏进屋，就听见奚洛这气吞山河的一嗓子，把他结结实实地吓了一跳。

"这么早？"周雄也问，"干什么呢？"

"队长！队长你在这儿啊！"奚洛站起来，"老程刚才冒充你呢！"

"她上我游戏号了吗？"周雄也倒是不惊讶，"你出去吃饭的时候她过来的，我想她要是待在楼里，那肯定又得来一堆小孩找她PK，就让她上我宿舍里等着去了，还没来得及告诉你。你这是？"

"找你PK，谁知道上你号的是她。"

奚洛一脸郁闷，周雄也倒是差点笑出来。

"都一样吧。"他说，"你们切磋切磋。"

奚洛口中的“老程”名叫程珈奈，今年不过二十四岁，是他们UNI的老朋友兼老对手，同为豪门战队的黑骑士战队的队长。奚洛虽是知道这位程队长和自家队长关系不错，但没想到是个能直接往宿舍领，还能把小号的账号密码都给她的关系。

“哪能是一样的呢？我找的是队长你，哪知道对面是她，她还给我放嘲讽……算了算了，我觉得我今天出门不利，我得回去找个佛拜上五千年……”他嘴里嘀嘀咕咕，憋了半天还是问了出来，“队长，我问你啊，你答应我，你得说实话，你是不是也看我像未成年人啊？”

“啊？”周雄也一愣。

“队长你看我是不是也像未成年人？”

“没有没有。”周雄也谎话张口就来，“怎么会呢！”

“真的？”

“那当然了，我骗你有什么好处。”周雄也挺胸抬头，表情刚正不阿。

说谎话是不会有惩罚的，周雄也坚定地这么认为。如果说谎会让鼻子变长的话，那么，他这段时间以来的谎言，足以让他的鼻子穿透玻璃窗，插进对面的派出所里。

但现在，不是什么都没发生嘛。

“就是啊队长！”一直用警惕而紧张的目光盯着周雄也的奚洛突然一下就来了精神，“我跟你说，我刚才又遇见那个警察大姐了！就之前把我从网吧拎出来那个！我刚才吃饭一不小心把钱包落在面馆了，结果是她捡着了我的钱包！然后我就在那儿给她背身份证号，结果她非但不认错，还跟我说，让我以后去酒吧的时候把身份证挂在脖子上！队长你说这是什么人啊！”

所以刚才才会突然大中午地找人上游戏PK啊……周雄也想。

奚洛这个人是个完全藏不住事的性格，他心情好的时候很明显，头发丝都在发光，心情不好的时候也很明显，仿佛（只有周雄也看得到的）头顶的耳朵都垂了下来。加上他心情不好时又往往想要掩饰，却撑不了多长时间到底还是原形毕露。这种时候也没人能帮得了他，就得让他自己发泄调整，调整完了就完了。

现在看起来是还没调整过来，而且又被程珈奈来了个火上浇油。

周雄也这么琢磨着。

在他想着是不是主动坐下跟奚洛PK一把，来给他顺顺毛的时候，训练室的门被敲了两下，程珈奈身上穿着周雄也的T恤，从宿舍晃晃悠悠地回到了训练室门口，对奚洛挑衅地眨了眨眼。

“你怎么又回来了啊！”奚洛冲她喊。

“一个人在宿舍多无聊啊，你们队长自己在这儿打游戏，把我扔在宿舍。这么无聊不是我的风格，而且这个新家我怎么不能来凑凑热闹呢？”程珈奈四面环视，夸张地感叹，“还是这里好，市中心就是好，不像之前那个大农村，想点个麦当劳都说不在配送范围之内。”

她这么说着，作势往训练室里张望：“添了多少台电脑？”

“不多，十来台吧。”周雄也回答。

“可以，那看来又可以从训练营往上提拔几个了。”程珈奈赞赏点头，“这电脑，这视野，这鼠标。怎么办，我感到了这个赛季的危机啊。”

“这回更新出来的新技能你都还没看到呢，就‘赛季的危机’了？”奚洛在旁边插嘴，“队长，给老程把电脑开开。”

“那再好不过啊。”

周雄也当真走过去开电脑，程珈奈站在门口，看着电脑屏幕亮起来，当然没真的往里走。训练计划和技能搭配那都属于战队机密，就算关系再好，也没有随便看的道理。她能这么自由进出对手的训练大楼已经是独一无二的待遇，不可能真在这儿看人家登录游戏。

“洛洛，”程珈奈好奇地转过头，直接伸手过去在他脸上掐了一把，“谁欺负你了啊？”

“啊？”奚洛还装傻，“老程你说什么呢？”

“还跟我装？”程珈奈手上多加了一道力，“大中午就冲我来，还说没人欺负你？是不是你们队长又在训练室里吃零食了？”

周雄也突然被点名，特别冤地眨了眨眼。

奚洛怔了一下，下意识地回头去看周雄也。那意思是“我有这么明显吗”，周雄也不着痕迹地点了一下头，意思是“就这么明显”。

程珈奈一向是个非常善于察言观色的人，有时当事人自己都未能意识到的细微的情绪变化，她也能够精准地捕捉到。何况又是对着奚洛这么一个喜怒特别形于色的人，要说看不出来才是见鬼了。

每回都被看透是挺丢人加气人的，但到底是多年交情的老朋友，再硬说没有也难看，奚洛索性沉痛地双手一拍：“老程你听我说啊……”

他又把一个半月前发生的事和刚才发生的事连在一起，声情并茂地讲了一遍。程珈奈和周雄也不一样，她是个倾听的好手，一边点头一边回应，还在适当的时候适当地发表一些感慨，让奚洛越说越义愤填膺，感觉就差让程珈奈带着下楼冲到对面派出所砸场子了。

“你说气人不气人？！”

“气人气人。”程珈奈憋着笑，点头如捣蒜。

“而且，我们队长啊……”奚洛指了一下周雄也，“我们队长还在训练营里吃流沙包！”

“真的啊？”程珈奈睁大眼睛，抬头看周雄也，“老周你又升级了？”

“以前那也是你带的……”周雄也用力咳嗽了一声，转移话题，“你今天到底是来干什么的？”

“明天周末不是有个漫展吗？主办方请我过来站台。老大张的海报都打出来了，你没看到啊？”程珈奈解释，又突然想起了什么来，“还有个事，老周你也收到那网综的企划邮件了吧？让我们两个队联谊那个。”

“什么联谊？”奚洛脑子一蒙，“联什么谊？”

“就是我们两个队一边出四个人，四男四女，做个以谈恋爱为主题的综艺节目什么的，具体的策划……就这两个星期会出吧？我们经理是这么说的。”

“我没听说啊！什么恋爱！什么联谊！我跟你说，就那帮人，天天脑子里除了谈恋爱，没别的事儿了是吧？什么联谊？什么四对四？能不能别从日本看个啥就觉得新鲜，你看他们单身指数居高不下的，还相信他们国家的联谊呢？是不是傻？”

奚洛反应太大，程珈奈一边笑一边来了兴趣：“洛洛对女孩子还是不行啊？”

“也不是不行吧……我不知道啊！谁没事干去测试自己对女孩子行不行啊！”

“来握个手测试一下？”程珈奈伸出手。

“握个手有什么不行的……不对，我又不是狗！”

“老周，我觉得洛洛一直这样也不行啊。”程珈奈收回手，抱着胳膊歪着头站着，“洛洛这样，肯定是UNI这个少林寺的锅。”

在全联盟里，UNI是一个为数不多的完全没有女选手的战队。不仅现役队员没有，连青训营都没有。倒是时不时会进来几个，但后来都因为各种原因退了。这里的“各种原因”就真的是各种原因，除了那种最传统的“家长不允许”的理由，还有什么手突然受伤了，家里的狗死了，房子漏水了等等匪夷所思的理由。

总而言之，时间长了，没有妹子敢来UNI当青训生了，“少林寺”的名字也因此叫响。

这样的环境下，绝大多数队员自然都是单身。但也多少有几个谈过几段长长短短的恋爱的。比如，队里的那位永远都挥着两把刷子冲在前面的前锋选手，之前确实交过一个女朋友。女朋友是他初中同学的同学，也算是他的半个粉丝。两个人刚开始谈的时候一切都还挺好，哥们儿每每从外面回来都满面春风。但到后来，女孩子还没嫌这哥们儿不体贴，哥们儿已经开始嫌女孩子越来越黏人，还能说出游戏和她谁重要这种话来，哥们儿顿时觉得烦得不行，干脆毫不留情地就把她甩了。

这么的，全队对恋爱的甜美想象因此完全破灭。对他们来说，恋爱约等于来一个烦人的异性生物干扰自己打游戏——这谁受得了。

“少林寺就少林寺，反正我不去。谁爱去谁去。”奚洛一口回绝，“队长，我跟你说，别算上我。”

“老周呢？”程珈奈问。

“我也没什么兴趣。”周雄也说，“没有这个时间。你觉得呢？”

“我不知道啊……但主办那边肯定是想让我去的。”程珈奈思考着，“不过我们队今年从青训营挑上来好几个妹子，也都快成尼姑庵了，急需养分。对了洛洛，还有个妹子是你的粉丝呢，为了你她非Sniper不玩，学的都是你的打法，特别执着。”

“是吗？那你让她来UNI啊。”

“我问了，她说等着和你来一场宿命的对决，当对手可比当队友来得好——她是这么说的。”

“说到青训营……”周雄也思索了片刻，“我们搬回来之后，倒也是该去那边看看了。下周的比赛，说不定有能提上来做替补的人。”

♂♀

适龄相亲。这大概是每个人都会遇到的问题。

按照长辈的观点，人到了十八岁，差不多就可以开始寻觅合适的对象了。到了二十三四岁，差不多就可以把结婚提上日程了。在很多人眼中，单身的，没有对象的青年男女，那就是嗷嗷待哺的幼鸟，幼鸟仰头向天，口中喊叫的都是“我要对象”。

这番场景，方见纱已在派出所里看了个明白。

他们身后的那个居民区是一片拆迁安置房，住进来的都是些拆迁的老小区的老住户，从统计资料上来看，住户的平均年龄在五十岁以上，有孙子孙女的比例占了一半。每天，这些住户便在小区附近买菜、溜狗、下棋、带孩子，生活悠闲，时间大把，觉得自己的生活幸福无比，自然也就想把这样的幸福分给其他人。于是，那帮阿叔阿婶对江斯黎虎视眈眈，几乎隔几天，就有人找着借口在派出所坐上一会儿，并努力把自己二嫂子的侄女的照片往江斯黎眼前送。

方见纱见状，早就在自己手上戴了一枚戒指。

在江斯黎满面春风地送走了一位喊着“你一定要和她联系啊”的阿姨之后，方见纱忍不住沉痛地摇了摇头。

“太可怕了。”

“习惯，”江斯黎微笑着说，“习惯了就好了。”

“你习惯了吗？”

“我……”江斯黎揉了揉笑僵的嘴角，“我每次都觉得我习惯了。”

“人民会感谢你的。”方见纱说这话的意思很明确了——你做得特别好，以后出这种事你还是受累自己揽着，千万别把我扯进来。

“话说，我们派出所还和对面的那个电竞俱乐部搞过一次集体联谊呢，你和洛洛……上次丢钱包那个人还没来的时候。因为我看这些妹子一个个都挺好的，想着做做好事也行嘛，没想到那边答应得还挺痛快。但结果实际一见，那帮人的造型都太有冲击力了，把那群妹子都吓了个够呛。唯独有个妹子，大胆地看上了他们的队长。”

“然后呢？”

“然后？他们队长其实就是看差不多结束了，过去买单的，根本没打算跟他们联谊。要说那妹子也是特别会看，当天来的那帮人都是真光棍，只有他们队长不是。”

“然后呢？”

“然后，那个妹子就看上了我。”江斯黎沉痛地回答。

“然后呢？”

“你开着自动回复呢？给点正常人的反应好不好？大小姐！”江斯黎忍无可忍地吐槽。

方见纱没有正常反应的时候，就是对这个话题没兴趣的时候。开着自动回复已经很给面子了，当他们更熟一点后，江斯黎又知道了，方见纱在听到自己完全不感兴趣的话题的时候，一般会直接无视他。

在那个时候，他就开始怀念她还在给他师兄面子，开自动回复的时光了。

“话说啊，”江斯黎摸了摸自己身上的警服，自己给自己台阶下，“说真的，其实我当警察之前，真没觉得警察在相亲场上这么受欢迎……”

“一直都是吧，这有什么没想到的，你是电视剧里不谙世事的女主角吗？”方见纱说，“警察，医生，教师。相亲三大职业。”

“你们也是？”江斯黎问，“啊，我不是对你们富二代有偏见，就觉得原来你们也看重职业吗……”

“我爸的几个生意伙伴，的确是想找中学教师这种职业的儿媳妇。”方见纱晃了一下手上的戒指，“就送我这个戒指的人，他爸好像也是这么想的。”

“送你戒指的人？”

“对，应该算是我的前男友。”

“前男友的戒指……”江斯黎欲言又止，“现在还戴着吗？”

“他送的这个款式我不喜欢，是当季新款当中最难看的一个了。所以平时我也不戴，现在戴是为了表示我已经有固定对象了。”

“不，我不是这个意思……”江斯黎努力组织语言，“就是，前男友送的戒指，你还留着吗？”

“留着啊。”方见纱说，“既然送了，有什么不能留着的？”

送给方见纱这枚戒指的人名叫夏耀节，是她父亲合作伙伴的儿子。他们经双方父母介绍，开始交往的那一年，夏耀节二十五岁，刚刚从加拿大研究生毕业，回国后即进入了家中的房地产公司，并且同时还开始开拓其他领域的生意。

他对相亲并无多大兴趣，但也不排斥。反正，按照他这样的人一贯的生活轨迹，在二十六七岁的时候结个婚，家中从此有个后盾，他得以专注于工作这回事是很理想的。于是，他同意了与当年刚刚大学毕业的方见纱见面，在确定了相见并不两厌之后，他便开始像对待之前在国外和他交往过的女孩们一样，给她送花和礼物，带她去评价不差的新餐厅，他以一种标准而妥帖的方式和她交往，而她亦以同样的标准和妥帖回应他。

方见纱难以说清自己是否对夏耀节怀有什么具体的好感，不过，她确是曾经希望能够将与他的关系顺利向前推进一步，只是世上大多数的事并非有希望便能够完成，这种标准的交往方式到底没能撑过太长的时间。

在这段关系里，方见纱比起疲惫，更多的是觉得自己和夏耀节之间隔着一层无法打破的障碍，无论是自己也好，夏耀节也好，他们在彼此面前表现出的不过是人格中微小的一部分，或者说根本同真正的人格无关，是一种习惯性的掩饰，为了让人与人的交往更加顺利而戴上的人格的面具。

这是他们的关系无法推进的原因。

在意识到这一点后，她非常果断地提出了分开，夏耀节并未多做什么挽留，他也是聪明人，方见纱意识到的事，他大概也早已清楚。只是，方见纱想，如果自己不说的话，那么他或者想要将就下去。

她也可以将就，但她并不想，不那么想。

不过她倒是没有想到，自从她把那个丑戒指自抽屉里面翻出来套上的第二天，原本只是在节日时会发来问候，其余时候都礼节性地保持安静的夏耀节，突然向她小心地提出见面。

在寒暄过后，他说：“如果周末有空的话，我们或者可以见一面？”

第三章 任何东西中都存在杂质

在罗伯特·斯腾伯格看来，爱情由三个成分构成：激情、亲密和承诺。

其中，激情是爱情的情感成分，指情绪上的着迷，主要包括深厚的情感和性欲；亲密是爱情的动机成分，指心理上喜欢的感觉，主要包括联结感、紧密感和喜爱；承诺是爱情的认知成分，指心里或口头的预期，主要指决定与另一个人建立长期关系。

我的意思更多的是，当一个人陷入迷惑和困境的时候，他们经常喜欢去找寻一些自己喜欢的理论来安慰自己。

我也不是那个清醒的例外。

♂♀

方见纱并不确定周末有没有时间去见她突然出现的前男友，周末是她的工作日，同时也是一年一度的大型漫展的日子。

因为《SPT》这个游戏的突然火爆，漫展上光是它的摊位就占了一半，而且主办方还一掷千金请来了黑骑士战队的队长站台，这代表着什么呢？代表着漫展当天的人数说不定会和国庆节看升国旗的人数相当。

这本来和方见纱没有什么关系，但问题在于，这次漫展的会场难得地安排在市中心，就离她工作的派出所直线距离不到八百米，这又代表着什么呢？代表着，但凡会场里面有点什么问题，她就别想消停。

她悲观地觉得，这么多人的会场，没问题才是见了鬼了。

当然了，她作为一个人民警察，天生就是解决问题的那个人。但是，普通地解决问题，和在人头攒动的密闭空间内解决问题，这根本不是一个概念。

方见纱稍微有点害怕人群。虽然不是那种社交恐惧的类型，但她对和人来往这回事，并不是特别的擅长。

确切地说，在和人交往的时候，她不大能控制得好自己的表情和语言。

她自小接受着精英教育，家庭中有一套培养淑女的方式方法：不可大笑，不可大声讲话，腰杆挺直，食不言寝不语等等，但凡有违反，便免不了要挨家庭教师的一顿骂。在这样严苛的教育之下，方见纱确是满足了父母的期望，只是形式上，稍微有那么一点走偏了。

既然不可大笑，那么便不笑；不可大声讲话，那么便尽可能地闭嘴；不可使用过于粗鄙的语言，那么便全程使用书面语就是了。

她在如此初次尝试并获得成功后，因为尝到了甜头，遂干脆就以此作为行事准则。这么践行了数年之后，方见纱的社会性人格便正式成立了。

对于这个人格，方见纱本人并没有什么不满的情绪。反正，她想，每个人打算在社会上活下去，都得多多少少制造出一个“能够顺利生活”的人格来。比起需要刻意伪装坚强的情绪化的人，或者要努力伪装干练的爱撒娇的人，她的内部和外部，可以说是高度统一的了。

只是，在长期的来自内外的共同压力之下，有一些“不被允许”的心情和反应，就被强行地压抑了起来。然后，在一些外界的刺激之下，便会产生一种类似于接近失控的不安。

更具体地说，就像是鱼和水一样，一条鱼只能够在它熟悉的那片水域自如地生活，一旦变了环境，许多问题便接踵而至。

她不算是那种擅长面对问题的人，所以这件事让她有些焦躁。

同时，为了这个周末而心烦的人除了方见纱之外，还有对面的奚洛。

奚洛作为一个看着超级英雄和热血漫画长大的网瘾少年，对漫展一直有着特殊的情怀。但是，自从他自己出了道，《SPT》也大热，一个漫展光是他的游戏角色的人形立牌就能找到八个，他本人的二次元形象的人形立牌能找出来十八个之后，事情的性质就有点不一样了。

他是挺享受做电竞明星的感觉的，但这种享受仅限于比赛时的欢呼喝彩，而不是无时无刻都有不知道潜伏在哪儿的一帮人冲上来找他合影签名。

他就想安安生生地逛个漫展，不想看自己的人形立牌。

但程珈奈就不是很明白逛漫展和人形立牌有什么关系，她觉得，当天人来人往的，奚洛戴个口罩戴顶帽子，肯定没人能认出来他是谁。怎么就能影响到他逛漫展的心情了呢？

对于这个问题，周雄也无比耐心地解释起来。

“这是一个纯净性的问题。”他说，“就是说，蜘蛛侠对于洛洛来说是非常纯粹的，不能和其他任何东西搅在一起。本来，看蜘蛛侠是一件非常享受的事，他想全身心地享受，但是人形立牌放在那，他看着就紧张，就没法全身心地享受蜘蛛侠了。”

周雄也讲得认真，完全没察觉到程珈奈不过是随口一提。

“噢，”程珈奈点了点头，“这样啊。”

“也就是说，就好像以前训练营刚放假，本来想回家瘫着一边吃冰淇淋一边看电视的，结果队长消息来了，说训练营的也得跟着一起比赛复盘。冰淇淋是也还能吃，可是看着电视吃的冰淇淋和复盘时吃的冰淇淋不是一回事……”

没注意到对面人的敷衍，周雄也专注地继续分析，俨然有种给训练营的小孩们做入门讲解的那种势头。他们这些职业选手，每年的确得像这样跑几次训练营寻觅好苗子，不过一般来说，讲解啊鼓励啊陪小孩练习啊这种活，默认是由队里的二线选手来做，UNI一开始也是这样，好歹是神级队伍，架子多少还得端着点。但后来不知怎的，就变成队长亲自上阵了。

周雄也顶着这张“黑道”脸逐帧分析讲解战术的样子，一开始看着吓人，但看着看着，学员们竟然觉出了一丝感动。

周队长以后肯定是个好爸爸啊。

——这样的声音也在训练营响了起来，自然，周雄也对此是不知道的。他这个人，对于别人的事非常敏感，但对于发生在自己身上的事，反应则是迟钝得吓人。

“你明白了吗？”好不容易把蜘蛛侠和人形立牌的事分析解释完，周雄也最后问了这么一句。

“你居然管洛洛叫洛洛。”结果程珈奈的重点完全没放在这上面。

“啊？”

“你自己忘了，你当年叫谁都叫全名，俄罗斯队那队长名字长成那样了，你都叫他全名。那大哥跟咱比赛之前一直特别冷傲地说自己对亚洲人脸盲，觉得亚洲人都长一个模样，结果遇到你之后硬是转了性，说被你那张脸盯着喊全名，听见就让他想跪下给你磕头，东方大礼都学会了。”程珈奈夸张地叹了口气，继续摇头晃脑，“现在不一样了，时光荏苒，怪兽也有收敛锋芒的时候……你居然管洛洛叫洛洛！那你叫我什么？”

“小……程？”周雄也试探性地吐出两个字。

“你看！这就是区别对待。”

“珈，珈奈……”周雄也一咬牙，程珈奈立刻打了个寒战。

“不行。”她说，“有点恶心。”

周雄也无语之际，程珈奈又对他眨了眨眼，把胳膊搭到他的肩上。

“说真的，老周，我感觉你耐心越来越好了。”

“嗯？”

“温柔耐心循循善诱，简直一个幼儿园园长。”程珈奈托着下巴，“以前怎么没发现你有这种属性呢？”

“有吗？”周雄也摸了摸头。

他们说话的时候，是刚刚从训练营里出来，把十三四岁的学员一顿虐之后。联谊的事翻了篇，既然提起要去青训营看看那帮孩子里有没有能提拔上来的苗子，那便说去就去。于是，三位大神集体杀向了青训营，在迎接了学员们的一片欢呼之后，毫不留情地把他们虐了一通。

尤其一位成绩突出的小孩，放话要从程珈奈手上拿下一局，结果被程珈奈和奚洛吊着打了两回，打得整个人都有点发蔫，周雄也连哄带鼓励，说了半天才算打起精神。奚洛自知手下留情的程度不够，出来之后肯定得挨队长骂，就放程珈奈在这儿顶着，自己溜之大吉了。

周雄也走出训练室，看见蹲在地上笑嘻嘻低头认错的程珈奈，顿时觉得一阵头疼。

"对手就是训练营的小孩，你们也来真的？"周雄也说，"洛洛呢？"

"跑了，留给我们二人世界。"程珈奈指了指电梯，"但老周你不能这么说，我可没来真的。"

"几成力？"

"不知道，这又没法衡量。五成差不多吧……"

"五成就已经……"

"老周。"周雄也话还没说完，就让程珈奈挥了挥手给打断了，"这孩子如果真一次就被我们打蔫了，那以后真出道也就是这个程度。"她说，"浪费什么时间？"

"不一样。"周雄也说，"不是所有人都是你。"

"适者生存。"程珈奈反对，"你想给这帮小孩一个个当妈啊。"

这些训练营里的学员，一个个也都是网游里的高手了，但职业选手的要求不一样，他们一下子到了一个更高的平台，面对更严苛的挑战，必须重新适应调整。适应得了的人能够留下，反之，便要被淘汰。

程珈奈作为黑骑士的队长，她只要能够适应比赛规则的人。

"不一样，有人能够自己适应。"周雄也坚持，"但有的人，就是需要适时的鼓励和肯定，来推着他们向前走。"

"那你觉得这小孩行吗？"

"不好说。"周雄也想了想，"还看不出来。"

"你是想以春天般的温暖关怀每个人啊。"

"这倒不是。心态太差的我也还是能看出来的。"周雄也犹豫了一下，

“我只是觉得，这孩子其实有点像你。”

“像我？”程珈奈猛然转头，“老周你开玩笑吗？”

“有点像你以前。”周雄也说。

他这么说，倒也不是故意想在赛前回忆点什么，只是他看到那学员死活不服输的样子，不由得想起十余年前，程珈奈也还是训练营的学员时的样子。

那个时候，他和程珈奈同在另一个战队的训练营里接受集中训练，当时训练营的制度和现在也差不多，平时系统训练，有时上网游一起做做祭典任务，正式选手在夏休期和其他几个短暂的假日会来训练营，发掘一下能够出道的苗子。就是在那个时候，十五岁的程珈奈成功地在一次一对一当中击败了当时战队的副队长，从而正式被列入正式出道的预备役。也因当时尚未出台电竞选手出道年龄的规定，所以，这位未成年的女选手，一度成为了众人关注的焦点。

这是他们共同的开始。

那个时候还没有现在如日中天的UNI和黑骑士。

♂♀

在漫展当日，就在程珈奈站在台上和粉丝互动时，奚洛借机溜进了场内，在摊位前哗啦啦地扫荡着画集。

果然，所有游戏的粉丝都已经被程珈奈吸引走。如果不是亲眼看到，可能无法想象程珈奈对宅男玩家的吸引力有多大。她在台上说一句话，台下粉丝即手舞足蹈一片怒吼，颇有要集体献身为她打天下的气势。整个电竞圈中商业价值最高的选手——这个名号不是随便叫着玩玩的。

奚洛一边在内心疯狂感谢程珈奈，一边掏手机开微信付款。这时，身后不远处的公共厕所传来一片骚乱，女孩子的尖叫声此起彼伏，竟一时盖过了不远处程珈奈的男粉丝的吼声。

奚洛下意识地回过头，只见一个穿着水手服的人从厕所中飞快地跑出来，紧随其后跑出来的是几个女孩，她们一边提着行动不便的裙子追赶，一边向周围的人呼救。

“那人是女装变态！”其中一个女孩对着人群大叫，“帮我抓住他！别让他跑了！”

女装变态?

奚洛还没完全反应过来，他刚刚买画册那个摊位的摊主已经率先反应过来，朝着逃窜的水手服男子的方向追了过去。奚洛感觉自己不能站在旁边傻看，扔了手里的东西撒腿就追。但他到底是个在电脑前长大的宅男，跑了几百米就跑不动了，结果是摊主和另外两个路人合力把水手服男子按在了地上，摊主冲着奚洛大声喊：“快！哥们儿！报警！”

于是，一直在待机的女警察方见纱，终于顺利地接到了报警电话。指挥中心的指示一如既往地简单明了：漫展里有个穿着女装在女厕偷窥的变态。

偷窥狂。

这种人在看守所里，就算挨打都是白打。

那人被三个人同时按着，垂头丧气地趴在地上。奚洛看他那个样子，整个人气不打一处来：“你什么玩意儿？啊？你穿个女装混进女厕所，还要不要脸了？哦对，你这种人肯定就是不要脸的，你既然都不要脸了还低着个头干什么？赶紧抬头，我给你照一张。”

他这么一嚷嚷，旁边人也跟着叫“照一张照一张”，顿时快门声一片，还有人开了闪光灯。猥琐男被人强行抓着头发迫使他抬头，有气急败坏的小姑娘直接把水泼到他脸上，一时之间现场混乱一片。奚洛被挤到一边，他回头张望有没有警车过来时，便见方见纱和江斯黎大步走过来。

方见纱没有多余的废话，她利落地拨开人群，亮出警官证。跟着，她眼看一群人围上来七嘴八舌地要解释眼前的情况，脑子顿时有点炸，赶紧手一挥，示意让说话的人都闭嘴。

“是谁报的警？”她问，“报警的人解释一下。”

一片静寂，女孩们东张西望。

“报警的已经走了吗？”她又问了一遍。

“没走呢……”奚洛硬着头皮举起手，小声说，“我报的警……”

方见纱回过头，只见奚洛戴着口罩冲她拼命眨眼，他的意思是千万不要在这个地方叫他的名字暴露他身份，但方见纱愣了愣，显然没有理解他的意思。在方见纱的想象力和逻辑当中，故事在这一瞬间进入了另外一个走向，即奚洛是被迫报这个警的，眼前的女装变态只是个幌子，漫展内部俨然有着更大的危机。

在她张了张嘴，正想说话的时候，旁边的江斯黎先抢了话：“那么，麻烦您解释一下吧。”

就是这样！

奚洛在心中狠狠为江斯黎鼓掌。

我们是陌生人，互相不认识，只是警察和普通围观群众的关系。

奚洛来了精神，他清了清嗓子，义愤填膺又逻辑清晰地把刚才发生的事讲了一遍。即有女孩子发现这猥琐男穿着水手服混入女厕，被发现后又狼狈逃窜，最终被热心群众合力抓捕的情况。讲到兴奋时手舞足蹈，恨不得把当时的情况在江斯黎身前表演一遍。

“穿女装进女厕？”方见纱打量着地上的猥琐男，点了点头，“猥琐得挺有创意啊。”

猥琐男抬头看一眼方见纱，嘴里嘟囔了一句什么。

“说什么呢？”方见纱盯着他，“大声点。”

“我说，是你们误会了。我是女的……”

方见纱皱了皱眉，看着这家伙的喉结和将欲新生的胡茬，觉得这人大概是疯了。

“你说你是女的？”她问。

“是，是的！”

“那行。”她下巴一扬，“厕所现在没人了，你跟我进去。”

“进去干什么？”

“证明啊。”

方见纱说得理所当然，这令一旁紧张的奚洛沉默了两秒。此时此刻他是真的觉得，如果这男人再扭扭捏捏的话，那方见纱会当场脱了他的裙子，再用警棍指着他的内裤问他是他自己脱还是她帮他脱。

“艺术……”地上的男人含糊地开口了。

“什么？”

“少女的身体，是艺术。不是猥琐。”猥琐男一下一下地眨着眼睛，表情倔强，“我不是怀着那种肮脏的目的……”

“你不是怀着那种肮脏的目的？”

“那当然了。只有少女的身体……才是艺术。你的，就不行。”

“我理解。”方见纱面不改色，“所有的变态都觉得自己是与众不同的艺术家。你不是第一个这么说的，想必也不是最后一个。”

猥琐男露出明显的“和你这种人没有什么可说的”的表情，把头扭到一边去。

“你什么意思啊你？”奚洛戴着口罩，没忍住嚷嚷起来。

“你不知道吗？”那猥琐男被按在地上无法起身，但他仍旧倔强地昂着头，盯着奚洛认真地说，“女性只要超过了二十岁，她们的身体就腐坏了。只有二十岁以下的女孩子的身体，才能被称作为艺术。”

“那请问您今年多大年龄呢？”方见纱问，“我看已经超过二十岁了吧。”

“我？我是男性……我是不一样的！我的身体和女孩子的身体……”

“你这猥琐男！你穿着个裙子你就不觉得玷污了‘女性’这两个字吗？我真是……”奚洛喊道。

方见纱冷静地说：“你的身体和女孩子的身体？挺有意思，请你继续说下去。”

“我的身体是不能够称为艺术的，你的也不行。但是，年轻女孩子的身体是不同的，当然……”猥琐男看了一眼奚洛，“还有年轻男孩子的身体，都是艺术的一种载体。”

“你看我干什么你！”奚洛被这“年轻男孩子”五个字直接戳了死穴。

“你穿这件衣服不好看。”猥琐男努力地发言，“你应该穿一件，能够显露你的身材的衣服……”他挣扎着看向方见纱，“警察同志，能不能帮我把我的手机拿出来，帮我打开相册？”

方见纱皱着眉，从他的裤子口袋里把他的手机拿了出来，并打开了相册。

相册照片不出意外的，基本都是些年轻女孩的写真照，其中也不乏一两张男孩的照片。方见纱看着，眉不由得愈发蹙紧。

“相册里有男孩子的照片。”猥琐男看着奚洛，“你可以……”

“我可以什么我可以！”

这时方见纱仍旧维持着那个皱眉的表情，却当真把手机递给奚洛：“你看不看？”

“我看它干什么？我有病吗？！”

眼看方见纱和奚洛两个人有来有往地你一句我一句，大有把猥琐男放在一边，两个人吵一架的意思。江斯黎终于站出来，示意她暂时停止问话，先将人带回派出所。

“这个人在女厕都做了什么，”江斯黎问，“有人愿意做证人吗？”

人群中陆续有两个女孩举起手。

“我，”其中一个女孩小声说，“我走进厕所的时候……”

“能麻烦你跟我们来吗？”江斯黎注视着女孩，温柔地对她一笑。

“好，好的！”

“走了。”江斯黎满面春风。

方见纱已经懒得理这无时无刻不忘散发魅力的师兄，回头看着奚洛。

“你，”她抬了一下眉毛，“你也来。”

“我？”奚洛指了指自己的鼻子，“我……”

“不是你报的警吗？”

奚洛还想说点什么，但张了张嘴，却没说出口。第一是他觉得这满是自己人形立牌的地方货真价实是个危险地带，第二是大庭广众之下像个傻子似的问警察“我也要去啊”不怎么好看，第三是看方见纱的态度、语气和表情，他真是觉得如果他多说了什么不该说的话，方见纱真的能当场掏出手铐来给他铐走。

♂♀

猥琐男事件的解决并未花太多工夫，这男人今年二十四岁，职业是幼儿园老师，平时的爱好就是看漫画和动画，一直是漫展的常客。据他自己所说，穿着女装进入女厕是生平第一次。但他自己说什么并不作数，方见纱很快自他的手机中另外一个隐藏相册里找到一百余张女性私处的照片，猥琐男慌乱之余大声解释这些照片并非自己拍摄，而是女孩们主动发给他的。

这属于典型的不打自招，按现在的法律来说，他的偷窥行为也只能给个行政拘留，但涉及这些照片，说不定还有诱骗未成年人的嫌疑——这就没那么简单了。

接下来继续调查取证，那哥们儿一时半会是走不了了。

人往往都有个毛病，总是对陌生人无微不至，对熟人则是百般忽视。奚洛作为报警人兼半个证人，莫名其妙在派出所里蹲了一下午，而方见纱看起来完全没有要再理他的意思。这是他头一回进派出所，因为不知道之后还有没有事，人也不敢走，手机没电了也不敢要充电器，就跟个少年犯一样小心翼翼地等着。

他白天还害怕自己这身份去漫展会让人认出来，结果不光没人认识他，他还在这被人集体无视了。

更重要的是，他还想上厕所。

他先是努力憋着，但人有三急，不是说憋就能憋得住的。他顿时后悔自己在漫展时不该灌那么多可乐，就在他抓耳挠腮之际，正看到方见纱走出来。

顾不得了！

奚洛跳起来，高高举手。

“那个……我能不能去个厕所……”

“厕所在那边……”方见纱有点愣，先是指了方向，又疑惑地问，“你不就住在对面吗？”

“对，对啊。”

“那你为什么不回去？”

“我能回去了？”

经过了短暂的沉默，方见纱叹了口气。

如果放在平时，奚洛肯定得大声抗议说“你有什么了不起的？你鄙视谁呢？你天天待在派出所里，我第一次报警我怎么知道什么时候能走什么时候不能走？要是我走了你把我抓回来我丢不丢人”，但现在属于紧急情况，他只狠狠瞪了方见纱一眼，站起来就要跑。但方见纱突然又想起了什么，一下把他叫住了。

“等等。”

“又干什么啊？”

奚洛简直爹毛。他觉得得亏现在科技还不够先进，不然这位大姐真能按一下按钮就在他面前降下一道卷帘门挡他去路。

“你刚刚对我挤眉弄眼是做什么？”

“我对你挤眉弄眼？”奚洛顿觉天降一口锅，这是要告他骚扰警察吗？

“刚刚在漫展的时候。”

“我没有！”奚洛立马摇头，“你看错了！”

反正事情都结束了，他身份也没暴露，这时候只要否定就好了。

“是吗？”

“看错了看错了。”奚洛用力点头，“真的，我没有，我没对你做出过任何不礼貌不尊重的举动！”

方见纱正疑惑，江斯黎正从里面走出来。他见奚洛还在，十分自然地点头打了招呼：“洛宗您还在呢？”

什么叫我还在啊？就好像我多爱在你们这待着一样……奚洛简直气不打一处来，但反过来一回味这警察叔叔对自己的称呼，一下又兴奋了。

“洛宗”这个称呼，算是奚洛出道三年内的所有爱称中最重量级的一个了。女粉叫他洛洛，青训营的后辈们喊他洛哥，普通一点的粉丝和路人就统称他洛大神——唯独“宗”这个叫法，是赞誉他开启了狙击枪暴击的先河——不开瞄准镜，蓄力潜行，一发一命。相当数量的有志做Sniper的人——无论是普通玩家还是职业选手，都尊敬地把奚洛奉为Sniper的宗师和祖师爷，这么的，才有“洛宗”这个名号。这是真的懂游戏的粉丝才知道的，也是他自己最爱听的那一个。

不过这位警察叔叔好像没见过啊。

“你认识我啊？”他问。

“那当然，我一直都看您的比赛。”江斯黎笑得特别真诚，“刚才在漫展不方便和您打招呼。”

“不不不，警察叔叔，那个啥，不用这么郑重其事的……”奚洛被夸得开心，连要上厕所这事一时都给忘了，“今天能帮上忙我特别高兴！真的！”

“里面的完事了吗？”方见纱问。

“没有，早着呢。”江斯黎摇头，“之前别的所接了个报案，家长报的，说自己刚上初中的孩子在网上和人聊天，还在她电脑里找到了那种照片。不知道里面这哥们儿跟这事儿有没有关系，要是真和他有关系，一问就能给问出来。”

“我去吧？”方见纱指了指那扇门。

方见纱进了那扇门——大概是传说中的审讯室，奚洛脑内冒出来一个电影画面，那种美国黑帮电影，干部们抓了个人回来审，一帮人都审不出个结果来，最后一个审讯天才淡定地独自进了小房间，不出一会儿就带着答案回来了——在他心中，方见纱差不多就是这么一个形象。

他正想打个招呼就逃回对面老家，不料江斯黎笑眯眯地拉他坐下，和他聊起天来。从职业比赛聊到游戏，再从游戏聊到漫展，同时不经意地给奚洛狂戴高帽，奚洛整个人坐立不安想跑又像是永远抓不着时机——他眼神时不时往那扇紧闭的房门瞟，心想，方见纱还不赶紧回来，你们工作交流，我好去上厕所……结果里面的时间像是凝固了一般，方见纱就是不出来。

要说他也是脸皮薄，“我先走了啊”其实就一句话，但憋得时间越长就越开不了口。好不容易等到江斯黎站起来，他想借机开溜，不料江斯黎转身倒了两杯茶：“洛宗啊……”

这警察叔叔怎么这么能说啊！

无事不行贿，江斯黎把放在办公室里压箱底的茶拿出来，完全是为了向奚洛套个近乎，顺便看能不能要一张程珈奈的签名。他作为《SPT》的老年手残玩家和加了程珈奈六个粉丝群的老牌粉丝，不夸张地说，他可能比程珈奈本人还要了解她。今天程珈奈作为漫展嘉宾过来站台，他原是想要是没什么事就凑到前面去要个签名合照的，结果全被里面那猥琐男给搅了局，他遗憾又有点意难平，于是在这地方偶然见到奚洛，一个冲动就“滥用职权”了。

“你要老程的签名啊……”奚洛抓了抓头，“但我不知道她现在在哪，可能跟主办方那帮人吃饭呢。要不我先——”他眼前一亮，“要不我先回去问问队长她在哪吧！”

“不麻烦的话那当然……”

“不麻烦不麻烦！”奚洛一下从沙发上弹起来，“那我走了！”

他跳起来往外跑，推门时直接撞在一个人身上。来人是一位身着全套灰色西装的青年男子，看起来和这间小派出所并不怎么搭。

江斯黎站了起来：“请问您有什么事？”

"您好。"来人笑了笑，"我姓夏。请问方警官在吗？"

对于夏耀节这个周日的邀请，方见纱并没有拒绝。

倒不是对夏耀节和这段关系存在什么留恋——至少她觉得她没有，只是她觉得在那种场合，拒绝显得矫情，她不愿意给任何人留下这种印象，尤其面对夏耀节的时候，她更加不想。

而夏耀节此次突然联系方见纱，一部分是由于父母的压力，另一部分是他自己对这场草率的交往和分手也稍微怀有一点悔意，但并不是恋爱意味上的。

事实上，即使过去了两年，他也说不清方见纱在哪些地方确切地吸引他，不过，他能够确定的是，她至少要比他的社交圈里的那些娇纵的大小姐好太多了。她们会以矜持高傲的态度来表达自己不好应付，永远都需要查询自己的时间表，永远让你觉得她们很忙，想和她们约会的人能够从这里一路排到埃塞俄比亚，她们会用一字一句的暗示来告诉你，你对她们来说从来都无关紧要。这种混蛋思路，已经被深深刻在了这些被娇惯着长大的大小姐们的脑子里。

但方见纱重要吗？他觉得也不。她只是比起其他人来，要稍微特殊那么一些。

当然，这种心思，他并不打算让她知道。他希望她觉得她很特殊，希望她觉得他这两年仍旧对她念念不忘。

"方警官在里面。"江斯黎有些疑惑，"请问您是她的？"

"我是她的朋友。"夏耀节说，"我和她之前有约。"

"这样的话那还请您……"

"夏总？"这时，原本是要走的奚洛突然搭了个腔。

♂♀

夏耀节大学毕业还没来得及继续读研深造，在国内正准备试试水，看自己能否立足的那一年，也是奚洛十八岁正式出道比赛的时候。当时，奚洛所在的是一个名不见经传的小战队，训练营是个破网吧，能用的电脑加起来不到五台，战队穷得响叮当，赞助商看都不看他们一眼，哪怕他凭一己之力将战队带到八强也没什么用。就在这种山穷水尽，战队眼看就难以维持下去的时候，夏耀节做了他们的金主。

其实夏耀节这么做，并非是什么深思熟虑后的决定。只不过他刚刚回国，在准备接任自家房地产公司的副总之前，必须要在公司那帮老头子面前立个威。不管他准备做什么，他必须开始做一件事，表示他对未来是有所打算的，而不是一个只是仗着家里有矿为所欲为的纨绔子弟。这么的，他便将视线落在了已经开始崛起的电子竞技领域。

当时，UNI和黑骑士，以及另外几个豪门战队并没有给他插一脚的余地，即使有，那也不过顺水推舟，在已经堆到天花板的钞票堆上再加一码而已。

他需要寻找一个小的，关键的，只属于他的机会。

奚洛和他的战队就在这时掉到了夏耀节面前，他于是顺理成章，伸手把他们从水里捞了起来。

这件事上了新闻，标志着他正式开始独当一面。

那个时候奚洛年纪尚小，并不懂得人间险恶与世界艰辛——当然他现在也并不是那么理解，只是当时，他要更加懵懂一点。他并不清楚一个战队的解散代表的是什么，不知道自己其实很有可能随着解散的战队，在还根本没来得及起飞的时候便跌入深渊。他游戏打得是好，但在当时的豪门战队眼中，也不过只是一个“不差的新人”罢了，加上他“改年龄”的谣言缠身，因为一点阴错阳差便从这个职业圈子跌落下去，也是极其常见的事。

他虽然至今没能够理清其中的种种危机与他千钧一发的幸运，只是面对这位天降的金主，他一直都是敬畏加感恩的。

“噢。”夏耀节对奚洛笑了笑，“洛哥。我听说了，你转会到UNI了吧？恭喜你。”

“没有没有，”奚洛不大好意思，“没想到在这儿见到您啊。”

“是的，我也很意外。”夏耀节环视了一下周围，看到对面的大楼，似乎想起了些什么，“我记得，你们的战队办公室就在对面吧？”

“对对，就在那边。”奚洛一指外面，“您去看看吗？”

眼看两个人这么聊了起来，站在一旁的江斯黎打量着这位夏总，同时悄悄地用手机开始搜索夏耀节这个名字。

不，这不是八卦，他想，这是身为一个警务人员的基本精神，还有身为方见纱的师兄，对她的保护之心。

Xia Yaojie——江斯黎打出这三个字的拼音之后，看着输入法上出现的自动联想感叹：搜人家的名字，打个拼音就自动联想出汉字来了，打他自己的名字，还得费劲地一个字一个字选。

他在心里吐槽完，回头接着去看夏耀节网上的资料。上面写着这人是天屿房地产公司老总的独子，加拿大维多利亚大学经济学硕士，大学时期曾经参加过一个偶像节目的选秀——江斯黎若有所思地点了点头，这哥们儿参加过选秀，所以他网上的资料是这么来的。

江斯黎跟着点开了他的贴吧——他还真有个个人贴吧。里面的信息当然都是好几年没更新的了，其中有个帖子标题写着“耀节百科”，边上还加了一大堆乱七八糟的表情符号，特别有年代感那种。

夏耀节，虽然是最年长的一个，也是最幼稚的一个，喜欢巧克力，不吃番茄，喜欢动物但是对动物毛发过敏，家中养有一猫一狗……

不，等会儿。

江斯黎眉头一皱。

他觉得这句话有点眼熟，好像在哪儿见过。

第四章

恋爱是计策与阴谋

就在我思考和顾诗林的关系的时候，他突然住进了医院。

要知道，他这一次入院，纯粹是自作自受。

他对动物毛发过敏，吸入猫毛便会呛咳不止，却偏偏还在家中养了一猫一狗。换季的时候就是猫狗换毛的时候，满屋都是看得见的和看不见的猫狗毛发，不出问题才奇怪了。

“我在医院里看着顾诗林，他的表情是一种从未有过的柔和，甚至可以说有些惹人怜爱……”周雄也全神贯注地念着游戏的过场台词，而坐在旁边看着他的程珈奈，被他的一本正经刺激出了一脖子的冷汗。

♂♀

周雄也这个人，往往是在一些没用的地方分外地认真。而且因为他的态度实在太一本正经，一本正经得非常自洽，让人想嘲笑都找不到切入点的缘故，他的人格就这么一路畅通无阻地贯彻了下去。此时此刻，他便就如此一本正经地在训练室里给粉丝直播着那个突然火爆全网的恋爱页游，程珈奈则在旁边，一边等着预约好的要送她去机场的出租车，一边盯着周雄也的电脑屏幕上刷过的粉丝弹幕。

这个游戏粉丝们少说也看了七八遍，开场台词都差不多能背下来了。但一个主播一个解说风格，粉丝们常看常新，乐此不疲。比如奚洛的解说就是吐槽式的，每个剧情他都能够找出来槽点，什么严肃、悲情、甜蜜的恋爱他都能给解构成胡说八道的恋爱。程珈奈的解说是逆反型的，每个选项她都反着选，致力于能拆散一对是一对。这种风格从给女主角取名便开始了，人家的女主角都叫什么“小糖糖”“小猪猪”，她的女主角名叫“大兄弟”。

大兄弟，你来了?

大兄弟，你知道不知道和我对着干有什么后果?

——她的游戏基本就是这个画风。

然后，和她的“大兄弟”呈鲜明对比的，周雄也周队长在给女主角取名的环节中，对着输入框，淡定地敲下了“桃雪璃”这三个字。

桃雪璃这个名字，站在文艺作品的领域看，宛如二十年前古言小说中的女主角，土掉渣那种。而换一个角度看，像是个奶茶店推出的夏季限定新品：清新，时尚，网红。

用气泡水打底，加入白桃味的糖浆，再加入足量的海底椰和椰果，表面再覆上一个软软的香草冰淇淋球——你看，桃雪璃。

程珈奈心里这么琢磨着，拿出了手机开始浏览附近的奶茶外卖。

“哎，老周你奶茶里要加什么？”她一边点着自己的奶茶，一边问周雄也，“红豆？布丁？珍珠？芋圆？”

“都要。”周雄也淡然地回答，完全不管弹幕上刷过的大量对桃雪璃这个名字的嘲笑。不少粉丝以为周队长是故意搞笑，但是，程珈奈知道，这个人百分之百的认真。

“看到没有？”程珈奈凑近了麦克风，笑嘻嘻地说，“你们周队长喝的不是奶茶，是八宝粥。”

她这突然一出声，弹幕又炸了一片。

有惊叹于两大战队队长私下约会的，有借机催程珈奈别在这儿看别人直播，赶紧续写大兄弟和顾诗林的爱情故事的，当然也有那种上来就喷她的黑子。这事不怎么新鲜，原本UNI和黑骑士就是联盟的死敌，在UNI的死忠粉里，仇恨黑骑士同时对程珈奈本人深恶痛绝的人更不少见。这种情况放在其他人身上，可能会自主地避一下嫌，别给自己惹是生非，比如直接不互动。不过程珈奈是那种不惯人毛病的类型，如果说奚洛的直白任性是少不更事的天性使然，那程珈奈则纯粹是蓄意为之：既不配合，更不妥协。

原本一开始还有不少骂人的，因为这两位队长的不避嫌，倒是自觉没意思而撤退了。剩下的几个在直播间里时不时出没喷脏话的账号也被房主顺手封了号，现在的弹幕是清洁无比：

周队还是这么爱吃甜的。

周队长这反差萌太要命了我不行了救救我。

洛洛玩这游戏的女主我记得是叫小熊熊吧？周队打他没有，求周队直播打他。

周雄也继续推游戏的进度，程珈奈则是专注地盯着弹幕一边看一边笑："洛洛的女主角真叫小熊熊？"

底下弹幕回她：对啊，小熊熊都和顾诗林进展到关键情节了，程队你的大兄弟估计是没戏了，GG吧。

"我才不GG呢。"程珈奈说，"这游戏就没有不在一起的设定吗？我还非得和顾诗林在一起？"

"小成本游戏，"周雄也在旁边说，"谁给你做这么多结局啊。"

"噢，所以我不管怎么选，顾诗林都还是爱我……"

♂♀

他们正专注地和弹幕聊天的时候，奚洛终于得以从派出所被放了回来，且手里还拿着两杯奶茶——他上楼时看见了送奶茶的快递小哥，就顺手给接了过来。

刚刚和夏耀节的那番攀谈让他的心情有点愉快，毕竟当初被夏耀节拉了一把的时候，他在这条路上还是个真正的新手。现在他成了当家大神，多少有种想在过去的金主面前嘚瑟一下，证明他眼光够好没看错人的心情在。除此之外，他还打算在方见纱面前证明一下自己——她的存在感实在太强，对他的嘲讽和蔑视都是实实在在的，仿佛在她眼中，他就是个说什么错什么的只会添乱的小孩儿，这种印象他可受不了。这种憋屈感堵在心里，他一直都想找个机会在她面前扳回一城。

那么，他是夏耀节的旧交——这个身份似乎就有点说得过去了。

一个金主，创业的富二代，名字上过新闻的励志男神，他认识。

还可以吧?

你是夏总的朋友有什么了不起的，我也是他朋友。

我不只是他朋友，还是他亲自提携过的。

怎么样，厉害吧?

并且，为了向夏耀节进一步展现他现在的实力，他大方地送了派出所所有在场的人各一张下个月新赛季比赛的现场票。当然也包括方见纱在内。

“等会儿，你随身带票啊？”

程珈奈听完了派出所事件的整个过程，首先道出了这个疑惑。当然，这个时候周雄也早就关了麦，游戏直播也暂停了。但粉丝还没走，还好奇地在电脑前刷着弹幕：周队怎么突然不说话了，是不是被剧情感动得跑厕所哭去了啊?

“我那个……哎，我之前不是在街上碰见过一次女粉丝吗，死活拽着我不让我走，我说给签名给照片也不行，然后队长教我，让我随身带着比赛的票，要是遇见粉丝我就掏出票说送她们，然后赶紧跑！”

“遁逃弹，这个不错。”程珈奈戳了戳周雄也，“老周，我也试试怎么样？”

“你不行。”周雄也说，“你的男粉丝会误会你是特意为他们准备的票，进而误会你要和他们结婚的。”

“真的假的啊队长？”奚洛张大眼睛，“老程的男粉这么可怕的？”

“真的，洛洛，只有你想不到，没有他们做不到。”程珈奈痛彻心扉地点头。

"那至少没有人要和我结婚……"奚洛摇着头，把手里的奶茶递了出去。

"怎么没有？"周雄也淡然地说，"全联盟最想交往的明星选手榜排名第三，是说着玩儿的吗？"

"那是什么玩意？"

"洛洛喜欢什么样的啊？"程珈奈摇晃着手里的奶茶，插了吸管后不着痕迹地递回给了奚洛。

"我喜欢什么样的啊……我也说不好，没研究过。反正我不要这游戏女主角这样的，让我看看队长你玩到哪儿了，你才玩到这儿啊，这是女主角为数不多的正常的一段了，后面给我作的那真是……反正要说我找女朋友的话就要温柔的，体贴的，我回家会给我做好了饭准备好了家居服，喝奶茶还帮我插好了吸管……嗯？"他看了看自己手里的奶茶，"哎，你怎么给我了？"

"老周呢？"程珈奈直接无视了奚洛，将同一个问题抛给了周雄也。

"我觉得，不是作与不作的问题，是人的问题。"周雄也面前的游戏界面的剧情已经进展到男女主角的第一次拥抱。游戏公司十分良心地给了一张CG图，虽然作画水平不忍直视，但至少比没有要好。

"假如一个人喜欢另一个人的话，他就会包容那个人的一切。不对，不能说是包容吧。"周雄也摇了摇头，"就是说，一个人看着他喜欢的人，会自动将这个人的一切行为都美化。我们现在作为旁观者觉得不适的地方，但当事人自己并不这么觉得。也就是说……"他把椅子转了个方向，看着奚洛认真解释，"不是他喜欢作的人，而是喜欢一个人，而不觉得作是作。"

"队长，你即使这么看着我，我也不知道怎么回答你……"奚洛艰难地回答。

"比如说吧，"周雄也越讲兴致越高，"之前那一段剧情，顾诗林非要送女主角回家，女主角坚决不从，结果接到家中出事的电话，不得不让顾诗林开车送她去医院的那一段。这段我看是最多人说女主角'作'的，但是，首先顾诗林的态度很不好，非常居高临下，这样一来，女主角有所不满也是说得通的。而且，女主角在那个时候，对顾诗林的感情是很复杂的。她既不愿意让对方看到自己软弱的一面，而在那个环境下，她又没有能力去自己解决这个问题。所以，她对顾诗林的愤怒，本质上其实是对自己的愤怒……怎么了？”

看着对面同时陷入了沉默的两个人，周雄也疑惑地问。

“不，我没想到队长是个恋爱心理学家……”奚洛不敢置信地摇了摇头，“这之前没人跟我说过啊。”

“可怕吧？”程珈奈极其无奈地摇头，“就不应该让老周直播这个。”

“这是那种传说中的……在特定的东西面前会人格大变的情况吗？”

“我觉得是。”

“你们说什么呢？”周雄也体贴地把自己手里那杯加足了料的奶茶插了吸管，递给了程珈奈。

“你看见没有？”程珈奈指着这杯奶茶对奚洛说，“这就是人格大变，都体现在行动上了。谢谢你，我不喝你这八宝粥。”

“这里的剧情是因为顾诗林喜欢女主角，女主角也喜欢顾诗林啊。所以你们要把这个当作前提去理解……”周雄也循循善诱。

“队长你别说了……”

♂♀

就在他们惊诧于被这个随意的恋爱页游所引出的周雄也的第二人格的同时，游戏公司也震惊于这个游戏的突然火爆，而生出了继续制作续作的想法。不过，单纯平凡的续作多少有点噱头不足，所以，游戏公司高层正在筹划着是否要找现役电竞选手来担任配音工作或者直接担任脚本作者——这是程珈奈从她在游戏公司的朋友那里打探到的消息。

对此她原本是没怎么当回事的，她觉得电竞选手就是选手，哪有什么人有本事能写游戏剧情的。然后这个想法，就在这一回偶然目睹了周雄也直播游戏，并且对游戏分析得看起来头头是道之后，被她果断从脑内撕下揉碎了。

在她回到B市和朋友坐在一起吃拉面，朋友偶然提起了这回事顺口向她打听是否有合适的人选时，她不假思索地就把周雄也给卖了出去。

“我推荐周队。”她说，“不如说吧，只能是周队。”

当然了，远在祖国南端的周雄也和UNI对这回事，以及程珈奈的心思全然不知。他们的精力用以备战下个星期便要到来的新赛季。

方见纱他们拿到的票，也就是这场比赛的。

这是这个年度赛季的第四场赛事，UNI主场，也是他们的第一场比赛。对手是K市一个小战队。这种级别的常规赛，自然一多半都是没什么名气的小战队，小战队一开始就对上UNI这样的豪门，也是运气欠佳了。

比赛当天是个周日，江斯黎带着方见纱，挤在众多穿着应援T恤的粉丝当中，兴奋地找着他们的座位。

江斯黎作为电竞的老粉，手里有一张前排票——还是当家大神给的，那当然是喜不自胜。不过旁边的方见纱和夏耀节，心思则并没有放在这场比赛上。

他们分手后的这两年当中，并不算是完全断了联系。首先有逢年过节的问候短信，以及时不时的朋友圈的点赞，表面关系是没得说的。甚至有一次她和朋友去加拿大旅行，还找了夏耀节询问行程是否妥当，夏耀节也相当热心地回答了她。这种关系比他们做恋人的时候更加舒服。她觉得这样挺好，甚至不由自主地在与其他人交往的时候想起他的好来。

但她并没有想到他会主动打破这种平衡。

恋爱是得失权衡。

她想。

不，恋爱是冲动与热情。

她不确定自己是否对夏耀节有这份冲动与热情，曾经没有，现在则是不确定。方见纱不迷信过去，她信任时间和人的成长，她自己会，对方也会。

但是成长了的两个人能否走向同一个方向，她则没有把握。当然，任何人对此都没有把握。

她原本是对这场赛事没有多大兴趣的，不过在走进电竞场馆的时候，却不由得还是被它内部独特的风格所吸引了。

这个场馆从外面看起来和平常的体育馆分别不大，进到里面之后，首先看到的是分布于四面八方的电子显示屏，让坐在每个位置的观众都能看到完整的比赛画面。

它建立于四年前，是国内第三个永久性电子竞技专业场馆，里面包括比赛大厅、产品展示区、玩家互动区等等，有一些厂商推广活动也会在此展开。

方见纱和江斯黎在各自的位置上坐下，奚洛给的票是前排正中央的座位，视野相当好，属于那种选手出来打招呼，他们脸上的汗毛都看得清的距离。

因为是常规赛，场内的观众人数算不上多，狂热度比起季后赛差了好几个度，何况水平相差太大的比赛更让人缺少热情。

不过，有的战队会利用常规赛的机会调整战略，也有的选手会干脆换平时完全不用的武器来挑战自我。比如去年那场，招牌武器是双枪的程珈奈就在常规赛中把其他武器都用了个遍，她推着滚轮二十秒内干掉四个对手的视频，现在还在视频网站上占着榜首。

截至最后一次更新为止，《SPT》这个游戏中总共有九十一种主武器、十一种副武器和九种SP武器，每种副武器都可以和不同的主武器组合，以达到不同的攻击效果。

现在，他们面前的显示屏上，就在不断滚动着游戏和武器的介绍视频。

“我跟你说啊，选手们用的武器主要有刷子、双枪、水桶、伞之类的。”江斯黎在旁边小声给方见纱科普武器知识，“反正你就把武器里发射出来的墨水想象成子弹就行了。副武器和SP武器就是道具，选手们根据一场比赛的战略选择带哪种副武器。你看现在介绍的是一个叫雨云的SP武器，角色可以投掷出来一个发射雨云的装置，这个雨云就会朝对手移动，并且不断滴落墨水。对了，两边发射出来的墨水颜色是不同的，如果脚下踩到了对手的颜色，就会伤生命值……”

场馆里面很乱，江斯黎的声音听起来很模糊。方见纱是听着，但也没听到多少。然后，她看面前显示屏颜色一变，从介绍游戏变成了介绍选手。观众们来了精神，有人兴奋地叫起来。

先放出来的是UNI的集体大合照，他们的队服是黑白和薄荷绿的三色组合，看起来有点未来感。站在中间的是周雄也，他这人不说话的时候就自带一种犯罪分子气质，可能又被打光、修图加成过，整个队全员——包括奚洛在内，看着还真有种不怒自威的强大气场。

说起来，这套宣传图，是周雄也的审美和新摄影师的审美完美结合碰撞的结果。

之前负责拍摄宣传照的摄影师是个挺传统的男的，那人不知道为什么，可能以前是做电视调解节目的，就特别喜欢那种团结一家亲的照片画风。拍照的时候就一直让人笑，拍出来的照片就透着一种和个人气质十分违和的，微妙的慈祥感。

后来这个合作的摄影师辞职不干了，换了一个大学刚毕业的新人。这新人狂热地喜欢黑帮电影，他第一次扛着相机到摄影棚，就和周雄也就电影《教父》的话题激情热聊了一小时。后来的拍摄过程十分顺利，他镜头下的每个人扛着的玩具枪都显得特别货真价实，货真价实得让俱乐部经理把这套照片往上头递交审核的时候都心惊胆战，生怕上面说影响不好。不过看起来好歹一切都算是顺利，因为奚洛那张端着狙击枪的照片此时就在整个场馆的大小荧幕上展示。

方见纱抬头看着荧幕，光线很暗，把奚洛的五官棱角勾了出来。他端着狙击枪，枪口对准前方。平时都随意地向上束起的额发此时放了下来，把眼睛遮住了一半，竟有种凌厉感透出来。

场内一片尖叫。

“哇。”旁边江斯黎马上感叹起来，“洛洛酷炫狂霸。”

♂♀

这是句至高无上的赞美，可惜当事人正站在台上，听不到下面的声音。

宣传片播放完毕，音乐变得比之前更加激昂。台下的观众顿时接收到这一比赛开始的信号，跟着欢呼起来。两边的选手就是在这样震耳欲聋的音乐声和欢呼声中登上了台。

这是比赛的规则，比赛开始之前，先是两边选手上台来打招呼，互相放放话。方见纱看到台上十二个人站了一排，奚洛站左数第五个，周雄也旁边。

在没轮到奚洛做自我介绍的时候，他的眼神像是捞金鱼的网子那样在台下来回晃，直到他同方见纱的视线一下相接后，他才极快地调转回视线，回到通常的准备比赛的状态。

哟。

他想。

是那个警察姐姐。

“我们知道，这是UNI主场的第一场比赛。那么，在自家主场，我们看看洛洛想说什么？”

这主持人是个之前没见过的，讲话语速快，语气有点像在主持儿童节目，听得奚洛头疼起来。他正走着神，冷不丁自己的名字被提到，他下意识地“嗯？”了一声。

“洛洛想对对手说点什么呢？”主持人又问了一遍。

“那个……”奚洛往台下又看了一眼，“你看着吧。”

不是，对手不是在眼前吗？UNI的队友也愣了愣，他看台下干什么？还有什么“你看着吧”，谁看着啊？谁在台下啊？

主持人一时也同样接不上话，好在对方战队的队长打了个圆场：“那，也请洛哥好好看着我们。”

这位队长技术不行，但人是个识大体的，这回一上来就抽中了这么个下下签，就本着讨教的心态来打这一场。然而比赛开始，奚洛却压根没准备看着他们。

这场无聊的比赛只一开场，就令江斯黎在内的粉丝都有些惊讶的是，奚洛打得非常猛。

下手稳准狠，毫无失误，绝对是半点要放水的意思都没有。

这当然不算缺点，但在这种级别的赛事当中，他这样的大神，一般是理应给对手留些面子和尊严，同时也给人家一些展示的机会的。就好像乒乓球比赛不能随便打人家一个十一比零一样，是一种默认的规矩，也是风度。没有像他这样，像在练习场刷新时间记录时打NPC一样一枪一命的，连起来都不让人家起来。

场内一时寂静无声。

结果，队友为了缓解尴尬，给对方送几个人头，就硬生生站在原地不动，水桶墨水泼下来时，躲都不带躲的。

但怎么说呢，总觉得，这样好像更尴尬了。

第一轮打到第三局的时候，奚洛像是自己先反应过来一样主动收了手，专心做后方支援，攻击的机会主要留给队友，能不出手就不出手。好歹让局面从前两局的压倒性全胜变成险胜，也让对手稍微找回来一点节奏。

同时，江斯黎也抓住机会赶紧给方见纱解释：“根据武器不同，他们在战斗里的位置也不一样，周队是中位，洛洛在后方。后方的人一般都是用狙，狙击枪也是这个游戏当中最难上手的武器了。一般人玩网游，别的枪可能练个两三天就能上手，但是狙击枪可能练一个月都不一定行……”

狙击枪是《SPT》中最难上手的武器，这是所有选手和粉丝的共识。当然，做到职业选手的人，每种武器都得先精通，然后再从这些精通当中，找到一种最擅长的。

其实按照奚洛这名选手咋咋呼呼的个人风格，不少人第一反应都觉得他应该玩水桶或者滚轮冲前锋，得知他是个Sniper时，多少是有点意外的。尤其三年前的全明星挑战赛，他以新人之姿公然叫板程珈奈单对单，并且用一把狙击枪把黑骑士队长打了个三比零，一时创下了挑战赛的神话。

虽然这个胜利也不能说明太多问题，比如《SPT》不是一个单打独斗的游戏，单人PK的胜败并不能真正表现出选手的水准，而且狙击枪相对程珈奈惯用的双枪来说，在他们PK的那几张随机地图中原本就具有天然的优势等等。但是，赢了就是赢了。

当时，也有声音说这是一场计划好的胜利，只为了借这个机会将奚洛推出来。或者没到"计划"这一步，只是黑骑士的程队长为了照顾新人悄无声息地放了水。这个说法也传到了周雄也的耳中，他在第一时间表示了否定。

也许他会做这样的事，可能其他战队的几个队长也会做，但只有程珈奈不会。

因为她太想赢了。赢过她自己，赢过所有人。

恰也是因为这件事，周雄也真正开始留意到奚洛这个新人。也让UNI下定决心，一定要把这小孩挖到手。

三局结束后，选手们回到后台为下一轮做准备。奚洛像往常一样做着放松手部的手操，脑子不由得还在想自己刚刚前两局时的表现。

他不该这么打，他现在明白过来了。但当时那个时候，在一眼看到方见纱坐在观众席的时候，他心中突然就升起一种强烈的胜负欲，莫名其妙有种要和她算旧账的情绪。

让你高高在上，让你装大尾巴狼，凭什么你总云淡风轻的，凭什么你说什么就是什么，凭什么我这么一个当家大神在你面前总像个二百五呢?

凭什么凭什么凭什么?

但他反应过来之后，又感觉自己在这儿秀操作，好像也对方见纱这样的外行证明不了什么。她在台下看，估计连哪个是他的角色都分不出来。比赛开始之后，那么快的节奏和那么鲜明刺眼的色彩下，没有经验的观众能看清人物的轨迹就不错了。

他愈发觉得自己这气赌得实在有点不理智。

比赛总共分成三轮，每轮三局。刚刚结束的第一轮是最常规的占地模式，双方选手需要抢夺两块小区域地盘涂上自己的颜色，第二轮是抢鱼模式，鱼就是双方选手需要争夺的宝藏，要在一定时间内将鱼搬运到指定的地点。第三轮是抢塔模式，需要选手站在塔上推塔，将塔送向敌方阵营就能够取得胜利。

第二轮和第三轮是比赛的看点，尤其是第三轮，双方加一起八个人，围着一个塔甩墨水，让人激情澎湃。但第二轮比赛他和周雄也不在名单里，周雄也有意换下了首发，让二线的队员上场。比赛开始后，奚洛和周雄也一起坐在边上，他看队长没有要对他刚才的不专业说些什么的意思，自己反而是觉得不自在起来，开始没话找话:

“队长啊，我看对面那个队长打得还挺好的。要是不对上咱，说不定还能挺一轮。”

“地图又是造船厂啊? 最近不知道怎么回事特别多的造船厂。”

“要不我下一轮也换个武器试试? 你觉得换个啥好? ”

……

他这么念叨，周雄也在旁边听着，只听，也不应。

这算是周雄也的个人习惯，不管队员在比赛上出现什么状况，除非是队员自己调整不过来，其他的，只要不是严重影响比赛进程，他就一概都留到比赛结束后复盘时再说。

奚洛当然也明白。

这时，周雄也的视线瞥到观众席，看到一个人微微俯着身，正在对方见纱说着什么。

“那个人就是夏总吗？”他问奚洛。

周雄也之前没有和夏耀节有过直接的接触，但对这个名字——或者说他背后的天屿公司和他老爸，他是有所耳闻。

G市最大的房地产公司，在近年开始涉足影视和电子竞技，投资了不少电影和电竞项目，比如现在他们屁股底下坐着的椅子，都是天屿的钱买的。

天屿参与电子竞技，这是从夏家公子归国后才正式成气候的。国内电子竞技的发展，也在相当程度上助推了夏耀节的成功。周雄也不知道奚洛和这位大佬熟悉到什么程度，反正奚洛总是可以很简单地和其他人熟络起来，不一定能够建立什么深交，只至少从表面看起来，就当真如全世界的人都能一夜之间成为他的朋友——好吧，还有仇敌。

只不过，就这样把票塞给大佬，大佬还真过来看比赛了，这事可能也只有奚洛才能做得到了。

接着，周雄也看到夏耀节坐到方见纱旁边，两个人偏头正说着什么。他并没有直接见过方见纱，只是顺着奚洛手指的方向从窗口看到过。那一天他们全队人都扎在窗户边上，全神贯注地盯着看对面派出所里什么时候出来人——这事后来回想一下，好像也挺魔幻的。

回到比赛现场，周雄也隔着老远看着观众席，目标人物的动作也好表情也好，隔着大老远的距离都看不出来。不过有句话是怎么说的来着——开局一张图，结局全靠编。于是“啪嗒”一声，周雄也这位恋爱哲学家的心中，有一根弦就这么接上了。

这位夏耀节，应该是在和方见纱交往。

♂♀

夏耀节这一次来，当然也不是为了看这场常规赛。只是他作为大股东的儿子，一是想见识一下自家建的这专业的电竞场馆，二是打算再和方见纱——他觉得“再续前缘”这四个字不怎么好听，一时之间也想不到更适合的。这两年间，他也交往过一些女朋友，不能说多么不满意，只是没有让他觉得非常合衬的人。而这时，他爸的一位生意伙伴不知道从何处又翻旧账翻出了方见纱这个人，借着酒劲，执意要他打个电话给她。

那位叔叔是个固执脾气，尤其是在喝了酒的时候。他接过那叔叔的手机，看到通讯人的照片和姓名时，着实愣了一下。

那个时候，他的第一反应是这样的：她原来在这两年，也没有找到新的男友。

这让他有点莫名地高兴。

不完全是那种他觉得他们仍旧可以回到过去的高兴，其中一多半是一种自恋心理作祟——自己并未被什么人胜过。

他在和方见纱交往的那段时间，他自以为自己很是体贴称职，全方位多角度地把男朋友该做的事都做了个遍，没有什么能让人挑剔的。他觉得没有，方见纱同样也是说不出一个具体的理由来，为什么她会觉得他不行。

那么，站在夏耀节的角度，为什么他会觉得她不可以？

人和他人的关系是很微妙的，因为人并非是一个恒定的存在，一些时间，或者某一件事都可能改变人的存在本身。这也就是说，一个人在两年前遇到的一个人，和他现在遇到的这个人，内里可能已经成为了截然不同的人。

那么，又何必拘束于过去呢？

所以，他拨出那个电话的时候，内心已然是不存在什么意外和抗拒。他认为他是想挽回，或者说想重建他们之间的关系——但事实上，他在做的事更多的是，为了证明。

证明自己的魅力，证明方见纱仍旧会愿意再度尝试和他发展。

第五章

养鹦鹉要记得关窗

所谓的与那个“正确的人”的邂逅，是命运的安排，还是自己的选择？

命运诚然听起来是非常浪漫的，就在某一个时间，在某一个地点，我与某一个人恰好相遇，然后爱上他，我将他称作我的“命运之人”。

但事实上，我并不喜欢“命运”这个说法。我认为它抹杀了我的努力，并否认了我在这段感情上所做出的种种改变。我们或者都曾经希望能够以最原本的样子去和他人相恋，但是，和他人交往的过程，是一个自我更新的过程。

♂♀

方见纱在中学的时候，曾经被父母拉着算过一次八字。

生意人，不管是做得成功还是不成功的，似乎都多多少少有那么一点迷信。当时算八字的那个人说，她的人生在二十四岁那年会有个坎。

那个时候的方见纱正值叛逆期，并不是说她现在就不叛逆，只是那时她的叛逆程度比现在更要甚上数倍。任何自诩权威的人说的话，她都不打算放在心上。于是这“神棍”的预言，连同父母为了给她“保平安”请的平安符，都被她直接抛在了脑后。只是，在她和前男友又坐在一起的时候，她忽然想起了这个预言。

夏耀节算不算这个坎？

她想。

她已经不记得他们分手的确切的理由了，可能一开始也根本就没有什么确切的理由。他是她打算要认真交往的第一个人，在他之前，她也被不少人示过好，但到底没发展出来下一步的关系。这也许是人的问题，也许是时间、地点和心情的问题。

遇到夏耀节的时候，恰好是她自己觉得“到了可以和什么人恋爱”的阶段。不过，恋爱毕竟是两个人的问题，并非她一人觉得到了某个阶段，事情就会水到渠成的。

方见纱承认，她挑不出夏耀节的什么毛病来。也正因如此，对于和他在一起的时候总是无法全心投入的自己，她非常难得地感到了一种陌生的焦躁感。

她是自我中心惯了的，但凡在一件事上，她觉得自己是正确的，那么她就会将自己的正确性贯彻到底，丝毫不理会他人的意见。只是当她在怀疑自己“没有这么正确”，也没有一个人来告诉她那个“正确”的标准的时候，不安的情绪就生了出来。

她不堪这种情绪所困，所以索性直接从这段关系当中逃开，回到稳妥安定的一人世界。

但逃遁到底只是逃遁，问题被留在原地。当他们重新回到这张地图的时候，就发现当时所有没有办法解决的问题还是留在原地，伸手碰一下，抖起来的灰都还是当年的气味。

“比赛结束后要去哪？”方见纱问。

“随你。”夏耀节温柔地回答。

这是他们过去常有的那一种对话，同样的逻辑与同样的感情。

“你去哪里，我陪你去。”

比赛的后半段，方见纱并没怎么看进去。原本她同意来看这场比赛就是醉翁之意，现在大屏幕上乱七八糟的色彩，加上场馆内逐渐蔓延开的热气只让她感到一点隐隐的烦躁。旁边的夏耀节却是注视着屏幕，似乎对这场比赛饶有兴味一样。

他喜欢游戏吗？她想。

时间过去了两年，但这两年时间在他们身上各自发生的作用，对对方而言都是一片空白。

方见纱在过去不了解的，现在她仍旧不了解。

如果她不是现在的性格，如果她更加大胆，更加莽撞，也更加随性的话，她可能会在餐桌上要求和夏耀节玩一个游戏，她可以问他：你了解我吗？如果他说他不了解的话，她将继续问他，那么你想继续了解我吗？

假如她做了一个这样的开头，那她其实可以保证，夏耀节不会把她的问题置之不理，他会友善地附和她，给她她想要的答案。比如说，你讨厌吃的水果是什么？喜欢的第一个人是什么类型？第一次和人告白是在什么时候？

他们的关系大概也会因此进展到一个新的阶段。

但是，方见纱到底不是一个可以允许自己这么做的人。

在夏耀节面前，她总显得有些拘谨，甚至说是有些局促。当然她相信她在他们面对面说话的时候还是自然的，只是，在他们终于离开那个比赛场馆，在西餐厅吃过饭，她从夏耀节的车上下来，和他道别后走入公寓的时候，才觉得自己终于松了一口气。

过去不行的事，现在仍旧不行。

过去做不到的，现在大概仍旧做不到。

但她心里暗暗有种侥幸的期待，尽管她也自知这只是侥幸而已，但确认它的确落空的时候，不能说是半点失落都没有。

说不上是喜欢，就是不甘愿在可能演变成“喜欢”之前，让一切就这么结束。

她在一种她不喜欢的挫败感当中用指纹解锁了房门，客厅的感应灯应声而开。当她准备甩掉鞋子坐到沙发上时，她猝不及防地看到了冲击力极强的一幅画面——一只鹦鹉在她家客厅里扑棱着翅膀，搁在架子上的杯子被撞到了地下，一地玻璃碴儿上飘着几片鹦鹉翠色的羽毛。看向窗户，窗是开着的。这她知道，是她自己出门前便没有关。她住的这个小区安保工作极好，且楼层又是正中间的十七楼，不可能有什么强盗小偷之类的爬墙进来——但谁能想到有鹦鹉飞进来啊？

开门的时候猫蹿出来，猫丢了；遛狗的时候没拴绳，狗丢了。

那这算是什么情况呢？鸟在家里没关笼子，同时又没关窗户？

坦白说，虽然她现在已经被迫修炼出了一身对付流浪猫狗的本事，但冷不丁面前出来一只鹦鹉，她一时还真不知道该怎么对付。

直接上手抓？找个捕鸟网？扔件衣服过去盖住？还是干脆把它引到窗外然后把窗户一关当它从来没存在过——这个想法好像有点缺德。

不管了。方见纱摇了摇头。谨思慎行不是她的作风，她习惯于上来直接采取行动，然后再根据行动的结果，去判断下一步的做法。但因为她的反应和思考的速度都很快，于是就给了他人一种运筹帷幄，万事尽在掌控之中的印象。

然而事实是，她将手伸向鹦鹉的时候，脑子中什么都没想。

红头顶绿羽毛，看起来就像个红绿灯的鹦鹉原本是站在窗帘杆上，它在留意到向它走来的方见纱后，扑棱了两下翅膀，然后飞到了她的手上。

就这么……简单？

“咕！”鹦鹉冲着她，状似心情很好地叫了一声。

“嗯……好的，你不要动。”方见纱尝试着和鹦鹉沟通。

“咕！”

鹦鹉虽然是抓到了，但接下来怎么办却还是个问题。她家在十七楼，便可知鹦鹉不是从其他什么地方飞上来的，大半可能性是某位邻居养的宠物，忘了关窗而飞了出来。

这样的话，大概写个启事贴楼下电梯口是最简单的。

她这么想着，就听房门冷不丁被人一阵猛敲，那种颇有破竹攻城之势的敲法，方见纱问了一声是谁，敲门声音突然停下来，换成另一种不熟练的三下一顿的敲法。

方见纱端着鹦鹉，在家中左右环视了一圈，最后盯准了洗手间。

“咕？”鹦鹉疑惑地叫了一声。

对不起了。方见纱想。

跟着，她迅速拉开洗手间的门，把鹦鹉一把抓了下来，并迅速地关上了门。

动作行云流水一气呵成，甚至鹦鹉都还没反应过来。

“哪位？”她对着门又问了一句。

“那个……我是住隔壁1705的。不好意思，我有个事想问您一下……”

隔着门，方见纱只觉得这声音有点耳熟，却也没多想地开了门。门一打开，她一时间差点觉得自己回到了派出所。

当然，这么想的人不止她一个。

“怎么又是你啊！”奚洛在门口绝望地大喊。

方见纱其实本来也是有点惊讶的，但被奚洛大嗓门一喊，硬是把她那点意外压了回去。

“什么事？”

“你住这儿啊？”

“你也住这儿？”

“我刚搬来……”奚洛成功地忘了自己刚才的震惊，下意识地就回答起问题来，“也不算搬来吧，反正这房子是我的。不是我们先不说这个了，我想问你个事儿，或者说我要报警！”

“报警？”

“对！因为我鹦鹉丢了……我今天一回家看见窗户开着，对，我忘了关窗户了，然后我鹦鹉就找不着了……”

“鹦鹉？”

“对啊鹦鹉！就那个，会说话的那个，鹦鹉。”

“我知道什么是鹦鹉。”方见纱见奚洛连说带比画，简直要在她面前对她讲解一下什么是鹦鹉一样，赶紧让他打住，“那是你的鹦鹉？”

“是我的啊，哎，难道你……”奚洛说着，突然一眼看到方见纱房间里的一地鸟毛，“等等，你把我鹦鹉怎么样了？”

这场比赛结束后，战队自是先回了战队大楼复盘，结束后，一帮人惯例去聚餐。平时绝不错过这种活动的奚洛这回举手请了假，他要回去看一下刚装修完不久的新家的情况。

他买的这处房子位于G市西边的一个小商圈，环境幽雅交通便利，楼对面有个网吧，而且看了一圈也没找见让他有心理阴影的派出所。指纹锁，落地窗，能养宠物。他觉得特别满意。

像他这样年龄和级别的职业选手，一场比赛几十万上下的收入，银行卡里的数字增加得特别没有现实感。这些钱其他选手要么拿来理财，要么拿来买房。奚洛自认自己没有理财的脑子，就干脆用卡里的钱换了一套房。简单粗暴，看着心情舒畅。

和队友在一起是很开心，但偶尔也想要拥有自己的时间，在自己还没怎么好好住过的家里玩一玩游戏看一看电影摸一摸鹦鹉——原本事情应该是这样的，但奚洛一路轻松地吹着口哨跑过来，打开门却看见自家窗户大敞四开，本该在房间里的鹦鹉不见了踪影后，他马上就慌了。

这只鹦鹉是他养的，原来是养在宿舍里，后来周雄也明令表示新宿舍禁养宠物，他就不得不把鹦鹉送回了父母家。

一般来说鹦鹉是应该会说话的，但不知怎么的，这只鹦鹉却似乎是个异常沉默的性格，怎么折腾都死不开口的那种。不仅死不开口，平时的活动基本上就是吃了睡睡了吃，特别高冷，非常自闭。

也是这种性格让奚洛一时松了警惕，觉得这鹦鹉对外界应该是没有什么向往的。

然而事实证明，永远不要揣测任何人——任何生物。

那只鹦鹉原本在方见纱的洗手间里玩命地扑腾着，奚洛的声音一下响起来，洗手间忽然像被切断了电源一般安静下来。

方见纱一愣。

她放着在门口嚷嚷的奚洛不管，隔着洗手间的磨砂玻璃往里面看了一眼，自然是什么都没能看到。她又用手指关节轻轻敲了两下门，里面也没有声息。她这才缓慢地将门推开一条缝，看到那只鹦鹉正好立在洗手池边上，一脸庄严。

怎么说呢，方见纱琢磨，这个神情如果放在人的身上，大概是在传达一种“别出声我不认识他”的心情。

“你进来吧。”她回头对奚洛说，“把门给我带上。”

“呜……”鹦鹉有点痛苦地哼了一声。

奚洛听话地进来，小心翼翼地关上了门。方见纱指了指大开的落地窗，奚洛也一路小跑地过去关上。在确认了房间内再没了出口之后，方见纱才完全打开了洗手间的门。

绿毛红顶的鹦鹉赫然立在窗台上，闭着眼睛，总感觉有种不愿意搭理眼前这人的意思。

“灯灯！”奚洛一瞬间简直要给鹦鹉跪下，“你跑这儿来干啥啊？”

“你在家里养鸟不关窗吗？”方见纱倚在墙上，双手环抱在胸前。

又让她逮着理了！

奚洛简直有苦说不出。

“我平时不住这儿……”他还是硬着头皮解释，“这房子是我新买的，就为了养这只鸟，我们队宿舍里不让养宠物你知道吧？哦，你不知道。反正就是这房子刚重新装修完，不得开窗通风的嘛，那天我回来看这房，顺便把鹦鹉放这里，没关窗户就走了……”

结果就把一只鹦鹉搁在家里搁了五天。

但他们谁都不知道的是，对于这鹦鹉来说，一只鸟在家，有粮有水，而且窗还开着的日子简直是神仙生活。

更重要的是，没有奚洛这个主人在旁边念叨。

奚洛是个话多的人，平时在队里一张嘴顶十张，闹完了队长闹队友，什么话题他都能扯出长篇大论来。但是，除了这些能说的话题之外，总还有一些不能说不好说的，说了他觉得会破坏自己英明神武的个人形象的话——就比如被方见纱冤成未成年，从网吧里揪出来之类的事，他就统统说给了鹦鹉听。

鹦鹉听着，就觉得头那个大啊。

此时，奚洛和鹦鹉一起站在方见纱的家里，他突然想起来自己当初对着鹦鹉没完没了地吐槽方见纱的事，一时之间有点心虚。

这可是鹦鹉啊。他想。会说话的鹦鹉，虽然它一直没在他面前开口说过话，但哪知道它是不是在憋个大招啊。它现在就知道往方见纱家里飞了，万一一人一鸟一见如故，鹦鹉开口说人话毫不犹豫地把他给卖了那可怎么办?

灯灯你不能这样！我才是你的亲主人啊！

奚洛走进洗手间伸手去够鹦鹉，但一脚踩进去就踩进了水里，他低头一看，洗手间的黑色瓷砖地面上满满一层的水，灯光打在上面波光粼粼，跟一片小湖一样。

“你……”他的袜子和脚已经整个湿透，也不好再踏回客厅里，“你这是准备洗地板呢?”

方见纱疑惑地顺着奚洛手指的方向往地上看：“这不是我放的啊?”

“那还能是我放的啊大姐。”奚洛在水里上下蹦了两下，啪嗒作响，“那就是哪儿漏水了呗。”

他这么说着，就开始在洗手间里四处看。他先是检查了房顶，确认了不是楼上漏的水之后，又检查了洗面台和马桶，在确认种种都无恙后，他果断地一把掀开了洗衣机的盖子。

洗衣机里堆着大量的湿衣服，里面还残留着一些水，更多的水则是汩汩地从洗衣机的下方流出来。

“嘿。”奚洛终于抓住机会，学着方见纱刚才抱臂的姿势，倚在洗衣机上，“你衣服一泡泡一天吗？”

逆风局反败为胜！

奚洛在心中给自己拼命鼓掌。

♂♀

你在二十四岁的那一年，会有一个坎。

方见纱再次想起了这句话。

也许前男友是个难以逾越的障碍，但是，从现在的状况看来——一只闯入房间的鹦鹉加上洗衣机漏的一地的水，再加上被一位不速之客见证了全程，这种感觉实在不那么好。

她给洗衣机厂家打了电话，现在已是晚上，要来人维修也是第二天白天的事了。这一地的水，还是要靠她自己清理。

她先把奚洛和鹦鹉一块儿从洗手间拨了出来，之后开始找柜子里的旧报纸扔在地上吸水，然而水实在多得令人发指，报纸扔进去马上就给泡透了，她不得不一遍一遍站起再蹲下。

就在眼看那沓旧报纸马上见底的时候，湿着脚站在门口的奚洛忍无可忍地开口：“你家有没有拖把？”

方见纱一看就是个平时从来不干活的，收拾的动作看着简直能急死人，可能别人看了不觉得有什么，但奚洛在打扫房间这回事上有点强迫症，只要看到别人房间乱，他就条件反射似的心里着急。

他们队里的宿舍都是一人一间的，有时候他去周雄也的房间讨论战术，看到桌上的空牛奶盒和外卖袋就觉得头大，原本是战术交流，最后他却莫名其妙地成了全队的田螺姑娘——只要看见脏乱差的环境就自动动手开始打扫。

为什么会变成这样呢？他自己也想不明白。

不过，他现在看着方见纱这就算没有漏水也远称不上整洁的房间——当然地板上碎了的玻璃杯和那几根羽毛在说，这片狼藉里有一些是他的锅。他的心情忽然又微妙起来。

哦，他想，原来警察的房间也是这样的。

方见纱从阳台找来了拖把，不过奚洛已经不想再看她惨不忍睹的拖地技巧了。他直接接过了拖把，开始熟稔无比地拖地。拖把吸满了水，就拧水进马桶里，拧干后继续再擦。不出一会儿，地面终于现出原貌来，还因为水里加了洗衣液，而似乎比原貌还要更加光洁不少。接着，方见纱看奚洛从柜子里找了个桶，利索地洗了拖把，又重新用干净的水拖了一次地。

“不用谢我。”奚洛自顾自地把话给说了，“这算是你帮我抓鹦鹉的回报。哎，我鹦鹉呢？”

方见纱指了指沙发，只见鹦鹉舒舒服服地坐在——如果有什么词能够形容鹦鹉那个半立半躺的姿势的话，那大概就是坐了——沙发上，还发出愉悦的咕咕声。

“你这个鹦鹉……”方见纱犹豫了一下，“挺会享受的。”

“灯灯！”奚洛站在玄关对鹦鹉拍手，“过来！回家了回家了！”

“咕。”鹦鹉叫了一声，别过头去。

“不是，怎么感觉你还挺愉快的啊？”奚洛叉着腰对鹦鹉嚷嚷，那架势俨然是个看着孩子赖在邻居家里不走的急火攻心的老父亲，“我真走了啊！我跟你说这人可是个警察，她很凶的！她会逮捕你的！你怕不怕？”

“我不会。”方见纱不疾不徐地说。

“咕。”鹦鹉十分嘚瑟地点了点头。

“你这小王八蛋，有人给你撑腰了是吧？你是不是欠揍！”奚洛跳起来，他这动作一大，肚子特别不合时宜地叫了一声。

高层的公寓是很安静的，加上房间里没有电器的杂音，所以肚子的叫声异常清晰。

现在是晚上八点半，奚洛中午在战队食堂吃了一碗公仔面后就什么都没吃了，刚刚又在这儿大扫除了一番，加上和鹦鹉吵架，肚子里早就空空如也了。

“嗯……”方见纱回头看了一眼身后的厨房柜，“给你点个外卖？”

“不不不不用不用！”奚洛赶紧摇头，同时一个箭步冲上去，一把抓住鹦鹉牢牢捏在手里，“不劳烦您不劳烦您，我们这就走了。”

一人一鸟这么迅速关门离开，整间公寓一下重新安静下来。方见纱原本是习惯了安静的人，却也对这种骤然的寂静有些不适。

她环视了一下周围，确定房间里再没有什么溜进来的动物之后，打算整理一下心绪，先把洗衣机里的衣物晾晒起来。在她刚刚取来了衣架，还没来得及把洗衣机的盖子打开，就听到大门又被人小心翼翼地敲了两声。

“哪位？”她疑惑地问。

“那个……对不起，还是我……”

方见纱打开了门，只见奚洛在门口尴尬地笑着，两只手牢牢地抱着鹦鹉，生怕它再次飞跑。

“是这样啊，警察姐姐……你知道咱这个公寓都是指纹锁和电子锁，但我那个门，好像是没电了……”

这如果是普通的情况，那他肯定就直接转身回战队了。但现在情况不一样，他手里抓着一只鹦鹉，这件事直接把他的活动范围限定在了举步五米之内。

于是，在各种条件的限制之下，他只能来敲方见纱的门。

“您看，”奚洛直接闯进了方见纱家的玄关，并且回手就关上了门，“人民警察为人民对不对？”

门一关上，奚洛的手也松了，鹦鹉就直接一溜烟地又飞回了沙发上。

“所以我要帮你……”方见纱打量了一下鹦鹉，“打电话叫个开锁的？”

“在这之前我其实想吃个晚饭……”奚洛苦着脸捂着肚子靠在门边，刚才闹腾着不明显，现在安静下来，就觉得胃都饿得有点痛了起来。他盯着方见纱家的橱柜——一般来说，他都会在自家的这块地方放上足量的泡面和酸辣粉，用来填半夜三更的口腹之欲，“你有泡面吗？”

“有。”方见纱正抱着一堆衣服往阳台走，“就在水池的橱柜里面。”

果然在那里啊！

这种精装修的公寓，大家的橱柜、水池都长一个样，方见纱住进来后自己也没再另行装修，所以房间大体就保持了刚交房时的风格。奚洛是自己重新装修了一个游戏房，别的地方也还是保持着原样。所以，他在方见纱的橱柜里翻腾的时候，总有点恍惚地觉得这里是自己的家，连打开柜门时闻到的那股木头的潮气都是一样的。

他拿了一桶泡面放在餐桌上，开始东张西望地找电水壶。方见纱晒完了衣服走回来，从电视柜旁边把电水壶拿下来，又随口说了一句：“橙色包装那个好吃点。”

“嗯？”

“或者用煮的，再加一个番茄和一个蛋。”

“我……”

“要不我来？”

这个时间点，事情演变至一个奚洛无论如何都想象不到的局面。他坐在桌前，他的鹦鹉坐在沙发上，而公寓的主人——那个让他提起来就恨不得把她小小地收拾一下的警察，正穿着围裙站在电磁炉前给他煮面。

这个画面有点魔幻。

奚洛放在口袋里的手机振了好几下，他知道是队长和队友发微信来了，他不敢看也不敢回，他不知道该怎么跟队长解释他此时正在方见纱家里，并且还帮她擦了地板，现在正在等着吃她煮的面这件事。

在他的概念里，方见纱应该是个敌人。既然是敌人那就得打倒，不存在和敌人坐在一起把酒言欢的可能性。

那现在又是怎么回事呢?

他听到身后开水咕嘟咕嘟地冒着泡泡，番茄的香味和面的香味一起飘了出来。

一口泡面就让他背叛自己的原则了？不，确切地说，这不是从泡面开始的，应该是从鹦鹉开始。

就是你啊！都是你啊!

他狠狠地盯着沙发上的鹦鹉。

♂♀

方见纱端来了泡面，同时还倒了两杯冰的大麦茶，拉开椅子就坐到了奚洛对面。

奚洛顿时整个人紧张起来：大姐你不要坐我对面啊！你看着我我怎么吃?

他这么想着，但他很快也就认了命。这是人家的家，人家愿意坐在哪儿就坐在哪儿，怎么还需要征求他的意见了。

他老老实实地挪过泡面碗开始吃面，番茄已经煮得完全融进了汤里，一颗溏心蛋火候恰到好处，说不好吃是假的。他努力搜刮着肚子里那点贫乏的形容词想夸一下这碗面，结果说出来的是另一句话：“那个，你今天是和夏总在一起吗？”

“对啊。”方见纱回答。

“哦……那你跟他很熟吗？”

“你和他很熟吗？”

两个人同时问出了这个问题。

“我也算不上特别熟吧。”奚洛先回答，“就是夏总他之前给我们投过资，当时我们战队山穷水尽，差不多要散伙了——当然现在也还是散伙了，人都让不同的队给收编了……算了，你对这个应该也没兴趣，那你呢？”

两个不熟的人之间的话题，往往是共同认识的第三个人。哪怕他们其实对这第三人也并不怎么了解，却也只有这个人，能让话题延伸继续下去。

“他是我前男友。”方见纱说。

“啊？”

“别的没了。”

奚洛费劲地咽下去一口面。他原本没想到话题会往这个方向展开，他十几岁便一头扎进游戏里，对游戏之外的事情的技能点基本约等于零，虽然他有时也自知这样不行，结果也仗着大部分生活都在游戏里，生活技能点也不怎么用得着就得过且过了。每每像这样冒出来新的挑战，他都不知道该怎么接。

“那你……”他咳嗽了一声，憋出来一句，“那你是个好人啊！”

这是什么话啊！

话说出口，他只想把这碗方便面扣在自己头上，或者干脆扣在方见纱头上，赶紧把她的注意力从这句话上转移开。

“我是个好人？”注意力转移失败，方见纱听得十分真切。

“因为夏总是个好人啊。”奚洛硬着头皮继续说，并且努力把话题往夸赞方见纱的方向引，毕竟吃人嘴短，他不仅坐在她的客厅里，还吃着她煮的方便面，而且他的鹦鹉看起来还在她家度起了假。为了他和鹦鹉的人身安全和鸟身安全，他都没理由不哄着方见纱，“夏总是个好人，所以，你既然能和他交往，那你肯定也是个好人。”

“为什么你觉得他是个好人？”

“因为他……他真的挺好的啊！对我很好，对我们战队也很好。而且你看上次我请他来看比赛，他今天就真的来了……哦，他可能是冲着你才来的是吧，等于我给你们俩制造了个机会，也挺好的。怎么了，难道他不是好人啊？”

“不。”方见纱摇头，“他挺好的。”

“所以那你是想和他……复合吗？”奚洛跟着又问了这么一句。

这种莽撞的对话方式是方见纱前所未遇的。不过硬要说的话，她之前在家庭聚会上见过一个从国外回来的远房表亲，那孩子今年大学本科在读，会说一点中文，不过说中文的语气和逻辑就像是停留在十岁左右。大人问他平时在美国做什么，他天真地回答“玩游戏和读书”，不是成年人说话的语气。

奚洛和那个人就有点像，像是不知道在成人的世界里有许多问题不能碰。

不过对于方见纱来说，夏耀节倒也远算不上那个“不能碰的问题”。倒不如说他如果真的成了那种程度的问题会来得更好，那她就能从哪儿跌倒在哪儿爬起来，抬手挥断和他的一切联系让他就此靠边站，而不像现在这样黏糊糊的一团，想抽身都不知道从何抽起。

抽身。

方见纱突然精准地捕捉到了脑内的这个念头。

和人黏糊糊地搅在一起，这不是她习惯的东西。

所以，面对奚洛的提问——他当然不是真的关心方见纱和夏耀节的感情，只不过是没话找话时憋出来的一句疑问而已——方见纱认真地摇了摇头。

“不。”她说，“我不打算和他复合。”

这顿饭吃的时间不短，因为加上了洗碗洗锅，以及和鹦鹉交流感情的时间。奚洛看时间已经快到半夜，赶紧给物业那边打电话要求叫个开锁的人上来，物业询问了情况后爽快地回答：“如果是这样的话，那您用充电器给门锁充一下电就行了。”

奚洛挂了电话，有点尴尬地坐在沙发上。

“怎么了？”方见纱问。

“他们说，用充电器给门充个电就行了……”

第六章

对着电视看恐怖片 总有意想不到的事

接受顾诗林会是我的一个新的起点。

过去的我是什么样的并不重要，他是这么对我说的，重要的是在我遇到他之后，我希望成为什么样子。

傲慢和固步自封是最没有用的一种情绪，而人又往往为其所困。

♂♀

用充电器给门充个电就行了。

方见纱当然也想到了，不如说她想到的更早。只是在那时那刻，她并不想独自一人待在房间里。

只要周围安静下来，她发现自己就会无可救药地落入那种糟糕的挫败感当中。当然她自己知道，这种情绪不会持续太长的时间，大概只消一个晚上，她就能自行将它消化干净，她有这样的信心。

不过，如果可能的话，她自然是连这一晚上的烦躁都不想要。

在奚洛离开去找物业要充电器的时候，她也跟着下楼去倒垃圾，回来时被物业的小姑娘叫住，说这里有份礼物是送给她的，原本是早上就应该给她，不小心给忘了，就拖到了晚上。

她看那礼物包装就已经心知肚明礼物的来处，想必在夏耀节眼中，这份她收到了但没有回应的礼物已经表明了她的态度，因此这才让他今天从头到尾的公式化态度又加剧了几分。以他的角度看来，今天的这一次所谓约会，或者说是他对她的失望更多也未尝不可。

这份礼物在时间上错了位。

这让他们的状态无可救药地受到了影响。他们之间的关系很脆弱，承担不起这种误会。误会一旦产生，也不是闹一闹，解释一下就能平息掉的。首先夏耀节不允许自己闹，而方见纱不允许自己主动解释。所以更加可能的就是，这个错位就默默地被时间吞下去了，两个人之间就当什么都没有发生过。

方见纱拆开了盒子，看到里面是一瓶香水。

她回忆，自己似乎是曾经说过喜欢这种香水，但时间已经过去了这么长的时间，当时的热情早已经减退成了模糊不清的东西，难以再唤起什么惊喜或者感动之情。她伸手把香水拿在手里，发现这香水有点不一样，背后贴了张纸条，上面写了一段话和数字，大体意思是如果她有意和他继续交往的话就点菜单上这个代码的菜。

她没看见，当然菜也没点。

不过她想，就算她看到了，可能也不一定会按照上面写的去做。

她个人不怎么喜欢这种模糊的浪漫情节，她认为这不过是自己给自己留面子而采取的一个无聊手段罢了，别人她不知道，至少夏耀节是那种半点都不许别人斥他面子，自己姿态好看永远要摆在第一位的人——她觉得，自己最喜欢不来的，也是他的这一点。

那既然如此，她想，什么时候看到这份礼物，就也没有必要去解释了。

也没有什么不能放手的。

♂♀

另一侧，奚洛拿了充电器给门充了电，安置了鹦鹉同时又把鹦鹉狠狠教训了一顿之后，一大早就赶回了战队，而且还在队友纷纷打着呵欠的时候就第一个钻进了训练室。

前一晚他难得地失眠了，这种和女性独处的经历是他活了二十二年以来的第一次，当时倒是还没有太大的感觉，只在自己回了家关了灯之后，方见纱说的话一句一句往他脑子里冒。那种感觉就像是他刚刚出道拿奖，被大领导拍着肩膀鼓励要好好打一样，整个人像绷着一根弦一样兴奋又紧张。

但他搞不清楚自己对着方见纱有什么可紧张的，而且她也分明没说什么重要的话。

哦，她说了她不想和夏耀节复合……

夏总那么好的一个人，她为什么不想和他复合？

那肯定是她有问题。

他开着游戏，听着耳机里噼里啪啦的颜料发射的声音，脑子里一边胡思乱想，手头不停地做着手操。看时间到了八点，训练室的门被人推开，走进来的是周雄也，以及两位队友。

“队长你来啦！”奚洛跳起来，“对不起啊队长昨天没跟你们一起去吃饭我跟你说那个鹦鹉在家里待得还挺好的我确实应该早听你话把鹦鹉送回家……怎么了你们看我干什么？”

“我昨天和周队说，”队友神秘地眨了眨眼，“怀疑你去约会了。”

奚洛差点被口水呛着。

“哈哈哈哈我约什么会啊！”他顿时此地无银地提高了音量并加快了语速，“你们开玩笑呢！我们天天在一起对不对我是什么人我天天在干啥你们还能不知道吗？我去哪儿约会我和谁约会啊！”

“我们昨天给你发了一堆微信，你一条都没回。”

“哎我那只鹦鹉吧……有点闹脾气，我光顾着哄它了就把你们给忘了，怎么了怎么了？队里有什么事吗？”

“队里倒是没什么事。”周雄也说，“但你可能有点事。你看到程珈奈给你发的消息了吗？”

程珈奈这个人是那种典型的拆句狂魔，她在微信上说一件事，一定要把句子拆分成数个短句。别人一段话就能解决的事，她得一句一句地说，仿佛每句话打字一旦超过十个字她就会被怪物抓走一样。

之前奚洛要往B市出席一个活动，晚上躺在酒店闲得无聊，顺口问了程珈奈一句B市有什么好吃的，结果程珈奈就在微信上表演了一个报菜名，烦得奚洛直接在设置里给她设了一个消息免打扰，这下世界都安静了。

然后他就忘了调回来。

他刷过前面无数个选手群的插科打诨，看见程珈奈的消息被挡在了后面。制作顾诗林的恋爱故事的那个游戏公司在筹划一个新项目，也是同类题材的恋爱游戏，内容如何暂且不谈，他们项目负责人的首要目的是要现役职业选手来写脚本。

开什么玩笑!

“我说这帮坐办公室的人没事找事想一出是一出闲出泡来了是不是啊？”他给程珈奈噼里啪啦发语音，“找我写游戏剧本？还是恋爱游戏！我看起来像是会谈恋爱的那种人吗？是不是又是哪位大佬说他们做游戏没创意他们就想出这么个幺蛾子来啊？他们怎么不在珠江上打坐呢？”

“这不是证明你红嘛。”程珈奈打字话痨，说起话来则永远是一针见血。

“别别别，我跟你说，小爷清醒得很，拒绝捧杀，要红也是你比较红好吗？宅男女神程大大。”

“我不行啊，这种情况需要一种反差。男选手比女选手竞争力强多了。”

“我才不管你反差不反差的反正我不干，之前那人不是写得挺好的吗？继续找那人来写啊。”

“好是好啊，但是找那人来写不是没有卖点嘛……大佬是这么说的啊。”

“哎，不是我说，老程你是不是被我们英明神武的队长打得绝望了，打算提早退役进入游戏公司高层专攻市场啊？说话怎么和我们市场部那老大一个风格呢？要是这样的话那你直说啊，看在我们这么多年老对手的分上我肯定得为你的职业生涯考虑考虑，比如说帮你从训练营拉一个长得帅又会写脚本的兄弟，肯定包你赚钱好不好呀？”

程珈奈无奈地耸了耸肩，把这段微信语音直接给坐在她对面的朋友听。

这时她们正在公司附近的一家烤肉店里吃饭，那朋友已经对她求爷爷告奶奶，说换了个新老板，这个项目必须完成不可，求求她救救孩子，程珈奈这才不抱希望地去找了奚洛。

原本她也没觉得奚洛能痛快答应下来，这种事除了那种在电竞圈里混个脸熟想退役之后直接进娱乐圈的人之外，现役选手基本不会有什么兴趣。人家自己打游戏打得风生水起的，为什么非得往游戏剧本界蹚这浑水。要说有兴趣的可能就是游戏主播和二三线的选手，或者是训练营里那些不知道什么时候过不了选拔就被淘汰的预备役。但游戏公司又看不上这个等级的，觉得号召力不够，这一下就麻烦了起来。

“他好吵啊……”程珈奈那朋友听完了语音，捂着耳朵嘟囔。

“我看他说的挺对的。”程珈奈说，“我也建议你们老大去珠江上打坐。”

“可能的话我想给她扔珠江里，还打坐呢。”朋友捂着脸，“她上午才刚支使我和之前那个作者谈完不再合作的事……得亏是网上谈的，要是面对面谈我都没自信。”

“作者真惨。”

“作者也是脾气好，不，比起脾气好不如说是被生活压迫得没力气反抗了吧……”

“我本来说帮你救火，但你们老大又看不上我。”

“因为我们老大有点仇女。”朋友用手在自己脖子上比画了一下，“也不是仇女吧，她就只喜欢那种和她风格气质相似的人，那种岁月静好的。当然她那人自认岁月静好，其实简直烧杀抢掠啥都敢干，所以你这种明摆着烧杀抢掠的人肯定是让她视为眼中钉的你知道吧？”

“烧杀抢掠”四个字对程珈奈来说是个褒扬，她丝毫不客气地就接受了。

“反正她喜欢男选手，最喜欢的就是UNI的洛洛了，不然我也不可能麻烦你帮我联系他对不对？”

“洛洛要是知道得马上跪在她面前说‘你喜欢我哪儿，我立马改’。”

“不过后来具体想怎么做也不好说。”半点权都没有的朋友摇了摇头，“而且据说我们G市总部马上就要来一个新老板了，说不定所有的项目都得重新洗牌重新来做。”

♂♀

正在她们二人一边烤着牛舌，一边有一搭没一搭地吐槽部门老大的时候，在G市，刚刚被委婉地表示“停止继续合作”的原脚本作者，恰巧正在公司大楼旁边的便利店里用竹签戳着关东煮。

她今年二十五岁，原本是一家电子竞技杂志的编辑。不巧赶上纸媒的衰退期，她入行那时杂志已是一个苟延残喘的阶段，撑了一年还是避不开停刊的命运。她如此就成了无业游民，这时有位老同学给她介绍了一个写游戏脚本的工作，要求不高，足够“玛丽苏”就行。她对恋爱游戏并没有什么兴趣，但那种时候也不是允许她由着自己的心性挑选工作的时候。最后，她花了差不多三个月时间完成了这个游戏剧本，完成度说不上多好，但效果却好得不行。当时公司表示之后的续作也有意继续找她，她也以为自己的人生好歹又有了三个月的保障，结果在这个时候，她被通知不再继续合作。

要说失落和愤怒倒也没有，她是这么觉得的，至少没有那么严重。反正，不知道从什么时候开始，她的心情就平衡在了一条十分稳定的，无喜无忧的线上，没有什么事是非常重要的，没有什么是一定要坚持的，没有什么人是得罪不起的。

在她端着剩下的关东煮汤和没喝完的咖啡起身时，她心里想的是要不要在网上挂一挂那公司。

她这么想着就走了神，接着，她撞到了一个西装革履的年轻男性，并且把咖啡和关东煮都泼了那个人一身。

夏耀节看着自己那一身的汤汤水水，要说完全不蒙是在说谎。

而他对面的那位罪魁祸首，看起来却十分淡然，仿佛一切尽在掌握之中。这令夏耀节一时觉得，这人可能是对手公司派来泼他咖啡的。

“对不起。”接着，他见罪魁祸首低头道歉，并且利落地从包里扯出一沓便笺，在第一张上飞快地写了几个字后扯下来递到他面前，“这是我的联系方式。”

夏耀节低头看便笺纸，上面是一个姓名加上一串电话号码。

一身咖啡固然算不上什么好事，但对夏耀节来说，也算不上什么大不了的事。如果他今天要赴一场重要的商业会晤，而且马上便要迟到的话，那状况和心情大概都会有所不同。不过，即使如此，夏耀节向来手握Plan B与C甚至D，如果他真的要出席重要的场合，那么他会提前一小时到场，备上三套西装和三双鞋，天塌下来都无法影响他的处变不惊。

而今天不过是他来公司就任的日子，他打算在过两天正式开会之前先兜上一圈，视察一下环境，于是他只准备了一套备用西装。

“喻柚。”夏耀节看着便笺纸，念出了面前的人的名字。

“对。”喻柚点了点头，“我想，衣服还是您先自行处理。当然如果您觉得方便的话，也可以我帮您送去干洗。”

“你帮我送去干洗……”夏耀节看着面前人一脸的视死如归，突然有点玩味地笑起来，“你这么淡定，已经很习惯这种事了吗？”

“什么？”喻柚问。

她的确非常淡定，甚至可以说，她比她自己想象中还要更加淡定一些。在她站在这里的几个小时前，从她睁开眼睛的时候算起，她已经打翻了一杯牛奶，并因此报销了一只耳机，且把没干的指甲油蹭到了衣服上而不得不临时换另外一件衣服，两天前给某个新媒体写的稿子被打回来要求重写并且明早必须要交，且再叠加上前一晚的高烧未愈和刚刚被通知的终止合作——在便利店里撞上一个人，并泼了他一身咖啡这回事，着实算不上什么大不了的。

毕竟倒霉的小事永远都接二连三，习惯了便好了。

“我是说，你经常会把咖啡泼人一身吗？”

“不。”喻柚下意识地摇了摇头，“只有您而已。”

“那我还真是运气好。”夏耀节笑起来，他挥了挥那张纸条，把它揣进了名片夹里，“我记住了，我会联系你的。”

我记住了，我会联系你的。

——这个场景有点熟悉，包括这句话也有点熟悉。

夏耀节在匆匆换了一套新衣服，往公司大楼里走的时候，不自觉地还在想着刚才便利店里的这一幕。

撞到人，泼咖啡，留联系方式……这个情节他绝对是在什么地方见过。

就是传说中所谓的即视感呗。

他这么一边琢磨着一边走上了电梯。电梯两面透明，映出下方充斥着凉冰冰的现代感的装修风格，他倒忽然有种松了一口气的感觉。

这样的工作环境让他觉得放松，他喜欢工作，至少要胜过和方见纱坐在一起。

他清晰地记得自己和方见纱当时面对面坐在餐厅里，他们的对话其实并没有什么尴尬的成分，两个人都尽可能表现得轻松和游刃有余，但整个对话，似乎都无可规避地走向冷场和敷衍。

他相信方见纱也有同样的感觉。

他仍旧觉得她很好，即使她才用了一种在他看来很清晰的方式拒绝了他。她是一个好人，或者说得更加清晰一点，她独立，而且清醒，有着自己的一套生活逻辑和目标，如果他们曾经不是恋人，他是在其他某些场合遇到她的话，他也会觉得她是一个很迷人的人。他对她的感情，有一点接近于欣赏。

但这样的一个人，在面对着他的时候，却显得有些无聊——甚至有一点，庸俗。

虽然只是一点点，但也是和他见过的其他女孩身上相同的，独属于他们那个圈子中女孩的令人生厌的傲慢和矜持。

这莫非是他的错吗？

他这么想着。

他已经到了一个成家立业的年纪，他需要一个自己的家胜过需要恋爱，于是他回头找到了方见纱，因为她是那个理想的对象。她曾经是，现在仍旧是，他不怀疑这一点。但是，这种经过得失衡量计算的关系会不会显得过于无聊和单调了？

好吧，他有些傲慢地想，她想要的应该比这要复杂，比如说，她需要更加真实的，更加复杂的感情。

♂♀

奚洛一口气给程珈奈发了一堆语音，把手机扔到桌上之后，便看到周围的队友们正用一种奇怪的眼神看着他。

“怎么了怎么了？”他问，“你们看我干什么？”

奚洛这个人是很好懂的，他在紧张和兴奋的时候，会故意用多说话来掩饰，音调变高，语速变快。具体多快多高则要根据紧张的程度而定。如果按照一到十划分的话，那这个时候，他的紧张程度起码到六了，紧张条已经变成橙色，马上就要朝着红色进发。

周雄也疑惑归疑惑，却也想不出一个端倪来，只能摇了摇头。

的确，奚洛是一直在他眼皮底下的，他们每天都泡在一起，周雄也能打包票奚洛不会瞒着自己什么事，他没有这个心思，也没有这个机会。他的那点不对劲应该是从那场比赛开始，比赛时恰有那位夏总光临，然后比赛结束后他就匆匆跑路了……

周雄也皱着眉，心里有两根断了的线颤颤巍巍地不敢接上。

难道是和夏总有什么私人恩怨吗？

周雄也非常擅长洞察他人的感情，并总能够在队友失落的时候给予及时的安抚和鼓励，这也让他成为了一个称职的队长。但是，他的这种洞察力也同时带来了一个毛病——他可以根据一点点蛛丝马迹，脑补出一个十分完整的，但和现实没有多大关系的故事。又因为这个故事的逻辑非常自洽，他总是能够自己说服自己。

UNI是一个不那么正常的战队——这是他们给大众的印象。但殊不知，这种不正常，其实是从队长的脑回路开始的。

只是周雄也的硬汉外表和严谨的行事作风一时遮蔽了他一向清奇的脑回路，所以，截至这个时间，他周围的人都还不知道。

♂♀

夏耀节这次接棒的游戏公司，事实上算是自家公司里的一个弃子。这个游戏公司几年出不来一个像样的作品，没有盈利，一直这么半死不活地吊着，等着不知道哪天就被合并的命运。却殊不知因为一个小儿科的恋爱游戏而突然就大赚了一回。

这么一来，夏耀节在这个时间点回国接棒，其实对他来说是稍微有点尴尬的。做好了有人会说他是捡现成的，做不好则是把一手好牌打烂，怎么着都不对。

不过他是有自己的打算，即不接着之前的那点天降的好运继续做什么恋爱游戏，而是延续公司一开始的方针，不管暂时赚不赚钱，只沉淀下来好好做独立游戏。所以，这个恋爱游戏续篇的策划他之前是听了一耳朵，并没怎么放在心上。这一次他重新看了一遍交上来的策划案，简单地说了一句：“职业选手挂个名就行了，具体内容还是找专业的人去写。”

这么的，整个部门可算是如梦初醒，并且放弃了直接和奚洛联系，而是带着一套完整的项目方案找到了UNI的经理。

一般来说，这种程度的商业活动，俱乐部没有拒绝的理由。所以，经理是直接一口应了下来，然后再约了奚洛进一个会议室，开始对他威逼利诱。

奚洛原本心里十万个抗拒，却是在听到“夏耀节的游戏公司”几个字后，一下就松了口。

他一向是那种滴水之恩恨不能涌泉相报的性格，就算不能涌泉相报，也绝对不能给恩人添麻烦——这差不多能够算是他的人生信条。

“那也行吧。”

他这句话出口，自己都觉得对面的经理当即愣了一下。

“那个，您是说……”

这俱乐部的经理一向对他们这帮选手的态度有点颐指气使，至少不算是多客气。这回被惊得连敬语都用上了。

“反正那个，”奚洛咳嗽了一声，“你们要让我写啥？不是有策划案吗，给我先看看呗。”

“那行那行。”经理点头，“那你，那您先看看！”

奚洛抱着那本策划案出来，正撞上蹲在门口听消息看热闹的一帮队友。首当其冲的就是周雄也——奚洛在这之前，是没想到他的队长竟然能这么八卦。

紧跟着奚洛出来的是俱乐部经理，他神采飞扬地看了勾肩搭背地蹲着看热闹的那帮队员一眼，嘚瑟地来了一句：“看什么呢，还不赶紧回去训练！”

经理这个人是很好懂的，他是个喜怒特别形于色的人，虽然他的态度一贯都不怎么好，却也分成了充斥着不爽的不好，以及故意假装严肃的不好。所以，周雄也看到这位商务人士尾巴翘到天上的样子，就知道奚洛这事差不多是成了。

而这个时候，捧着一沓纸质资料，看起来特别商务的奚洛却是有点局促。毕竟他前几天才当着周雄也的面强硬地拒绝了给他带消息的程珈奈，结果这和经理谈一谈就答应下来了，不知道的还以为是经理私下给他行贿了呢。

周雄也当然不会想到这一层去，只是他在当天下午和经理开闭门会，散会之后他忍不住好奇地问了一嘴，经理在中午那场饭局上稍微喝得有点高，心情一好就把实话都招了出来。

“说真的周队我也不知道啊，”经理说，“我就是好像说了一句那公司调来了个年轻的新老板，接这个工作对他只有好处没有损失……”

“年轻的新老板？”

“嗯，天屿公司老总的儿子，周队也知道那人吧？”

“嗯，知道。”周雄也波澜不惊地点了点头，同时，他内心的证明大题，又加上了一条说服力十足的论据。

♂♀

奚洛自是不知道自家队长内心的剧本编写到了什么阶段，他正坐在家里的沙发上，一只手抓着冰淇淋，另一只手胡撸着鹦鹉的毛，用脚翻着俱乐部经理交到他手里的那沓策划案。

之前他们也不是没看过类似的活动策划，像什么活动嘉宾啦宣传照拍摄啦之类的，不过这种纯书面的游戏策划却是头一次看，因为新鲜，倒竟然看得津津有味起来。

策划中的女主角是个冰山美人，性格强势，讲起话来不留情面，方圆几里内的人全然不敢冒犯她，只怕她会挥着手术刀将自己割了喉。

这个游戏的主题，讲的就是这样一个女主角是怎么爱上男主角的。

男女主恋爱的过程没有什么大不了的，奚洛毕竟不是这种游戏的目标受众，这些小女孩心性的东西他没有多大兴趣，更是谈不上什么心动不心动的。不过，他隐约觉得，这个策划里的女主角，似乎有那么一点熟悉。

冰山美人，性格强势，令人闻风丧胆……

他不自觉地往旁边看了一眼——就是方见纱家的那个方向。

从前奚洛没有好好考虑过公寓邻居这回事，一般人在寻常的情况下，也不会往这个方向去想。但他自得知方见纱就住在自己旁边之后，心情时不时就变得奇怪起来。

这个房子的构造是什么样的啊？他想，是不是他洗手间的那面墙同时也是她客厅的那面墙？那这样感觉很奇怪啊，那岂不是自己洗澡的时候她就在那个房间里看电视……

不不不。

他咬着冰淇淋的包装纸，用力摇了摇头，把方见纱的影子从脑子里挥出去。

要是这么想的话，那这房子就没法住，这日子也没法过了。

翻完了策划案，他在沙发上舒舒服服地翻了个身，抱着iPad翻着电影的库存，结果不幸地发现大部分都已经看了一遍，一直都没得空去更新。他手指从上滑到下，剩下的只有两部恐怖片：《闪灵》和《午夜凶铃》。

这两部都是老得不能再老的片子了，他从小学时就想看，一直拖着没敢看，拖到了这个时候，之前还被队里取笑了一番，心里一直憋着一点不爽。

那，择日不如撞日呗。

就今天了！

他一把扔开策划案跳起来，从冰箱里拿了可乐和鸭脖出来摆在客厅茶几上，想了想又打开了电视，随便调到一个闹腾的综艺节目放着给自己壮胆，这才点开了《午夜凶铃》。

iPad那12英寸的屏幕放着恐怖片，后面65英寸的大电视放着色彩绚烂的综艺节目，一群人在墨尔本的厨房里闹哄哄地做着饭。

完美。

于是，他就这么盘着腿，一边啃着鸭脖一边看着恐怖片，尽管做了十足的准备，但他到底不是个能顺利消受恐怖片的人，老电影摇晃的画面和音乐配合起来，这大晚上的还是十分可怖。

空调开得也有点冷。

他吸了吸鼻子，忍不住用手机去搜剧透，在看到一堆的高能提示之后，他还是不负众望地缩了。

要不还是算了吧。他想，还是回战队找队长他们一起看吧。

而就在这个时候，他正准备伸手去关掉iPad的播放页面的时候，电视屏幕忽然闪了一下，接着综艺节目不见了，变成了黑屏。

停电了吗？不对啊，停电不会只有电视停电啊。

他正皱着眉打量着电视的时候，电视刷一下出现了画面，而那却不是刚刚欢快的综艺节目，而是一个满身是血的人被倒吊在空中放声尖叫的场景。

♂♀

这这这这这是什么玩意儿啊！

什么玩意儿啊！

在奚洛重新哆哆嗦嗦地取回自己的意识的时候，他已经直接光着脚冲出了门，站在了走廊里。

手机没拿，iPad没拿，灯没关，电视没关……所以，不知道是不是错觉，他似乎还能够听到自己家里的尖叫声。

他简直无比后悔自己为什么非要回家而不是留在战队，不然这个时候，他应该是在温暖的战队宿舍里，而不是冒着一身冷汗，孤立无援地站在自家楼道里。

怎么办？没带手机和钱包，而且也没穿鞋，现在回战队多少是有点不现实，如果要回家拿手机就要重新打开那扇门，在这个时候，打死他都不敢。

在这个四面楚歌的时刻，他努力地调动着勉强还能转动的脑细胞，想出了唯一的一个不得已的办法。

有困难找警察。

人民警察方见纱就住在他旁边。

这事是有些丢人，他承认，但是，方见纱大概是目前这个时候，他能够抓住的唯一一个活人了。于是，他挪着小碎步到她家门口，伸手哆哆嗦嗦地敲了门。

楼道很安静，他先是听到了门内传来的脚步声，门跟着被利落地打开了。

“嗯？”穿着一整套十分休闲的家居套装的方见纱，发出了一个疑惑的音节，“是你？”

“警察姐姐！”奚洛一点都没注意到她的疑惑，在看到她的脸的那一瞬间简直宛如见到了带着通往最终关卡的钥匙的女神，只想跪下抱她的大腿，“还好你在家……”

“怎么了？”方见纱问，“你的鹦鹉又飞了吗？”

“不是不是，我鹦鹉没事。”奚洛赶紧摇头，“不是鹦鹉不是鹦鹉。”

方见纱皱起眉，她见他神色慌张语无伦次，低头再看他光着脚，顿时职业病就冒了出来。她先把他请进了屋，接着关上门上了锁，并稍微压低了音量问：“有什么事？”

她的第一反应其实是入室抢劫。抢劫犯趁保安不备跟随业主上楼，选择一家住户溜门撬锁，房主回来时和抢劫犯撞个正着，于是关上门扭头就跑——在逻辑上没有任何问题。

小王八蛋胆子很大啊，不知道旁边住着警察吗？

年少时的梦想是做特警的方见纱，此时恨不得抄起警棍和手铐就上了。

就在不久之后，奚洛便开始向天鸣不平，为什么他人生中格外重要的两个人——周雄也和方见纱，他们的脑洞都能够奔驰得如此狂放不羁。

“我家……”奚洛指着旁边，“好像闹鬼……”

闹鬼？

方见纱作势要抓警棍的手停在了半空。

“你是说……”她问，“字面意义的闹鬼吗？”

“我也不知道啊反正我在家好好地坐着呢然后电视我本来是放着综艺然后综艺不知道怎么就没了然后它啪一下就变成了一个人在那儿……警察姐姐你跟我回去看看好不好啊？”

鬼?

方见纱是个无神论者。尤其在她老爸的左一块佛牌右一条星座守护手链的心理阴影下，更是让她对这些怪力乱神的东西有着本能的抗拒。当然，尽管她有的时候也会稍微想起来一点迷信的玩意儿，但让她相信世上有鬼，那基本上是不可能的。

行吧。

她想，同时攥了攥手中的空气警棍。

没有人可以收拾，收拾一下鬼也是可以的。

如此，她就随着奚洛来到了他家门口，看他哆哆嗦嗦地打开了门，门一推开，电视的声音马上大起来。方见纱就见奚洛整个人一抖，却还要装作没那么怕似的硬走在了前面。

她觉得有点好笑。

她跟着他走进了房间里，先令她感到惊讶的是，奚洛的房间竟然异常整洁——除了泼了一地的可乐和鸭骨头充分见证了他刚刚的狼狈慌乱之外，整个家可谓是一尘不染。

对比一下她自己的房间……

她一时有点难得的自惭形秽。

不过，重点在于，奚洛口中的这间“闹鬼的房子”，她这么走进来，却没感到有什么不对。不就是电视里在放恐怖片吗？片子是《寂静岭》，她刚刚也在看，那奚洛这人还挺有品位的。

她在心中赞叹了一下他的品位，回头问：“你说这里闹鬼？”

“嗯，就这个电视。”现在屋里有了人，奚洛的胆子也大了一点，说话的逻辑也跟着清晰起来，“我刚刚在看综艺！结果不知怎么回事电视一下黑屏了，综艺就没了，然后电视就开始自己播放这个玩意儿……”

♂♀

奚洛家的电视开始自己播放《寂静岭》。

方见纱在头脑里确认了一下当下的局面，罕见地陷入了一种难言的沉默。

就在几分钟之前，她正坐在自己家里用手机看《寂静岭》。之后觉得手机屏幕稍微小了些看起来不大过瘾，而心血来潮打算尝试一下新的电视盒子的投屏功能，结果鼓捣了半天也没鼓捣明白。

莫不是?

她把《寂静岭》投到邻居的电视上了?

她尴尬地眨了眨眼睛。

好像是这么一回事。

刚刚，就在她自己研究投屏未果的时候，她已经给楼下相熟的物业大哥打了个电话，想让他帮忙上来看一看。电话刚挂，她就听到了敲门声，所以她开门开得毫不犹豫，在看到来人是奚洛的时候才会疑惑。

“这个，这应该是电视的问题吧。”她咳嗽了一声，装模作样地摸了一下电视，又碰了碰电视盒子——这个电视盒子和她家是一样的，“或者，是你碰到遥控器了。”

“是吗？”奚洛跟着凑过去看，“但是我应该没动遥控器啊……”

“电波问题也是有可能的。”方见纱佯装专业，伸手一下关了电视的电源，“你看，打电话不是也会串线吗？那这个应该就是串台了。”

她虽是觉得自己这么一本正经地忽悠人有点不大道德，但看奚洛一脸若有所思地点着头，好像也是有点骑虎难下。反正一时半会他也不会察觉，她想，那就走一步算一步吧。

“那么，没有别的事的话，我就先走了。”

她到底是怕继续忽悠会露馅，所以想干脆使用遁逃大法。

“嗯，行……”奚洛点头，他勉强跟着方见纱走到玄关，在她踏出房门的时候，他马上又一把抓住了她的手腕，并且是死抓着不打算放手那种抓法。

“那个，警察姐姐。”他俨然是叫警察姐姐叫顺了口，脱口就是这四个字，“我觉得……我还是有点怕。”

这张脸不要了。

在说出这句话的时候，奚洛已然是在心中大义凛然地把“尊严”两个字扔在了一边。

反正他在见方见纱第一面的时候就已经很丢人了，之后的那几回也没好到哪里去，这样一来，他在面对方见纱的时候反而是生出了一种坦然的心态。

如果用女孩子们的逻辑来打比方的话，那便是既然已经有了第一次的素颜，此后便无所畏惧了。

既然已经被看到了最丢人的时候，那还有什么必要维持所谓的偶像包袱。

而且，他隐约觉得，面对着方见纱这种人，即使他伪装得优雅淡定无懈可击，她也能够敏锐地透过表象直接看出本质，并且轻蔑地予以嘲笑。

既然如此的话，那何必和自己过不去呢！

于是，奚洛就干脆这么死死地抓着方见纱的手腕，强行要求她留下来陪他在这“闹鬼”的房子里待一晚。

方见纱没有拒绝，这主要是出于一种有点惭愧的补偿心态。因为说到底这件事是她惹出来的，换位思考一下，如果她好好地在家看电视，旁边邻居突然投屏投过来一个《寂静岭》，她可能也没办法做到特别淡定。然而她同时又不敢对他坦白说这是自己的锅，也许在他刚刚敲门的时候她便淡然地道歉并且说清事情缘由的话，事情就会简单轻松地过去，但剧情已经发展到这个阶段，她再开口就变得格外困难。

但是，她怎么就会投屏投到奚洛家的电视上呢?

在奚洛开始收拾被他自己打翻的可乐的时候，她坐在沙发上悄悄地研究着自己的手机，猛然发觉她连的Wi-Fi不是自己家的。

她的Wi-Fi是前天新换的，不知怎么的自动连接总是出错，需要手动搜索。不巧奚洛家的Wi-Fi和她是同一个运营商，名字都是默认的，她没看清，就点错了。

但密码怎么会是一样的呢?

她的密码是她自己设定的，就是最简单粗暴的那一种，名字的缩写加上生日。这么私人化的一个密码，怎么能连上邻居家的Wi-Fi呢?

FJS1103——她的邻居怎么会用这么一个密码呢?

第七章

静寂之处的邻里关系

吊桥效应有的时候会被误解成为恋爱的情绪。

但与此同时，恋爱的情绪也会经常被误解成为吊桥效应。

所谓吊桥效应就是……指当一个人提心吊胆地过吊桥的时候，会不由自主地心跳加快。如果这个时候，碰巧遇见另一个人，那么他会错把由这种情境引起的心跳加快理解为对方使自己心动，故而对对方滋生出爱情的情愫——

“你在抄百度百科吗？”UNI的Sniper大神后面突然冒出来一个脑袋。

“我又不是写剧本的我不会写啊！我能想出一个吊桥效应就很好了好不好！”

♂♀

这是一种很微妙的平静。

此时待在同一间公寓里的两个人，一人疑惑着Wi-Fi密码的问题，另一人则无论如何都想不通那时那刻，自家的电视为何会突然播放起恐怖片。

这原应是种有些暧昧和危险的气氛，却硬是被两个人各自那点想不通的心事给化解了。二人各自坐在沙发的一端玩着手机，奚洛几盘游戏打完，时间已经到了晚上十点。他看到方见纱浅浅打了一个呵欠，一时有点不大好意思。

“你困了吗？”他问，“要不……”

“那我回去了？”

“要不我去你家吧！”

两个人同时开口，奚洛的声音和气势都饱满地压过了方见纱，是一股绝不妥协的意味。

我不管反正一个人和这台电视待在一起是不行的，我不干，不可能。

你一个人民警察不能见死不救啊警察姐姐!

方见纱觉得，奚洛眼里就写着这两句话。

“警察也会下班的。”方见纱无奈地说，“现在是下班时间。”

“啊?警察还分上下班的吗?我看新闻上好多警察都是穿着便服抓小偷……”

“那是紧急情况。”

“我这个情况也很紧急。”奚洛不容置疑地说。

“那是比较敬业的警察。”方见纱拒绝让步，“我这个警察是不敬业的，我下班就是普通市民，没有义务保护你。”

“那我作为私人委托你。”

“我又不是侦探。”

“作为朋友——”

“我们是朋友吗?”

“是!”

“这你说了算吗?”

“我帮你收拾房间!”奚洛死缠烂打。

方见纱坐在自家的沙发上，余光看着身后当真拿着吸尘器忙来忙去的奚洛，第一次有种“这是哪里我是谁”的感觉。一般情况下，她是不可能会做出这种事来的。她应该会从一开始便不留情面地把来客关在门外，什么电视什么恐怖片都不关她的事。但是，除了她自己觉得她应当为此事负一部分责任的那点愧疚感之外，她还觉得自己是被奚洛绕进去了。

奚洛是个很能咋呼的人，言行举止都有点幼稚，至少她这么觉得。他一个人幼稚不算什么问题，问题在于，方见纱也不自觉地跟着他一同幼稚起来。

这就不怎么行了。

然而，也许是大半夜的被闹了一通闹得整个人都精神起来的缘故，方见纱发现，自己倒并不排斥这种摆在明面上的幼稚。

它不是她熟悉的东西，但这不是阻止她接近它的理由。

她不是固步自封的人，对那所谓的安全地带并无什么眷恋之情，只是她面上太清冷，让人觉得她更愿意守着自己那片土地。

那片土地里面是什么？没人知道。

原本是这么回事，此时却多了一个闯入者。

方见纱在打扫房间这上面实在是没有半点修行，家里的吸尘器纯粹是一个摆设，书架上落了大把灰也懒得去擦，就等空下来找阿姨一次性收拾。奚洛不偏不倚这时候闯进来，就正和一个乱到不能再乱的家正面遇到。

她觉得她也有点坦诚相见的无畏感。

在自己家，她怎么都是要来得更放松一些，于是她坐在沙发上，舒舒服服地搭着脚，就放奚洛在她身后连擦带收拾的一条龙服务。不过这田螺姑娘是个不安分的，当然不能一门心思沉默奉献，就一边干着活一边嘴上说个没完，类似“你看你这房间都乱成什么样了”“不能在电脑面前吃东西你知不知道”“也不能在地毯上吃，地毯和电脑都是神圣的”……诸如此类。

方见纱留了半个耳朵给他，听进去的不多会儿就都冒了出去。

奚洛倒也不期待她能有什么回应，只是一个人叨叨难免看着有点傻，他还是一边擦地一边蹬鼻子上脸地发出抗议：“哎，我跟你说话呢，你好歹吱一声啊！你这么高贵冷艳怎么交朋友？你幼儿园的时候是不是小朋友都不和你玩的……”

他这么念叨着，忽然脑子里冒出来刚刚看过的那个策划案中的女主角。

这样的人是怎么和男主角展开恋爱故事的？

那种你来我往见招拆招的故事吗？

这种倒是挺好的，虽然温柔贤惠很好，不过这样的也挺不错……

他正这么琢磨着，房间里方见纱的手机突然响起来，又是把他吓了个一激灵。方见纱拿过手机来，屏幕上来电显示是夏耀节。

她看到这个名字，一时之间有些头大。

现在时间已经是夜里十一点，虽然还未到她准备入睡的时候，却也不是个适合电话联络的时间。夏耀节并不是那种不懂人际交往规矩的人，他选择在这个时候打电话的原因只有一个，他想以此作为被允许进入方见纱的世界的标志。

这是一种姿态——自信，而且强硬。

方见纱并不喜欢这种态度。事实上，她能够允许——甚至在某种程度上希望夏耀节真正进入她的世界，但她不喜欢这种自作主张的方式。

要说他之前强行来到派出所，也是一样的。

他在期待什么？她想，他在她身上寻求什么？他觉得自己仍旧对他怀有好感，觉得只要他主动示好，自己便没有办法拒绝？

也许吧。

她直接挂断了电话。

也许有的人会喜欢夏耀节的这一套，会为此感动甚至心动。然而，方见纱只觉得烦躁起来。大概，也因为这个电话打破了这个夜晚难得的闲适气氛。

她收敛了从心底浮上来的焦躁，把手机静了音扔在一旁。

“明天我八点上班。”她回头说，“你呢？”

“啊？”身后的田螺姑娘愣了一下，下意识地回答，“我们九点开始训练……”

“那差不多。”方见纱说，“坐我的车走吗？”

“是警车吗？”

“警车？”方见纱被这问题问得一怔，“不是警车。”

“不是警车啊……”

“你想坐警车？”

“不不不不是！”奚洛迅速摇头，“我为什么想坐警车啊！我当然不想坐警车了！”

方见纱觉得奇怪地看了他一眼，又看了看自己家的电视。

“我要睡了。”她说，“你要回去就回去，不回去的话你就在客厅里凑合。但我家也有个电视，你要是怕的话，就把它搬出去。”

她说这句话的时候脸上没有什么表情，当然，她在说其他话的时候也差不多。所以奚洛不大能搞得清楚她的语气里有几分是认真的，又有几分是在开玩笑。

把电视搬出去？

哎呀大姐你不要提电视啊！明明都已经忘了这回事了！

结果这个晚上，奚洛当真是抱着毯子和靠垫，在方见纱家的沙发上凑合睡的。公寓的灯关了，落地窗外隔着窗帘有灯光透进来，方见纱家的窗帘比他自己家的薄，所以房间要更亮一些，他一时之间有些恍惚，对于这个晚上这桩摸爬滚打的意外。他先是把人扯进了自己家，又强行闯进了别人家，当了一把莫名其妙的田螺姑娘不说，还留下来过夜……但是那电视真的太吓人了。

这不是自己的错，不是。他用力地摇了摇头，翻了个身背对着电视，更紧地抱住了靠垫。

明天要住在战队里，再也不回家了。他想。

然后……千万不能让队友知道自己晚上是在方见纱家里过夜的。他们可还是敌人呢，这在队友的眼里，他这一晚上属于完完全全的投敌行为。要是在战场上，这就属于穿着不同阵营制服的两个人在两军之间的无人区的混凝土水管里过了一夜，无论是哪一边，在天亮之后都是要被押上军事法庭的。

可不能上军事法庭啊。他瑟瑟发抖。

♂♀

然而，事实往往都是和预想相反。

第二天，UNI的所有人都从战队训练室的大窗户中，完整地见证了奚洛从方见纱的那辆黑色路虎中下来的全过程。

队里的眼镜军师激动地抓着他们周队长的肩膀，差点把布料都抠破了一块。

“这怎么回事！队长！这怎么回事？”

周雄也也是蒙的，故事剧情没按照他脑内写好的剧本走不说，还突然多出了一个原本不在剧本里的角色。

而且，这位警察小姐不是夏大老板的女朋友吗？

奚洛一分钟都没敢在门口多耽搁，可能连谢谢两个字都忘了说，就猫着腰蹿进了战队大楼。

现在才将将早上七点半，他在肚子里计划得好：神不知鬼不觉地先溜到宿舍，换个衣服还能去食堂吃个早饭，然后再淡定地进训练室……算盘打得完美，殊不知他才刚刚下电梯，就和早就蹲守在电梯前等着抓现行的队友们撞了个满怀。

周雄也站在最前面。

奚洛扯着嘴角干笑："队长……"

"早上好。"周雄也点头。

"队长，你们起得挺早，不是，你们怎么在这儿啊……"

装傻充愣这招，对一个已经沉浸在八卦中的周队长是没有作用的。奚洛深深地清楚这一点。于是，他乖乖地随着大流回了训练室，把前一天晚上发生的事向所有人逐一交代了个事无巨细。

"不对。"军师捕捉到了问题点，"你是什么时候知道那个警察是你的邻居的？"

追击成功！

周雄也在心中默默地为队友的英明精准而摇旗呐喊。

"就是上次……"奚洛硬着头皮交代，"我回家看鹦鹉的时候。"

"那就是第一场比赛那会儿啊。"军师掰着手指，"多少天了？一三得三，一四得四，三七二十一，七七四十九……九九八十一天了啊洛洛！"

"去你的九九八十一！"

“所以，”周雄也若有所思，欲言又止，“这些天你们……”

“没有啊队长！”奚洛大叫，“就只有昨天而已！真的队长你不知道那电视有多吓人，它自己跳出来一个人挂在半空中在那儿鬼吼鬼叫的我都吓死了……”

“那是谁投屏投到你家了吧？”军师问。

“不能啊，不是得在同一个Wi-Fi下才能投屏的吗，你说有人盗我Wi-Fi？”

“这倒不是，但你要说一个电视好好的突然放恐怖片也太灵异了点……”

“你Wi-Fi密码多少？”周雄也问。

“密码？”奚洛一愣，“就你们上次去连的那个啊，附加赛1103。不是，主要是我装Wi-Fi的那段时间正好是那个比赛然后我一直也没改……”

“那警察姐姐叫什么名字来着？”军师在旁边悄悄问周雄也。

“我记得姓方……”周雄也小声说，“不知道是哪两个字，但名字好像叫Fang Jiansha……”

“队长你们说什么呢？”

“话说，”这时，周雄也突然想到了另一个问题，“你之前不是不能和女性近距离接触吗？”

“对哦？”奚洛突然如梦初醒，“对哦！”

他一直都是怕和女性近距离接触的，像程珈奈这种是已经太熟了，熟得已经可以不把她当作异性看待，但即使是程珈奈，他也不保证自己能够和她在一个屋檐下独处，更别提过夜了。然而，他竟然能够和方见纱如此长时间地单独相处，甚至还在她家里过了一夜？

这种情况放在游戏里，那就是主角在成长的道路上遇到了重要的NPC，即将步入全新的职业生涯和人生高峰啊。

无疑，方见纱就是这个关键人物。

只要通过方见纱来完成这条人生道路上的历练，那么，他就会成为一个全新的自己，奚洛想。

未来可以和女孩子谈恋爱，可以和她们坐在一起吃冰淇淋，可以和她们一起玩双人游戏，可以牵手，可以抱着对方挤在一起看恐怖片，可以推着购物车慢吞吞地逛超市，可以在周末有着暖烘烘太阳的早上赖床赖到十二点……这才是一个完整无憾的人生啊！一旦这个BUG被修复完全，那他不就是所向披靡了吗？！满级大佬在现实世界横冲直撞，想想就令人心潮澎湃！

♂♀

这时，在对面的派出所中，方见纱再次接到了夏耀节打来的电话。

夏耀节先对自己昨夜贸然的去电道了歉，之后表示自己昨日人在法国，马上准备乘飞机回国，想着带一瓶红酒回来给她，不知她对酒的审美而急于询问以至于忽略了时差。他将话说得真诚，显得若不表示理解和感谢的话就反而是方见纱的不是了。

“现在你回国了吗？”方见纱问。

“是的，我现在正在公司。”

“自立门户不容易。”方见纱并不怕其他人听到，就大大方方地把手机放在桌上开了免提，手里整理着居民户籍的资料。

“是啊。”夏耀节按下电梯按钮，“刚刚回国就要开会。有时我觉得，考个公务员也是挺好的。”

他这句话说得虽然冠冕堂皇，却也不算是完全的社交辞令。他此时此刻已是足足三十多个小时未合过眼，他有无数封邮件要发，无数个电话要接，现在他已经口干舌燥外加胃痛腿软，一个人要超越老爸自立门户，这活计听起来是风光，现实情况则真的是谁受罪谁知道。

现在，他需要去亲自跟进那个恋爱游戏的续篇。

现在的那个部门负责人是个表现欲颇强的人，他们有一个工作群，这位大姐成天到晚不舍昼夜地在群里发着各种消息，一部分是关于选题领域前沿问题的解读，另一部分是恋爱游戏的全球市场，最后还得加上她个人的理解和分析，动不动就是洋洋洒洒数千字，以至于后来夏耀节看到这个人的名字就开始一个头两个大。

这大姐怎么不去写网文呢。他想。

“当然如果选手能够亲自完成是很好。”他坐在会议室里听着汇报，定了定神，“但选手的时间和精力，以及他们是不是具备完成的能力都要考量。”

他这么说着，同时看着PPT上奚洛的个人信息。

他的照片是张公式照，穿着战队制服，光从下方打上来，加上脸上没有什么表情，倒看出一丝凛厉的意味来，和之前那个见到他之后直接冲上来打招呼的小孩不怎么像。比赛中的……那场比赛他的心思就没放在他身上，也没怎么好好看过他。

“策划是谁做的？”他问。

那个部门经理回答，还是写之前那部游戏的人做的。

“还能联系到那个人吗？”他问，“继续用那个人就行。”

他这句话说得很笃定，像是他自己已经亲自玩过这个游戏，对于文案的种种细节都尽在掌握之中一样。当然，他爸的确是这么要求他的。

不过，对这位心思完全没放在这上面，多少有点心高气傲的少爷来说，这种要求就和上学时老师的要求一样，期待是一回事，事实又是另一回事。他接手这个游戏公司是想做自己的品牌，远不是吃着老本做什么文字页游。于是，他此时只是迫不及待地希望把这件事快点结束——不管结果如何，赶快结束便好。

午餐后，他在餐厅多坐了一会儿，忽然想起来上一次那个在公司门口泼了他一身咖啡的人。脏衣服已经送去干洗了，洗衣店早就通知他去取，只是不巧他的助理也一样焦头烂额的抽不出空来。这么的，他就突然想到了罪魁祸首。

他当然是不至于让她赔那套衣服的清洗费，他只是不介意给她打个电话，让她帮他跑上这一趟。

他还要承认一点自己心中不那么光明磊落的私心，他从方见纱那里碰了钉子，就想从其他人身上找回安慰来。

他拨通了那个号码，同时心里吐槽着这人老派得很，现在居然还有像十年前一样留电话号码的人在。

那边电话接得很快，夏耀节抱着一种玩笑的心态说明了自己的身份和致电来意，最后表示如果对方有空的话，希望她能够代为取了那套西装并送来他的公司。

“请问您贵姓？”那一头，喻柚的语气平静，甚至有一点冷淡。

“我姓夏。”他说，“夏耀节。干洗店的地址和公司地址我待会儿会发给你。”

“啊？”

很意外的，他听到电话那头的喻柚发出了一个下意识的，短促的，惊讶的单音。

“怎么了？”

“不，”喻柚连忙摇头，“没事。”

夏耀节并没觉得喻柚那一瞬的惊讶是因为自己。他挂断电话后开始翻电子邮箱，仍旧有数封邮件要回，但他只想短暂地逃避。在不知道干点什么是好的放空时间，他鬼使神差地点开了那个火爆网络的页游。

顾诗林，对动物毛发过敏，却非常喜欢小动物。

嗯？

他愣了一下。

二十七岁，身高一米八五，毕业于哈佛大学经济学系……

他一边皱着眉看着文案，一边盯着顾诗林的立绘。

他觉得这个角色看起来，有那么一点眼熟。

顾诗林的角色设定是那种典型的霸道总裁，高贵冷艳，霸气外露，勾一勾手指有半个地球的人为他下跪，而他却唯独为女主角一人倾倒。这倒是没有什么，设定而已，只是他凭借一种敏锐的第六感，就是觉得这个顾诗林，有点像他自己。

于是，他马上给刚才那个部门经理发了消息，让她把游戏的整个剧本文件发过来。

♂♀

接到夏耀节的电话时，喻柚正在家中躺尸。

没有工作的日子诚然不好过，但偶尔如此偷闲一段时间，倒也不失是一个选择。她躺在床上裹着薄被，床头的无火香薰已经耗尽，只剩藤条表面一层还飘着薄薄的香味。这种若有若无的香，更是加剧了她的懒散。

人生中原本也没有多少日子能够这样度过。

她写了一半的简历已经在电脑里躺了很长时间，她觉得自己有必要考虑转行，但又不知道自己具体能够做些什么。反正，她想，她不怎么喜欢做记者和编辑，她也不怎么喜欢写什么恋爱游戏的脚本。

她压根就不相信什么恋爱，更不相信有什么人能够无条件地爱另一个人，无条件地包容另一个人的一切，世界上到底是什么人在期待这种玩意儿?

就算不是真心的信任，只是做着自知是梦的梦而已，那这种梦本身就已经非常令人烦躁。

尤其顾诗林的故事莫名其妙地火爆之后，她的烦躁更是有增无减。

世界上总共能有几个顾诗林啊，她想，结局还硬要写什么“我看到我的顾诗林正在向我走来”，我跟你说顾诗林半路就得被车撞，然后在医院里连医药费都拿不出来，不得不坦诚他的一切都是骗人的——这才是真实的人生。

而就在这个时候，夏耀节打来了电话，并在电话中做了上一次没做的自我介绍。

于是，喻柚当场就怔住了。

尽管她自认为在电话中很好地掩饰了自己的紧张、慌乱和怀疑人生，放下电话之后，她只想原地跪下给顾诗林磕头认罪：对不起我不该咒你出车祸！你会和你的女主角幸福美满的，你不要跟我开玩笑啊大哥！大哥你从游戏里跑出来算是什么事啊！世界上没有可能有这么巧的事的对不对！

现在，时间回溯到喻柚刚刚接到那件工作的时候。

当时她才大学毕业不久，找工作四处碰壁，走投无路之际，此前在游戏公司的朋友给她介绍了这样一桩差事。那个时候，无论是游戏公司的老板也好，朋友也好或者是她自己也好，其实都没怎么认真严肃地看待这项工作。页游火爆，于是所有游戏公司都跟风一门心思地搞页游，但文创行业原本就是个没有标准的，俗称撞大运的行业，所以当时的那老板也是想得开，就做了一堆选题，又雇了一堆人随机地写，喻柚就是这堆人中的一个。

当时她交的第一稿被毙，第二稿被要求按照老板的口味做男主角的人物设定，她一边在心里吐槽说我怎么知道你的口味一边在脑一片空白的情况下随便滑着网页，结果便看到了天屿公司的独子夏耀节的新闻。

这人好啊。她眼前一亮。

富二代，长得帅，这就很符合人物设定了对不对？

于是，她干脆一切从简地在网上搜起了夏耀节这个名字。

留过学？很好。动物毛发过敏？很好。参加过选秀节目？这简直不能太好了——这可是那种典型的没什么用但是很特别的人物设定元素啊。

她满打满算地想着夏耀节这种日理万机的总裁是她这辈子都碰不到的人，就无知无畏地把夏耀节的资料翻了个遍，然后肆无忌惮地疯狂引用，甚至连照片都直接原样发给了合作的画手。

画手担心地问这样行不行，她则是大手一挥说天高皇帝远，这人还能跑过来维权不行，就算他来维权，他怎么证明我写的就是他？哦，只许他留学，不许我们的角色留学？只许他参加选秀，不许我们的角色选秀？

她如此成功地说服了画手，也说服了自己。

结果这个游戏等了差不多两年时间才出来，当时的喻柚如果能想到，被她用作“玛丽苏”游戏原型的正主会在两年后出现在她面前，她一定不辞辛劳地亲自做一个虚构的人物设定。

但现在已经说什么都晚了。

她认命地从床上爬起来，正想着是不是要写封遗书然后找个地方去死一下，还是拿着衣服和银行卡跪下去给正主忏悔的时候突然又想到：夏耀节这种日理万机的总裁，他怎么会知道这种小破游戏呢！

而且，且退一万步，就算他知道，他又怎么能知道这个游戏是她写的呢！

她觉得这个想法非常合理，又成功地把自己完全说服了。

♂♀

然而，正如某一句人间真理所言，事实往往都和预想相反，最美好的想象，总是能够遇到最残酷的现实。

与此同时，夏耀节正在办公室里皱着眉，仔细审视着这个游戏脚本。

事实上，按照一般情况来说，作为单纯的玩家，他应该是不知道脚本的作者是谁的，然而整理这个脚本的同事却细心地把作者的真实姓名和联系方式都如实地写在了文档末尾——

喻柚。

“喻柚。”

夏耀节念了一遍这个名字。

这事情有点不太对啊。

这种敌在暗我在明的剧情……

他自然不知道这个游戏正式面世之前的那点剧情，他只能基于眼下的所有现有条件判断形势：喻柚调查过他，而且，他不知道她具体了解到什么程度。

这种感觉十分微妙，他一向不喜欢把自己置于一个被动的地位，在任何一段关系中，他都喜欢充当一个全知全能的角色，并且永远占据主导位置。如此一下被推到明处，且敌军千军万马同时匿藏于阴影之中，似乎踩错一步就会跌入埋伏。

他应该可以说这种事对他而言并不太陌生，他一人回国打拼，面对公司的一帮老油条，他知道身边一直都有人迫不及待地等他跌下去，只不过怎么说呢，他觉得那种战争好歹是他多少能够揣度的，敌人的等级、武器、技能，他差不多有个大致的把握，不像现在这样，完全是一个陌生的游戏和一张陌生的地图。

但他同时又来了点兴趣，他想知道喻柚这人到底了解他多少。

♂♀

喻柚要取西装的那家干洗店，就位于UNI战队大楼对面的拐角处。

她是知道UNI又搬回了这处大楼的，当时她还在那本已经停刊的电竞杂志工作时，曾经采访过几次UNI。采访的过程应该能算是愉快，只是最终的效果不那么理想。她当时的主编说，她的采访既缺乏一种深入的精神，也缺乏吸引人眼球的点。

她大概能理解主编的话中的意思，那个时候，正是奚洛因为年龄这个敏感问题被记者四面八方地连猜忌带挤对的时候。这让奚洛对记者和采访都怀了一种天然的偏见，连着对喻柚的态度也不怎么好，他觉得她也不过是那些落井下石的人当中的一个。不料稿子发出来，竟是一篇正儿八经的采访。喻柚看起来非常内敛的一个人，似乎讲话都不知道怎么大声，但文字却是和她外形完全不符的有劲，文笔利落流畅毫不拖沓，煽情和比喻都恰到好处，令人看完后马上想站起来下楼跑上几圈——至少奚洛是如此。

但是，这篇文章在当时并没引起什么反响，这也是她的主编所说的“没有找到读者的痛点”。毕竟当时大多数人都盯着奚洛的黑料看，除了忠实粉丝之外，没人愿意看他和UNI的洗白文章。只是在这两年，他的实力逐渐真正得到发挥，粉的数量多过了黑，这篇旧采访才重新被人翻出来。

这些都算是后话，重要的是，奚洛打从稿子见杂志开始，内心就在喻柚脑门上贴了“好人”两个字。

但凡是单独采访，有的消息他硬是谁问都不说，只噼里啪啦地倒给喻柚给她做独家新闻。不过在这个年头，纸媒的影响力到底不够，何况奚洛口中那些所谓独家新闻的消息，要么是太八卦不能用的，要么是太专业读者看不明白的，所以，尽管采访对象如此眷顾，杂志还是撑不住而停了刊。

而且，对于奚洛，喻柚在内心并不大想与这个人亲近。

她原本便对这种自来熟的人有点抗拒，个人领域被侵入的感觉不那么好，被强行拉进他人世界的感觉更加糟糕。除了这些之外，更重要的是她不想被他看作一个“好人”。

“好人”是个很简单的词，它囊括了很多东西，但归根结底逃不开传统的那几个刻板印象：保守、沉重、严肃、无趣。

她不希望被人这么看待，但是，如果要她说出她希望给他人留下的印象，她也无法很好地说出口，更别提表现出来，让他人天然地这么认为了。

算了。

她摇了摇头，挥去因为想起过去那些混沌的不愉快而黏糊地爬上肩背的不适感。

她走过街角的时候，并没想到能在这个时间点见到UNI的人。

奚洛和周雄也正站在牛杂粉店的门口，奚洛手里端着一杯糖水，两个人看起来正在说着些什么。

趁热打铁。

这是奚洛心中想的。

他需要趁着方见纱鬼使神差地对他态度还好的时候对她完全坦白自己的现状，作为一个普通市民向警察求助——求助她协助治好他的女性恐惧症。

他望着派出所的大门，想了无数个开场白：主动示弱的、不讲理的、不容分说的……然而每个看起来似乎都不太对，每个都能被方见纱冷漠地拒绝，并让他去看心理医生。

他已然是可以精准地想象出她说这句话时的语气和表情，并因为自己的想象而背后发了一阵寒。

他正想着要不还是先行撤退，回去做好了充分的战斗准备再说的时候，江斯黎满面春风地从派出所走了出来。

“咦。”江斯黎爽朗地打了个招呼，“真巧啊，你们出来吃饭吗？”

“不是不是，我们刚刚吃完。”

“这样啊。”江斯黎张望着，“小方出来取她之前干洗的衣服，说顺便帮我带一份肠粉的，不知道去了哪里……啊，在那儿呢！”

奚洛和周雄也顺着他手指的方向看过去，看到了难得听话地穿着便服的方见纱，以及同样拎着一个干洗袋，正加快脚步想赶快从这条街离开的喻柚。

“哎？”奚洛一眼先看到了喻柚，“你怎么在这儿啊？”

奚洛和人打招呼向来是不分时间地点场合的，换个说辞便是，若在街上让他盯住，那便必然是逃都没法逃。喻柚自是不能掉头就跑，于是，她只能硬着头皮，和方见纱一前一后地，朝派出所的方向走去。

一时间，几个人同时站在马路边上，那场景看起来稍微有点热闹。接着，奚洛兴致勃勃地担任八面玲珑的中间人，把喻柚介绍给了方见纱和江斯黎，同时，周雄也也终于得以和这位大家嘴里的“警察姐姐”握了个手。

刚刚在干洗店的时候，方见纱其实已经注意到了喻柚。她排在她的后面，就听到了她说要取夏耀节先生的衣物。只不过她只把她当作了他数不清的助理当中的某一位，而没放在心上。只在听奚洛说这个人是记者的时候，才真正抬起头看她的脸。

这种路边的攀谈到底也聊不到什么深刻的话题，奚洛对杂志的停刊和喻柚的离职表现出了一通夸张的惋惜之后，喻柚点了点头，尴尬地笑了笑。

“那……”她抱着衣服，看着自己的脚尖，“我就先走了。”

“等一下。”方见纱叫住了她，又意识到自己的语气可能太过强硬，而修改了一下措辞，“请稍等一下。”

“有什么事吗？”

“你认识夏耀节吗？”方见纱问。

这个问题过于直接了，尤其是她全然不知道对面的方见纱是何许人也的情况下，好吧，全然不知一词或许也不那么的妥当，她知道她是个警察。

夏耀节得罪了警察吗？

等等。

她突然眨了眨眼睛，觉得手里的衣服一下子沉重起来。

等等。她想，夏耀节隔了这么长时间突然打电话给她，并且让她帮忙去取衣服，莫非是这些衣服不是普通的衣服，而是藏匿了某些……违禁物品？

不可以啊我还年轻呢我不要因为偷运违禁物品而坐牢啊！

“不，”她下意识地说，“我不认识。”

“你不认识？”

“不，那个，我觉得我不能算是认识……”

“到底是什么？”

方见纱从喻柚莫名的紧张中也察觉到了一点古怪，原本她只是觉得有点好奇，又有点好笑。可以啊，花丛之中遍撒网？连帮你取衣服的人都有了——只是喻柚的紧张让她开始产生了一种职业性的怀疑。

喻柚是很讨厌自己的这种紧张的，她始终无法适应这种和陌生人单独交流的场合，她觉得，一旦对方的注意力全部放在她身上的时候，就令她觉得浑身都不自在。之前做采访的时候，好歹有记者这层身份在前面做挡箭牌，现在挡箭牌丢了，她于是只能是她自己。

她必须得学会做她自己。

第八章

未来的自己会是谁
只有未来的自己知道

暗恋是什么？
暗恋是自己对自己的战争。

“我常常觉得我不够好而配不上他，我觉得我不够好看配不上他，我觉得我没有谈过恋爱他会嘲笑我，我觉得我谈过很多次恋爱他会看不起我，我觉得我说话声音不好听他会忽略我……”

“大神你念叨什么呢？”训练营的一个小孩好奇地问。

“你会因为你游戏比我打得差而觉得我看低你吗？”奚洛反问。

“大神你等着吧！我会让你跪地求饶的！”

♂♀

喻柚在那时那刻已然别无选择，只能站在派出所门口，面对着一个不知底细的警察，像在交代犯罪动机和经过一样，把她和夏耀节的那番咖啡事件以及后续一起交代了。

“等会儿。”本该是差不多就该识趣地撤退，却偏偏不识趣地站在一边的奚洛没忍住插了话，“这个故事有点耳熟……”

“这个故事有点耳熟。”江斯黎附议。

接下来就成了游戏交流现场，两位页游玩家就那个喻柚瞎写的故事当着原作者的面一通交流，说到兴奋处感觉马上就要找个地方酒过三巡了，喻柚听着自己写的羞耻台词就这么被念出来，恨不得扔了手里的衣服跑路，结果连放在包里的电话的振动都没听到。

夏耀节两度联系她未果，只好自己先离开公司——计划有变，他临时需要出去开个会，会场就在干洗店附近，他开车出来，先经过的是派出所，结果隔着车窗，就看到一群人如在开同学会一样站在路边，且都是他面熟的人。

他没有理由不把车停下，尽管这个决定会让他日后后悔不已。

喻柚已经不堪压力地对众人承认了自己就是那个游戏的原作者，男主角的原型则就是当时和她还没有半毛钱关系的夏耀节。

“那你那个时候就认识他？”方见纱忍不住问。

“不是，我不认识……”喻柚摇着头。

你要问我为什么是他吗？我不知道啊，谁让那个时候他的新闻就突然出现在浏览器首页了呢，你去问天问地问神仙问程序员，不要问我啊。

夏耀节当然是不知道他们这番对话的核心主题的，他大大方方地下了车，又大大方方地和所有人打了个招呼，并且自然地从喻柚手里接过了自己的衣服。他当然也是疑惑为何喻柚会和方见纱站在一起说话，但他的尊严和云淡风轻的人设告诉他不能对任何事表现出惊讶，于是他就这么大无畏地走了过去，并收获了一批异样的目光。

这群人对夏耀节是不熟的，即使是方见纱，在和他交往过之后，也难以说是对他这个人有什么深层次的了解，他是活生生的人，但在其他人的眼中，他是个空壳。

不偏不倚就在这个时候，喻柚笔下的顾诗林，非常完美地填充补全了夏耀节在人设上的不足。

这在整体的方向性和合理性上来说当然是歪的，只是在没开上帝视角的普通人眼中，觉得眼前这个和顾诗林模模糊糊地重叠起来的夏耀节——非常好笑。

甚至奚洛当场就喷出了一口糖水。

“顾总啊，”他为了掩饰尴尬开口说话，不当心直接就叫错了名字，“不是，我是说，夏总啊……”

这个情况是一定要解释的。

马路边上不是个好地方，于是这一群人浩浩荡荡地直接进了派出所。不过好歹这一次是没让喻柚顶着羞耻和尴尬把之前说过的话再重新说一遍，大部分话都是奚洛一个人叽里呱啦地代劳了，遇到他讲得太兴奋语无伦次的地方，江斯黎逻辑清晰地予以了补充。

且不论当事人满心的怀疑人生，旁观者的心中，几乎每个人对眼前这场面都是看热闹不嫌事大。

方见纱更是觉得，这个看起来始终缺乏真情实感的夏耀节的形象，就在这一瞬间鲜活了起来。

而错过了这个场面的程珈奈，当天晚上从周雄也口中得知这个八卦的时候，当即激烈地表达了不满，以至于在再回到G市打比赛的时候，直接冲到了夏耀节的公司给了他一个来自顾诗林粉丝的拥抱——这是后话了。

总而言之，在当时的派出所门口，无论夏耀节说什么做什么，这群人都将他的形象成功地和顾诗林重叠在了一起，这导致的直接效果便是无论他说什么，他们都会笑得接不上话。

夏耀节曾经在方见纱面前苦苦维持的个人形象，就因为一个游戏崩塌了个彻底。

当然，因为这件事的冲击力过于大，奚洛也忘了要对方见纱提出他那个一生的请求。

♂♀

与此同时，在B市，当程珈奈通过周雄也知道奚洛正犹犹豫豫地不知道要不要向方见纱求助，让她拯救他的女性恐惧症的时候，程珈奈在电脑那头当机立断地拍了一下桌子，说：“那还犹豫什么？上啊。”

她这么说着，一个视频电话就给周雄也打了过去。她向来是个行动派，什么事放在眼前，总之先遵循直觉做了再说。

“洛洛在不在？”她对着摄像头东张西望，好像她能看得见UNI这边的人一样。

结果周雄也抓着手机一溜烟去了隔壁宿舍，奚洛只看到镜头里的程珈奈挥着手：“犹豫什么纠结什么！快像你之前搭着你队长脖子说‘队长我爱你’时一样对那个警察姐姐说‘我要和你牵手’！”

程珈奈语速快、声音亮，就和射速极快的枪接连对他发射墨水子弹一样把屏幕对面的奚洛喷了个蒙，过了几秒才逐渐从一片墨水中寻找出一点逻辑来：“你等等啊，我什么时候说过我爱队长……不是，我不是说我不喜欢队长的意思，当然也不是那个意思！等会儿……你也认识那个警察姐姐吗？”

“不要小看我的情报和人际网。”程珈奈眨了眨眼睛。

奚洛当然是不敢小看她的人际网的，更不敢小觑的是她迅速和人混熟起来的能耐。他百分之百相信，如果程珈奈见到方见纱，她也能笑嘻嘻地贴上去，然后过不了五分钟就会宣布她们成了闺密。而且方见纱这个人……奚洛琢磨着，似乎意外地还挺温柔，很好说话，虽然家里一塌糊涂，但是她还会煮加蛋的面……虽然是方便面。

而且她的家很舒服，说来奇怪，明明都是一样的房子，一样的装修，但她的沙发躺起来就是和自己家的不一样，好吧，因为沙发不一样。下一次见到她，要问一问她家的沙发是什么牌子……

不对啊！

他这么胡思乱想地琢磨着，突然一下又反应过来了什么事。

方见纱可还是敌人呢！之前在网吧的那一拎之仇还没报呢！

但是男子汉大丈夫，纠结一件过去的事也没什么道理，一点都不爷们儿……

但那个事真的太丢人了！她一点面子都不给留的啊！

奚洛的一颗心就在翻旧账和反省现在当中摇摆，结果是莫名其妙地在心中立刻立了一个誓：不仅要通过方见纱克服他的女性恐惧，还要让她对他彻底改观——他要表现得男子气概十足，让她为她当初的误解后悔。

♂♀

虽然他是这么想，眼下却没有太多的时间去让他向方见纱证明自己。

时间已经进入十二月，迎来的是紧张的季后赛阶段。季后赛分为两个半区，每个半区各有四支队伍，八支队伍将根据常规赛的排名进行对抗，最终决出冠军所属。

他们将迎来一整年里最紧张的时间段，同时，观众也将迎来一年一度的狂欢。

第一场赛事是程珈奈带领的黑骑士对战首次闯进季后赛的一支新人队伍，对方战队虽然年轻，却也是自青训营开始便一路磨合上来的，队长今年才十九岁，是个沉默温和的少年。别人放垃圾话都是怎么嘲讽怎么来，他则是规规矩矩地说了句“请前辈多指教”。这种话如果换个人说，难免会被人喷是在装，是扮猪吃老虎，只是看着这孩子的眼睛，之前想好的喷人的话一句都说不出口了。

就算全世界的人都在装，自己在装，自己的妈在装，也不能说他在装。

不过程珈奈没有想这么多，她站在台上，大方接受了少年的敬意，松开手就转身进入了选手们的隔间，静待比赛开始。

奚洛和周雄也和其他队友也在现场，坐在职业选手区。这场比赛还在网络上全程直播，江斯黎自然不会错过，并且今年，他果断地选择不再一个人孤独地看比赛，而是拖上了方见纱一起。地点就在派出所旁边的那间网吧里。

比赛时网吧里的气氛有点像那种足球酒吧，夏天燥热的世界杯，一群人在酒吧中抓着酒瓶盯着头顶的电视机，进球时的欢呼声能够吵醒一百米外的一只狗。

——这不是夸张的修辞。

方见纱并不认为这是符合她性格的一项娱乐，不管是足球还是电竞比赛都不是。她活了二十四年，别说是电竞比赛了，就连演唱会都没看过一场。学生时代时看的尽是些古典音乐和话剧，音乐剧也看过不少。她的父母就和现在很多焦躁的父母一样，希望在孩子小的时候，尽量让他们接触到更多的东西来开拓眼界，以让他们从中幸运地找到能够让自己安身立命的所在，这是非常理想的想象。

但是，方见纱应该是那个例外。

她难以说自己喜欢古典音乐，对话剧也是兴趣缺缺，电影也好绘画也好，拥有相关的知识是一回事，把知识变成爱好——乃至变成人生的支撑，又是另外一回事。

更何况，方见纱对“人生的支撑”这个说法本身都感到厌恶和不快。

比赛开始，面前的电脑屏幕上的画面仍旧是方见纱看不懂的那一片缭乱的色彩，不过这次耳机里是有解说的，就省得江斯黎在一旁充当解说员。她在四处喷溅的彩色墨水当中努力分辨着双方的阵营，全神贯注地盯着看了一会儿之后，竟然勉强分辨出了某一场是哪个队占了上风。她回头正想向江斯黎确认的时候，却见旁边的江斯黎已然是一脸幸福的沉醉表情——仿佛下一秒就要飞升了。

吓得她赶紧别过了头。

接着她就听两个解说开始你一句我一句地聊起了黑骑士和程珈奈，说这位程队的风格是一如既往不留余地的强势，应该偶尔也给小孩子们一点表现的机会展示一下嘛……

解说这么说着的时候，UNI旁边坐着的一个战队里几个小孩也在议论着同样的事，声音不小，周雄也他们都听得真切。眼看那帮人聊得越来越投入的时候，奚洛目视着前方，用不大不小的声音简单地吐出两个字：“不行。”

周雄也转过头看他。

“老程不是故意要压人一头，”奚洛说，“而是她只能这么打。”

对面那孩子很强，奚洛看出来了。他们的整个战队是一体的，技术、意识、走位……都几乎无懈可击。只是他们采取的是一种比较稳妥的打法，不像程珈奈那样打得轰轰烈烈又浮夸无比，外行人看起来就显得是她在单方面压制对方一样。

放水？

展示前辈的余裕？

程珈奈握着鼠标，头上已经沁出一层薄汗来。

没有这样的余裕。她吸了一口气。她已经几乎发挥出了全力，才能让自己像现在这样看起来从容不迫。

她并非没有想过黑骑士会在季后赛的第一场比赛就被淘汰，不如说，她已经想过无数次这样的可能性了。而正是因为如此，所以才绝对不能够让这种事真的发生。

在她把UNI，把周雄也击败之前。

但就在这个时候，对面跟着一个技能放下来，程珈奈的角色躲避不及直接被吞没。

角色死亡到复活的时间是五秒钟，不长，但在不过短短五分钟的快节奏比赛当中也绝对不是无关紧要的五秒钟，程珈奈屏气重整旗鼓从起点再来过，奚洛在观众席上不自觉地跟着屏住呼吸，因为太过紧张，他的话又开始多起来：“对面这小孩可以啊，刚才这技能放得也太准了算好的吧？是不是队长？”

摄像机先照到选手的脸上，接着又扫过了观众席。和神色兴奋的普通观众们不同，职业选手脸上的表情都有些凝重。

“话说啊，程珈奈……就是黑骑士的队长，她之前差一点就和UNI的周队长做队友了。”江斯黎用只有方见纱能听到，也确认她能听到的音量说。

“她和UNI的周队在同一个青训营训练，之后周队先出道，她留了一年也出道了。但那个战队内部突然出了事，马上就要倒了。那个时候他们的水平大家都有目共睹，几个豪门战队为了得到这两个人都快疯了。当时最豪门的也是UNI，他们之前已经取得了两个赛季的连胜，正准备冲击三连冠。周队觉得这是个很好的去处，本来是想要两个人一起来的，合同都拟好了，但她突然反悔，说自己要去黑骑士。”

“她最早的……就是还是新人时期的打法不是现在的风格，她更倾向于一个辅助，辅助周队和其他队友打进攻。是在后来她离开周队之后，才开始练出来现在这种酷炫的打法的。”

“黑骑士当年是个小战队啊，在UNI面前毫无竞争力的那种。当时粉丝都觉得她疯了选这么一个队，结果硬是让她带得一次次闯进季后赛。”

“按照你说的，”方见纱说，“她如果和周队在同一个战队出道的话，那她现在大概就是周队的搭档。”

“嗯？”江斯黎一愣，“对啊……”

“是周队的搭档，而不是一个队的核心。”

♂♀

周雄也和程珈奈最初在的那个俱乐部名叫越明，在十年前，也是一个如日中天的战队。它的青训营开设在G市，吸引了一批来自全国各地的孩子。

和周雄也从一开始就展现出来的巨大天赋不同，程珈奈的成长则不怎么显眼。

在电竞界，女选手原本就不是一个被期待的身份。虽然也有数量不少的女选手打进职业圈，但她们的定位还是更加偏向于一些辅助性的角色，在最初，程珈奈也是按照这样的方式被培养的。

在最初，她也没有觉得这有什么不对，她的不适感是在后来慢慢出现的。

她比起不满于做一个辅助，更确切地说，她觉得自己擅长的方向，以及她想要完成的打法，都远不是辅助这个位置能够给她的。

但在一开始，青训营里没有人知道这一点，包括周雄也在内。

年少时的周雄也尚未修炼出他成年后的谦卑来，他是明日之星，身上背负着无比沉重且令人期待的未来，他并没有太大的闲心去关注一个成绩中游的普通战友。

他们原本就不站在同一个战壕里。

让周雄也正式留意到程珈奈的，是队内的一次指导赛。他们这帮训练营的新人和当时的现役选手打，程珈奈原本被安排的仍旧是一个辅助位，结果这位置被当时一个致力于打辅助位的人给抢了，她迫于无奈只能换武器。这局比赛当然没赢，甚至都没引起当时的现役选手的注意。只是在复盘的时候，周雄也看着被匆匆带过的比赛录像，突然留意到了程珈奈的角色。

之后，他在队内的自由赛上点名要和程珈奈PK，目的是探探她的水准。他先赢下了两局，接着不动声色地放了一点水，让她拿下了第三局。程珈奈因此正式得以从一个名不见经传的学员，晋升至正选的预备军。

之后的程珈奈就成为了粉丝眼中的程珈奈，周雄也的搭档，将和他一起开创他们的新时代的人。

但这个时代还没开启，她就选择了离开周雄也。

关于选择黑骑士的理由，她只在一个很早期的采访中透露过真正的心声，她说，那不是她的方向。

她也不知道黑骑士能不能给她她想要的东西，只是她知道，如果她在那个时候止步的话，那当真是什么都没有开始便提前结束了。

一个人并不是总是能够清楚地知道自己是谁的，一个人也不是永远都清楚自己可以做什么，自己可以走到什么地方的。

人的一生经常是由一些很偶然的东西组成，一些名为勇气、冲动、莽撞的东西，是这些东西在前面，带着人走上某一条未知的道路，然后，人才在这条道路上点起星光，灌溉农田，缓慢开垦，将它一点一点变成自己的安身立命之地。

但是，人经常在走上某条路之前，就想要知道一切。想知道它是否安全，是否能够控制，这恰恰就成为了人的限制。

有的时候不硬撑一下，自己并不知道自己能够走到什么地步。

这是她唯一一次在人前说这些，之后，这段历史再被他人提起时，无一例外地都被她插科打诨地糊弄了过去。连她当年缠着周雄也和她PK的过去，也被她当作童年的黑历史打包扔到身后去了。

现在在所有人面前的，是黑骑士的队长，放眼整个联盟中存在感都非常强，任谁都不能忽视的存在。

程珈奈鼠标一甩，子弹飞向空中。

她在一片墨水形成的障眼法中一路潜行，技能槽跟着悄无声息地积累，钻到那小孩的背后毫不犹豫地放枪。对方中了一枪，但杀伤力不足以把他带回复活点。他跳飞开站到程珈奈的射程之外，两个人又对峙上。

"可以。"程珈奈说，"但是你现在就想送我出局，还是早了一点。"

方见纱并不认识程珈奈，自然是无法读出这场比赛中更深刻的那一层意味。事实上，她更单纯地被最终局里那位拿狙击枪的角色吸引了。他自这一局开始便被狠狠地压着打——程珈奈下了死手不容他翻盘，结果在最后关头，他利用腾空跳跃迅速切换站位，在极短的时间内解决掉了黑骑士的三名选手，但到底在最后一刻没能阻止程珈奈而惜败。

但这仍旧是一场非常精彩的比赛。

江斯黎兴奋地询问方见纱的感想，方见纱犹豫了一下，指了指屏幕："这个人打得不错。"

"这个小孩啊。"江斯黎点头，"嗯，这小孩打得是不错。不过跟洛洛比起来还是程度不一样啦，我跟你说，他最后那手就是跟洛洛学的，洛洛当年一人干翻对面四个的时候这小孩还在训练营不知道干啥呢……"

江斯黎作为一个实力"洛吹"，在方见纱面前添油加醋，誓不把奚洛吹到天上去不算完。方见纱皱着眉，她知道这位师兄向来满嘴跑火车，他的话只能听一半扔一半。

到了赛后采访的环节，主持人采访完险胜的黑骑士，转而夸赞了一通后生可畏，接着话筒递给这位新人。

结果这沉默寡言的小男孩仍旧谦逊："没有，还差得远。"

"那我代表我们的粉丝朋友请问，这是您第一次闯进季后赛，有哪一位选手是您想要挑战的吗？"

"嗯……"小孩犹豫了片刻，"其实，我想挑战奚洛前辈。"

嗯？

此时正坐在观众席上认真地对这小孩最后的那一套操作指手画脚的奚洛冷不丁从当事人口中听到自己的名字，顿时愣在了当场。

要说他出道也满了四年，也差不多可以担起别人叫一声前辈了。他自己听训练营的小朋友们叫哥也听得挺顺耳，却就是至今还没习惯把自己的名字和"前辈"这两个字连在一起。

摄像老师是个很有眼力见儿的人，立马就把镜头给了观众席上奚洛这张惊骇的脸。

他一眼从现场的大屏幕上看见自己，觉得不行，这也太没大神风范了，于是赶紧调整出了一个淡定的，不动如山的表情来。

怎么着啊？他心里一通胡思乱想，这孩子看着不动声色的，说不定就是个扮猪吃老虎的主，这万一当场冲他挑衅让他下来跟他打一场那怎么办啊？是同意还是不同意啊？不同意的确看起来拽一点，但说真的其实还挺想再见识一下这孩子的能耐……

但接着，他听见台上的人对着麦克风说："前辈，我们明年见。"

仍旧是惜字如金。

奚洛抬了一下手做回应，借着场馆内的灯光，在大屏幕里看起来还有点英俊。行吧，他想，好歹大神的面子保住了。

不过，他远不知道的是，看到他这个抬手动作的并不止现场观众和守着直播的粉丝，还有同样在看直播的方见纱。

比赛结束后，和所有粉丝一样，情绪还是激动得不行的江斯黎对着方见纱一刻不停地絮絮叨叨，他口中的一个个专业名词她仍旧听不很懂，却难得没有像往常那样打断他。

电子竞技。

这是一个她从未接触过的世界。

她几乎没有过为了什么而激动不已的感受，她没有全心地喜欢过什么事，没有认真地对待过什么人，只是在这样成长起来的过程中，她也没有遇到过什么障碍和诱惑，所以她就如此坚持着自我，一路成长成为了今天的她。

但是，她难以说就真的喜欢现在的自己。

是不是喜欢自己——这个问题太抽象，而且又有点矫情，她平素也不怎么会去特意考虑这样的事，确切地说，是每每有这样的念头浮上来，就会立刻被她下意识地压回去。但是，被压住的东西并不会随着时间消失，即使她的理智告诉自己她不在乎这些，但情感上则是另外一回事。

她不会说自己也像江斯黎一样被场内的气氛所感染，只是，她也说不清楚自己心中那种微妙的感觉是什么。

♂♀

方见纱回到家中，这个房间被他人侵入过，有一些不属于她的痕迹，她不太习惯，但必须假装习惯。闯入者就住在隔壁，但他今天不在。他在S市当观众，或者在H市，江斯黎对她说过，但她不怎么记得清了。

她在客厅中坐了一会儿，觉得坐不住，走去卧室书桌前打开电脑。沉默地盯着浏览器首页十余分钟后，她坐直了身子，表情严肃得仿佛要舍身报国一般把手放在了键盘上，在搜索框里敲下了“奚洛”两个字。

明星战队的明星选手，关键词一敲下去，立马弹出来一长串相关结果。五花八门的，有的是官方的电竞新闻，有的是比赛录像，有的是小媒体写的搞笑段子，有的是游戏录播，有的是粉丝做的长视频……她不知道“目不暇接”四个字用在这里对不对，但她就是这样的感受。

她得花一点时间，才能把这个人和她第一次见面就吱哇鬼叫，后面也始终保持着这个形象的人联系起来。

其中有个长视频做得非常好，从奚洛出道开始，按照时间线梳理出了一个他个人的成长史，图像加文字，简直是教科书级别的新手指南。但当然了，方见纱作为一个游戏的外行人，即使是看这种科普视频也只能看个热闹和酷炫，至于弹幕上天花乱坠的夸赞，她就看不怎么明白了。就在她稍微有些走神的时候，弹幕一片大字号红色加粗的“前方高帅”像拎着她两边的肩膀向上提了一下，她重新坐直了身子。

时间是两年前的初冬，常规赛已经进入尾声，UNI必须和另外一个队伍在附加赛中决出最后一个晋级季后赛的名额。这个赛季，UNI的表现糟透了。队长周雄也的手伤复发，在主力队员不足的情况下硬撑着上阵，却因为无法全力以赴而让排名直接掉到了末位。且在最重要的附加赛上直接被医生下了禁止出场的禁令。

但是，在程珈奈拒绝加入之后，UNI新的团队体系完全没能建立起来，而直接成为周雄也的一人战队。这代表着，一旦队长无力支撑战队，整个队伍都会在瞬间轻易地垮塌下来。

结果在这个时候，奚洛顶在了最前面。

队长这场不能上没关系，还有他在。

只要有他在，就不会让UNI在常规赛阶段被淘汰，他有这个能力，他也必须一个人把战队扛起来。

那场让他一战成名的一对四的战绩，就是在这一次比赛中达成的。

这一场顶着巨大压力的比赛在旁人看来惊心动魄，甚至给故事的主人公贴上了“壮士断腕”“背水一战”的关键词，但在当事人的记忆里，这件事其实没有那么浓的悲剧色彩。

奚洛是很单纯的一个人，那一年他还是刚刚加入UNI不久的新人，对战队本身并没有像其他队友或者老粉丝一样浓烈的感情，当然对周雄也的感情也远没有现在这么亲近。他的目的很简单，他要赢。赢下眼前这一场，然后再赢下下一场，他能走多久，就打多久，如此而已。队长受伤不能上的话，那就让能上的人顶上不就好了？那个时候，他实在搞不懂一帮人在医院表情沉痛得仿佛第二天队长就会消失了一样是为什么——但是他又不好意思问。

不过，即使不算队友给的压力，他自己也明白这场附加赛的重要性，于是当晚他就把自家Wi-Fi密码改成了FJS三个大写字母外加比赛日，并一直沿用到现在。

这场比赛令他声名大噪，虽然在季后赛，他们最终在第二场比赛就落败而被直接淘汰，但这三场队长缺席，核心更替的比赛也证明了UNI就此迎来全新的时代。

这位少年是从天而降的一道光。

视频的后续是赛后采访，相对一帮五大三粗却激动得哆哆嗦嗦的大老爷们儿，站在中间的奚洛显得格外淡然和冷静。他先承认了对手的强，并表示这场比赛自己和队友们已经发挥出了全力，淘汰也没有什么可过分遗憾的，不过是来年再来就是了。

两年前的奚洛看起来比现在要更加稚嫩一点，因为比赛的高压所致的疲惫，整个人不算特别精神，也更谈不上帅气。接着，镜头向前拉近，给了他整张脸一个大特写——他自己好奇地回头看自己采访时忍不住连骂三句摄影师脑子有病，单反镜头这么往脸上怼是和谁有仇呢。不过，方见纱在两年后的另一个地点，因此得以近距离地去看他的脸，确切地说，是看他的眼睛。他微微挑起的眉毛下是一双澄澈的眼睛，坚定的，没有阴霾的。他的目标清晰异常，那是她缺失的东西。

她没有愿望。

她并不是第一天才意识到这一点的。

也许曾经有过。她想，记不清了。

她成长在一个压制欲望的家庭当中，并非是那种充斥着冷漠、暴力、尔虞我诈的家庭，里面有的更多的是淡漠与放纵。她的父母对她没有过多的要求与期望，这原本是一种绝佳的自由，然而，这对年少的，尚不知晓“自由”真正意味着什么的孩子而言，其实是一种被他人所放弃的感觉。

无论做什么都没有反对，但同时也没有支持和鼓励。

她站在这个时间点回想自己十几岁的时候，她觉得，可能她之前有很多次机会走上和现在截然不同的道路——比如去做一些更加危险，更加离经叛道的事出来，但是，她却似乎连那样的一种欲望和冲动都没有。

大概选择做警察，是她人生中做过的最叛逆的一件事了。

她就如此沿着一条最安全的道路成长到了现在，并且，在心中将一切不寻常的冷漠都美化成为寻常的琐事，以至于现在，她也不大能够记得哪些事是真正发生过的，哪些事是她自己想象出来粉饰太平，来塑造一个看起来完善的，无懈可击的人格的。

这样也并没有什么不好。

她这么觉得。

毕竟在大多数时候，她都觉得自己是稳定的，她也认为自己喜欢着自己的稳定——就像一杯表面结起微霜的水，在没有任何外界干扰的时候，看起来都是平静甚至美丽的。但若落入一抹光，不，若落入一块太阳的碎片的话，那它就……

她注视着仍旧在播放的视频，如果说，她在更早的时候遇到这样的人的话——

这是一种有些危险的想法，或者说，这是一种她不知道出现了之后，她将如何招架的想法。

但在同时，她的内心又有一些隐约的，天然的，陌生的冲动。

那是比上一次在这个房间里已经有过的，更加鲜明的冲动。

♂♀

在她出神的时候，她家的大门突然被咣咣一通狂敲，同时隐约还能听见说话声和笑声。她在这儿住的时间不短了，但在这惯来视邻居如无物的当代单身公寓当中，除了旁边那位邻居，还没有人这么敲她房门。她吓得一个激灵，整理出一副淡定安然的样子过去开门。

然而门口站着的不是她烦人的邻居，而是一位没见过的中年男子，男子一身酒气，身上还挂着一个同样醉醺醺的年轻女孩。

方见纱皱起了眉。

“您找哪位？”她问。

“哎，这里不是……15，15，1503吗？”男人看起来醉得还不够深，尚可辨认出方见纱不是他敲门要找的人。

“这里是十七楼。”

男人大着舌头“啊”了一声，然后努力眨着眼睛辨认着楼层的牌子，看起来硬是努力挤出了一点理智对方见纱道歉，接着就拖着旁边那个醉醺醺的女孩转身往回走了。

方见纱关上门，深深吸了一口气后回到房间。这时，大门又被敲响了。

这次她径直走了过去，一把拉开了门。

“这里是十七楼。”她说。

“啊？”

这次站在门口的，则是她的邻居。

“什么这里是十七楼？”奚洛问。

“没事。”方见纱定了定神，“刚才有个醉鬼上来，找错了门。”

“这样啊，那你得注意安全啊，我跟你说这些醉鬼有的就是故意找错门来试探你是不是一个人在家的，试探个两回说不定就在线劫财劫色了，我觉得是不是得报个警啊？哦，你是警察……”

方见纱听他噼里啪啦讲了一大串，哭笑不得。

“你又有什么事？”她问。

“我那个……哦我那个啊，我是有点事，有点事。”奚洛点了点头，往屋里看了一眼，“我能进去吗？”

方见纱往旁边让了让，奚洛就像条鱼一样钻进了屋。

因为此时此刻，奚洛身后有个看热闹不嫌事大的程珈奈连同一位沾了八卦就等于换了个人的自家队长正在楼梯间里虎视眈眈，就等着他对方见纱提出那个“帮我克服女性恐惧吧”的要求了。

他觉得，他要是站在门口说话，那估计不出三分钟，那两人就能冲上来代替他发言。

他万万不想这样。

所以，他就干脆破罐破摔地先往人家屋里躲——先躲开了外部威胁，再来思考内部的私人问题。

方见纱放他进来了，在看着他在自家习以为常地左看右看的时候猛地想起来——她的电脑还没关。

27英寸大显示器的iMac，关机后再开机，所有运行未关闭的程序自动恢复到上次使用时的样子，也就是说，奚洛现在只要往卧室里看上一眼，就能看见他自己的视频、照片铺了满满一电脑桌面。

这还是视频没有自动播放的情况。

方见纱顿觉大脑嗡的一声，她这辈子哪经历过这么尴尬可怕的场面。当然了，一般人都肯定有这个意识，不会往人家卧室里看，但奚洛是一般人吗？不是。

她甚至觉得，如果她现在进卧室关电脑，奚洛保证会跟上来。

这是你的卧室啊——她连台词都给他想好了。

过去关上门？总有种此地无银的感觉，可能还容易被误会卧室里藏了个什么人。

派出所小片警方见纱，在这一天，突然深切地体会到了犯罪电影中的，第一次犯案就被抓的罪犯的心情。

还好，她卧室的门是在客厅的侧边，就是坐在沙发上没法直接看到的那个位置，加上奚洛心里还憋着一句话没说，他也不大有多余的心情和精力去研究她的卧室。

“有什么事？”于是，方见纱尽量淡定地问。

“我啊，那个，我啊……没事我就是过来聊聊天，和邻居交流一下感情。对，我就是交流一下感情，你吃饭了没啊？哈哈哈我还没吃饭呢……”

看他说话颠三倒四，方见纱自然是明白这里面肯定不是吃没吃饭的问题。那是怎么回事呢？她琢磨着，前些天这人肯定是住在战队，现在回了家，又想起了那电视不成？

其实这件事按照道理，也应该和他坦个白道个歉……就在她这么想着的时候，大门第三次被敲响了。此时此刻，门外那家伙不管是谁——就算它是小区里的那只流浪狗那也是拯救方见纱的神仙，于是，她没有半点犹豫地打开了门。

那个在几十分钟前曾经来过的，满身酒气的男人此时赫然又站在门外。

第九章 酒最好在自己家中喝

恋爱游戏中的选项无论如何设置，结果都是正面的。

当一个人喜欢另一个人的时候，对方说的每句话都像是在给他的感情颁奖。

♂♀

竟然还真让奚洛给说中了。

那一瞬间，方见纱这么想。

还真有这种酒精上头不怕死的货，眼神都开始涣散了，竟然还有本事往警察的家里闯。

其实如果放在平时，她一个人和这种喝高了不知死活的醉鬼面对面，要说完全不怕是假的。不过今天的情况有些不一样，她白天受了一些那场比赛的刺激，心中像是燃烧着一团什么东西，也有一种隐约的，想要冲破什么的欲望，但又因为无法在短时间内得到满足而焦躁着。

于是，门口这哥们儿就成了她的靶子。

哥们儿看门打开了，大大方方地往里面走。因为他喝得已经很醉了，加上身体壮，看起来就像是一种推挤开方见纱，硬是往里闯的感觉。

这还不够，他在门口脱了鞋，回身就过去揽方见纱的腰。

跟着就被方见纱的一记肘击结结实实地打中了胸口。

方见纱系统地学过散打，这是她小的时候学习过的诸多项目中唯一坚持下来的一项，结果最后她成了警察，这项技能意外地派上了用场。

她这一下肘击虽然面部表情不动声色，其实已经是下了狠手。那人防御不及被打得后退了几步，脑子没有反应过来，又伸出手来想拉她的手臂，这时房间里刚刚一时没反应过来，现在已经清醒过来的奚洛从灶台上抄起一口平底锅便冲了过来，冲着那醉鬼的肩膀抡圆了砸了下去。

醉鬼吃痛地坐到地上，回头瞪着他："你，你，你是谁啊？！"

"我还问你是谁呢！"

"把手铐给我拿来。"方见纱喘一口气，紧接着抓住了那醉鬼的手腕，毫不留情地把它扭到他的身后。那人的肩关节清晰地发出吱嘎的响声。

"在卧室，床头柜旁边的第一个抽屉里。"

"哦，哦，好的！"奚洛反应过来是在叫自己，手里还举着锅，一溜烟地跑进了卧室。

等等，卧室？

卧室！

方见纱的心脏一沉，顿时大叫不好。然而这个时候也不是再开口把奚洛叫回来的时候了。

她认命地闭上了眼睛，同时反钳着这位醉鬼的手上又加了些力。这人顿时发出痛苦的哀叫声。

因为房间里的动静着实有些大了，站在楼梯间的周雄也和程珈奈互相对视了一下，有些不安地走了出去。

"洛洛？"程珈奈试探性地叫了一声，"方警官……"

里面除了男人的嚎叫声之外没有回应，周雄也阻止了程珈奈再继续喊他们，而是当机立断地直接拉开了虚掩着的大门。

周雄也这张天生犯罪分子的脸，加上当天看完比赛回G市的旅途疲惫让他的脸更加黑了几分，这么一个人突然出现在眼前，那刚刚还在嗷嗷大叫的醉鬼马上就闭嘴了。

这时候奚洛也从卧室里拿来了手铐，这是他第一次摸货真价实的警察用的手铐，让他整个人狐假虎威地嘚瑟起来——看他手里抓着的平底锅就知道了。

"我是警察。"方见纱将地上的倒霉鬼和自家的凳子铐在一起，然后站起来，居高临下地说，"接下来请你去派出所配合调查。"

这个人被警车带去了最近的派出所，方见纱等人作为当事人，也需要跟去协助调查。于是四人一同坐上了去派出所的车，这是程珈奈第一次见方见纱，她回想着方见纱刚刚给那彪形大汉上手铐的场景，又想象了一下方见纱当初把奚洛从网吧拎出来的场景，没忍住扑哧一声笑了出来。

“笑什么？”奚洛问。

“没什么没什么，”程珈奈憋着笑摇头，“就是觉得警察姐姐特别帅，比我想象的还帅。”

“你想象的？”奚洛一下捉到了重点，“你想象什么？你没事想象她干啥？不是等会儿，你怎么知道她的，我记得我没说过啊？”

周雄也在旁边咳嗽了一声。

“队长……”奚洛无奈地看着自家队长。

“你手怎么了？”周雄也一眼看到奚洛小拇指上一道划伤，伤口边缘一圈红肿。

“嗯？”奚洛一愣，低头看自己的手，果然看到一道不短的伤，表皮被划破了，倒是不深，一点皮肉沾着血，在伤口旁边支棱着。他将手指在嘴唇上蹭了两下，有一点点疼，他也想不起来是在哪儿划到的，大概是刚刚抄平底锅的时候不当心碰到了放在旁边的刀子或者其他什么东西……算了反正也不重要。他甩了甩手说没事，就是划了一下。

他们这些电竞选手，手是最重要的，一点点小伤就可能影响到手指的活动，直接影响到手速和反应速度。奚洛十几岁的时候不当回事，不顾当时训练营的规定偷偷摸摸跑出去打篮球，结果一下把手指挫伤了。看着不算特别严重，也完全不影响日常生活，结果一握鼠标才觉得大事不妙——结果被当时的俱乐部经理结结实实地训了一顿。

但这回情况不一样啊。

他理直气壮地想。这种千钧一发的危急时刻，他哪有不上的道理。他不上万一真的出点什么事那不是得悔恨终生啊。

不过他倒是没想到这种事真能在自己身边发生，他们住的这公寓也算是安保级别很高的。

他正这么琢磨着，就见那个已经有点清醒了的醉鬼和方见纱，以及另外两名警察一起走了出来。警察是个四十多岁的中年男人，面色和善，看起来还隐约憋着笑。他意味深长地看了等在外面的几个人一眼，说："行了，可以走了。"

"可以走了？"奚洛疑惑，"这就完了？"

"哎，你等会儿。"警察斥责那个醉鬼，"你自己走啊？你一会儿不知道又跟谁回家了吧？在这等着你家人来接你！"

在从派出所回家的路上，他们才听明白了这事从一开始就是个大乌龙。那个直接被方见纱上了手铐的哥们儿的确是他们的公寓的住户，今年三十七岁，住在1503，是个没什么酒量的普通上班族。这一次是为了拼下一个项目而心一横决定来个自我牺牲，对方怎么灌他就怎么喝。结果跟他谈合作那帮人一个个都不是善茬，在餐厅给他灌酒不说，灌醉了之后还直接带他去了酒吧。这位可怜的大哥好不容易爬回了家，却因为身上的浓重的酒味被自家老婆一脚踢出了家门，他在楼下吹了好一会儿冷风，觉得自己差不多清醒了的时候，不当心敲开了方见纱家的门，并把方见纱当成了自己的老婆——于是就发生了接下来的种种。

奚洛往这位大哥肩上抡的那一下是实打实的，也是亏得他身强体健，要是换个瘦小的，这一下大概得打出个骨折来。

因为事情归根结底是他喝醉酒的过错，他酒醒了一大半，顶着肩痛忙不迭地低头给方见纱道歉。并自称自己是真不知道，直到方见纱拿出手铐的时候，他都还觉得是他老婆在和他逗着玩。

"这么听来这大哥真挺不容易的。"程珈奈说了这么一句，"我想当时我们俱乐部经理为了拉赞助，大概也被人灌了不少。我应该多接点广告好好回报一下我们经理。”

到这时候，他们才从那桩乌龙事件里出来，想起来还忘了做自我介绍。程珈奈提议既然时间也不算太晚，不如在旁边找个烧烤店来一顿夜宵。她说话的时候神采飞扬，已和早上在比赛隔间内神情凝重的样子判若两人。奚洛怕她胡说八道于是连忙制止，程珈奈瞄了他一眼，眼珠一转，索性不给他机会。她拽了一下方见纱的袖子，冲她眨了眨眼：“我有事和你讲呀。”

用的完全是女孩子之间八卦的那种语气。

方见纱还没回应，奚洛马上就插了进来，大叫着“你没有任何事要讲”之类的话，两个人闹了几个回合，程珈奈忍无可忍失了耐心，直接抓着方见纱，对着她耳朵大声说：“洛洛说想让你帮他克服恋爱恐惧——”

“什么？”

“不是恋爱恐惧！”奚洛在旁边跳脚。

“女性，”程珈奈纠正，“对不起，女性恐惧。”

接着他们真的在路边找了个烧烤摊，这群人都是夜宵的专业户了，利利索索地点了一大堆堆到面前的小桌上，程珈奈拿一支竹签子在桌上画着圈，一边画一边就把奚洛自小到大的毛病、困惑、童年阴影都添油加醋地说了，最后向方见纱提出了一个“希望她能够协助克服他的女性恐惧帮助他走上人生巅峰”的协助请求。

奚洛坐在旁边，紧张地吞了一口口水。

他想方见纱大概会冷漠地皱起眉来拒绝他，这原本就是和她没关系的事。他正绝望的时候，就听方见纱那边淡定地说：“可以啊。”

嗯?

“所以，你希望我做什么？”她问。

他希望她做什么？他不知道，不，确切地说，他知道，至少有一个大概的雏形，只是他不知道该怎么，又从什么地方开始开口。

一般来说，这种事是循序渐进的，比如一开始两个人先长时间独处，之后开始牵个手，然后试着拥抱一下，最后就到了接——

不不不！

奚洛立马挥手，把自己脑内浮现出来的可怕画面挥散。

不能这样不能这样。

因为这个晚上过得太过混乱，所以就让这件本来不怎么合常理的事被衬托得合理了起来，奚洛是这么觉得的。

他们从烧烤摊上离开，程珈奈回酒店，周雄也回战队，他则是和方见纱一起回公寓。两个人在出租车上一言未发，只各自侧着头看着窗外。

下了车，进了公寓大楼，又出了电梯，两个人各开各家的门的时候，方见纱先开口叫住了奚洛："你的手没事吧？"

奚洛立马说没事没事，不多时反应过来："哎你怎么知道？"

"我看见了。"方见纱说，"你去拿手铐的时候。"

"这样啊？我那时太紧张了我都没感觉……不过没事，就一道小口子，幸亏你没在锅旁边放把大菜刀啊，要是真放了菜刀就说不好了。"

"其实不用。"方见纱说，"即使你不抢他那一下……"

"那不行。"奚洛立马说，"这是现在知道那哥们儿不是坏人了，万一遇见个拿着刀的呢！而且我跟你说下回不能随便给人开门，我敲门你也不能开，要不这样吧我们来设定个密码呗？还有啊我队长说了，就算你知道你队友能行，你也不能放着他不管自己走了。啊这说的是我们之前上节目做游戏的时候不是比赛的时候啊……"

他又一个人话痨起来，方见纱在旁边听着，突然又想起自己卧室里的那台电脑——现在它应该是已经自动待机了，那奚洛进卧室的时候，到底看没看到她的屏幕呢？

奚洛一边自己念叨，一边用余光不自觉地瞥着方见纱的脸。他忽然觉得自己有点紧张，那种莫名其妙的，和他熟悉的比赛之前的紧张都不太一样的紧张。

就好像是在上幼儿园的时候，面对着那个小女孩一样的紧张。

可怜他的恋爱情结从幼儿园起就被他老爸给掐了，从那之后，他关于这回事的一切就像是被结结实实地封存进了一个小盒子里，从那个时候到现在，似乎没有半点进步。

甚至因为这么多年的心理阴影，让他的勇气比起当年是只有减，没有增。

然而在他就这么一个人念叨的时候，他的手一下被抓了起来。

凭良心说，方见纱的动作并不温柔，甚至可以说是有点粗暴。她不动声色地抓着他的手，放在眼前看了看。

“看起来没……”

她的话还没说完，就看奚洛像是给电击了一下，跟着迅速地——有点慌乱地用力把手抽了回来。

他的手上被她碰过的地方还残存着一点微妙的触感，那种奇怪的皮肤的温度，他觉得，这在他手上就像是不该属于这个世界的东西一样。

“我……”他为了缓解尴尬而甩了甩手，“我就说没事啊！”

“这就是你说的，女性恐惧？”

“是吧……”奚洛不确定地摇头，“我好像觉得要是不跟我提也没事，一跟我提我想起来了就……哎你有什么害怕的莫名其妙的东西吗？”

“我？”

“不许用看垃圾的表情对我说没有。”

“害怕的东西……”方见纱想着，“我害怕那种，被做成动物形状的食物。”

被做成动物形状的食物？

奚洛愣了一下。

“比如那种……Hello Kitty的蛋糕，轻松熊的蛋包饭之类的？”

“差不多吧……”方见纱说，“还有那种挺流行的印着照片的蛋糕什么的。”

奚洛一听这个顿时高呼自己知道，他们之前和韩国队比赛，赢了之后粉丝就给俱乐部送来这么一个蛋糕，差不多得有个二十人份，所有队友的脸都被印在上面了，粉丝在信里说这代表着整个战队的荣耀。奚洛当时收到还挺高兴，乐颠颠地就和队友切着吃了，还闹了一番谁吃了谁的脸的问题。

“我觉得，”方见纱一本正经又有点困惑地说，“把照片吃了的感觉，就好像把这个人捣烂……”

他在心里回味着方见纱这句话，不由自主地觉得自己稍微有点反胃。

“没关系！”他连忙大手一挥，“我来帮你克服这个问题！我们从今天开始结成联盟！战友！”他作势要伸出手，但一想刚才被抓了一下手后自己的反应，又连忙把手缩了回去。

于是刚才的那么一点尴尬，就如此被化解掉了。

在这个时候他发现，自己好像一点都不讨厌和她说话了。倒不如说很喜欢和她说话，那种喜欢有点像是学生时代，他的同学们口中那种喜欢：想和那个人说话，迫不及待地等待下课，只要能和那个人说到话就很高兴，说话的内容并不怎么重要，只是雀跃的心情是永久存在的。

他很早离开学校，不知道学生时代的恋爱的具体细节。不过他隐约知道，大多数的校园恋爱从结果来看都不怎么好。

真心累啊。

他眨了眨眼睛，转念又一想不对啊，自己又不是学生了，自己早就成年四年了。自己完全可以只享受好的，不要坏的对不对。

对啊。

他想到这个地方，突然一下兴奋起来。

要说自己也到这个岁数了，也是顶天立地的成熟男性了，每次和队友聊天的时候都在说这个角色那个手办的多没意思，他应该抢在所有人之前——好吧除了队长以外的所有人之前尝一把禁果，然后让他们都羡慕他！

♂♀

另一侧，在季后赛惜败给程珈奈的那个小孩，夏耀节隐约记得有位同在给电竞投资的朋友跟他说过要多观察一下这孩子，将来要把他给挖过来云云，不过又记得不怎么真切。他没有看那场比赛，他现在的一切空余时间，都用来玩那个现在已经稍微有点过气了的页游。

而且越玩他越真切地觉得，这个顾诗林特别像自己。不是那种全方位无死角地像，是在一些主剧情之外的那些无关紧要的细枝末节的地方很像。

这种感觉不仅仅是微妙，更多的是有点吓人。

毕竟有一个不认识的人在很多年前就盯着自己研究，没有人在知道这件事后会觉得舒服。不过更魔怔的是，这种不适感开始慢慢地消失，反而演变成了一种想要寻根究底的好奇心。

嘿，你这人还研究过我，那好啊，我倒想看看你还知道多少。

这在某种程度上说不定也是一种斯德哥尔摩综合征。

他那套西装的清洗费是他自掏腰包的，这钱他一开始就没打算让喻柚出，不过那天他们在派出所门口交接衣服的时候，他使用了一点语言的艺术，也给自己留了个上风，他既没说要她赔，也没说不要。在她打算问个究竟的时候，他借着助理的一个刚好打来的电话溜了，留给她一个未解决的问题梗在那里。

这件事做得有点幼稚，他的心里却格外畅快。

他不觉得自己是个幼稚的人，自小到大，他成长的环境不允许他幼稚，他工于心计，又喜欢假装出一种漫不经心的随意。他的身边也尽是这样的人，他已经习惯了用他们的套路去对付他们。

突然之间，就来了个没有这样的套路的人。

他是觉得很新鲜的，新鲜夹杂着冲动，仿佛有一个无人知晓的自己从什么地方冒了出来，一副对这世界感到极其新鲜的模样，跃跃欲试地想要抓个人来证明自己是活着的。

就在夏耀节不自觉地兴奋起来的同时，喻柚的心情则是不怎么样。

距离她去干洗店拿西装那次也有不少天了，她仍旧难以将自己从那天局促尴尬的局面当中抽离出来。反正“尴尬”这种情绪倒就是这么一回事，虽然时间上过去了，但只要稍微一想起来，就是往事一幕幕伤心一幕幕，只恨不得把当天的目击者一个个抓出来消除记忆。

她坐在自家的沙发上，揪着一只熊的耳朵，同时一下一下有频率地揍它的肚子。

喻柚是脑补很强大，行动很退缩的这么一个人，又简称为窝里横。她明明很明事理，逻辑也很清晰，在网上单方面骂人的时候气势也丝毫不弱，但一旦和人面对面，整个人马上就能缩到地心里面去。

她是个做乙方的，虽然说干的是卖脑子的文字业，说到底还是更接近于服务业，被各种要求和意见压榨来压榨去，更进一步地塑造了她不争取也不争辩，只把自己低到尘埃里的性格。任何人都能压她一头，任何人都能指责和嘲笑她。不满？多少有一点，但更多的是，她觉得自己已经很习惯了目前的这个位置，她不知道应该怎么摆脱这种“附属者”的感觉，不知道怎么和其他人平等的相处。当她成为一群人的中心的时候，即使是一件好事，那种压力也会把她压垮。

可能的话，她的确不再想和那群人——以及整个游戏行业扯上任何关系，然而她工作的这些年，所有为数不多的人际关系都在于此，她为了顺利交得起下个月的房租，而不得不接受了一份电竞新媒体记者的临时工作。

是记者同时也是编辑，反正便是采访、写稿、排版的一条龙。那家新媒体是个刚起家不久的小公司，老板是个写书的，还开了家多少能赚钱的餐厅，趁着这段时间电竞大火就想蹭个热度，三下五除二搞了个公众号，还请了不少朋友帮忙写稿子，一时间弄得还挺像这么一回事。

他雇喻柚来给他做记者，走的也不是那种正规的招聘流程，不过是他的某位朋友正好是喻柚的同学，一个开价不高又自带资源的记者，老板自然是觉得不用白不用。喻柚虽然心中有着防人之心，觉得不可把自己在这圈子里认识谁都说出去，却也耐不住老油条的引导式发问和背景调查，话不过几轮就把她曾经采访过UNI这码事给问了出来。

“不过UNI啊。”老板若有所思，“豪门战队是豪门战队，不过最近也没什么话题是不是？”

对对对。

喻柚点头如捣蒜。

“那我觉得这样吧，我觉得黑骑士不错，他们那个队长你知道吧？”

老板是个男的，三十来岁的单身青年，凡是对游戏感兴趣的单身男青年，无一能够逃离黑骑士队长的魔咒。如果这是一个以程珈奈为中心的故事的话，那么将会是一个“所有的男人都爱她”的经典传说。

喻柚推托自己不认识程珈奈，跟她没有私交。这是实话，她确实不认识她，但老板也不是个好忽悠的人，不认识程珈奈，那认识UNI的人嘛，稍微联络一下感情，这不就问出来了。

道理虽然是这个道理……和半熟不熟的人联络感情对她来说太难了，这能够称得上是她生平最怕的事件之一。那些恼人的寒暄环节永远都令她焦躁不已，她不知道怎么才能在他人面前保持——或者说伪装出一个尽可能完整的，无懈可击的人格。

她既是局促，又不愿意让任何人看出她局促。

她有奚洛的微信，她也每天晚上都能看到他在朋友圈里刷屏，现在主要是刷他的那只鹦鹉，前面还有不少抱怨吐槽的，说UNI这地方风水不好，对面就是派出所，让他天天训练都压力山大，现在不知道删了没有。不过，她在被逼无奈之下联络的那个人不是奚洛，而是UNI的俱乐部经理。

这件事的逻辑听起来其实挺不对头的，一个记者去联系一个俱乐部经理，不是为了采访他们，而是为了采访他们的对手……不过这边的经理倒是个心大的，可能也是明白媒体不好得罪，无比客气地应着帮喻柚联系，转手就把这活推给了奚洛——因为他有点怕周雄也。

这位经理年龄不算太小，但在待人接物上还是个天真的新手。他只能和让他觉得安全的人来往，最起码，是在一堆让他觉得不安全的人当中寻找那一个相对安全的人。

据他自己说，周雄也曾经冷酷地在他开会的时候让他出去——这件事让他耿耿于怀惴惴不安。而用力地抱紧了在会议室门口给了他一根棒棒糖的奚洛的大腿。尽管另外两个当事人完全不记得有这么一回事发生过，但经理就是咬死了周队是个可怕的坏人，印象一旦形成，就难以向另一个方向扭转。这是大多数人都知道的道理。

这经理虽然胆小，但办事的效率是很高的，他立马就发微信找了奚洛，说有个记者想采访黑骑士让他帮忙说一下。奚洛正忙着试新武器，看见微信，眉头一皱："采访老程去找他们俱乐部经理啊，找我干啥？"

"谁？"旁边的周雄也好奇地问。

"就咱经理。说有个记者要采访老程让我帮忙问问……那正好队长你问问呗？"

他这么漫不经心地搭着话，见经理又发来一条消息，让他隔天一起往游戏公司跑一趟，合同是俱乐部谈的，但还有点具体的细节要和本人沟通。

"当心真把你当文案用了。"周雄也在旁边提醒了一句。

"那哪能行呢。"奚洛满不在乎地摆摆手，"他们敢用我也不敢写啊。"

♂♀

奚洛嘴上是说不敢写，至少他这么说的时候，心里确实是这么想的。但结果他人到了游戏公司，往会议室的椅子上一坐，看着面前那已经被改了八回的策划案，就又闭不上嘴了。

虽然这玩意是不用他亲自写，但上面写着他名字呢。万一写出一个特别弱智的脚本来，粉丝啊路人啊都一致以为是他写的，那怎么办啊?

本着“人设不能毁”的原则，他这么一个讨厌开会的人，硬是坐在会议室里抓着那本策划案狂提意见，宛如一个非常难搞的甲方，这也不行那也不行，让负责接洽的那个员工顿时都觉得自己的老板和蔼可亲起来。

奚洛坐在这儿指点江山本来也有点没道理，他在页游领域纯粹是一个新手玩家，连大门都没摸到那种，根本没什么资格来指导别人故事该怎么写。所以，他在这里的全部不满，其实是针对游戏中的女主角。

乍看很像方见纱的女主角。

他作为一个对页游创作没有经验的外行人，只能将自己代入到创作当中去。于是，他衡量这个人设做得对不对的标准，就变成了方见纱本人。

这个不行，警察姐姐不会这么无理取闹。

这里也不对，警察姐姐不会这样，这么一点小打击就一蹶不振。

这个地方不可能，警察姐姐绝对不会发什么微博祈祷男主角爱上她。

这个地方简直胡说八道了，警察姐姐怎么会看起来没有弱点呢，她的弱点就是她害怕照片做装饰的巧克力蛋糕啊。

而且这个男主角也不对，这个男主角以为自己是谁啊？度人度己度万物的菩萨吗?什么都得靠他来拯救？而且设定也不好，现在霸道总裁的设定都过时了，得来一个和时代接轨的，就比如说……他敲着笔，就比如说像他队长那样的。

队长那样的……他用手指揉着太阳穴，聚精会神地思索着，队长的微博是给俱乐部的工作人员打理的，自己的微博倒是握在自己的手里，不过话说回来，警察姐姐到底有没有微博啊?

坐在奚洛对面的工作人员连连看了几次手机，最终忍不住赔着笑脸打断了他："洛哥啊，是这样，我们这个是个故事，您这样把女主角设定得太完美的话，故事就没法进行了……"

完美?

奚洛一愣，下意识地就想要反驳。

怎么会呢！就她那种暴力的，得理不饶人的，高高在上的女人……

他想到了什么，皱着眉陷入了思索。这时，工作人员趁热打铁又补充："您看啊，我们这其实是个恋爱故事，女主角的性格比较冷淡封闭，需要靠男主角来拯救……"

"那你们这不是男权吗？"奚洛嘴里蹦出来这两个字，"她凭什么就得靠这废物男主角拯救啊？"

奚洛这个词用得有点大了，让工作人员一时不知道怎么接话。当然了，这位工作人员自己也是非常无奈——他就是站在公司的角度替上头来和奚洛接洽的一个人，人设和故事都是上面的意思，他说话又不算数。此时此刻他肚子饿得发昏，表面是笑着，内心则是只想给奚洛跪下说：大哥我怎么知道啊！你去问我老板啊！这又不是我写的！我觉得你说得都对！所以你赶紧去找老板谈话行不行!

他这么想着，结果老板就真的来了。

来的还是顶头的那个大老板。

夏耀节来公司，原是准备和那项目经理商量一下，或者说传达一下他的意见，即把喻柚拉回来，让她接着做这个新项目。

他倒并不是相信喻柚的能力或者什么，他自己知道，上一个游戏的成功是一个无法复制的个案，即使如法炮制，也难以得到什么惊喜的结果。

他坦白直接地承认，他就是想维持着和喻柚的这条关系线，别让它随随便便地就断了。

他为了说这事来公司，结果那项目经理告诉他，他们找好的那个撑门面的电竞选手正在会议室里，已经谈了三个多小时还没谈完。夏耀节稍收了下眉头，决定顺路过去看一眼。

于是他敲开了门，看到自己的员工抱着头赔笑赔得已经快哭了，而奚洛正拿着笔指点江山的场景。

"夏总……"员工简直泪流满面。

夏耀节先点头，对奚洛笑了笑："您亲自过来了啊。"

夏耀节的措辞十分有礼，但奇怪的是听起来又很亲切。他对手下的员工惯常态度温和，对日常打交道的小明星们或者奚洛这些电竞选手也是谦和有礼。只是唯独在面对那些和自己的位置和处境差不多的商业大佬时，他便会下意识地切换出一个令人琢磨不透，但唯独确定并不好搞的人格来。

他也是用这样的人格去面对方见纱的。

累不累？他也觉得很累。

看到夏耀节进来，奚洛一时之间有点紧张，他赶紧从椅子上站起来和夏耀节规规矩矩打了个招呼，心里对自己刚才放的那番厥词还有点心虚——万一那稿子是夏耀节写的呢？谁知道他守在门口听了多久啊。

夏耀节是懂得化解这种尴尬的，他拿起了桌面上的资料翻了翻，随口问："还没吃饭吗？"

"对哦。"奚洛这时才想起来，"还没来得及……"

"我也没吃饭，一起去呗？门口我知道有家馆子不错，本地菜。行吗？"

"当然当然。"奚洛赶紧应。他原本是想说要么在公司食堂凑合一下，又一想这样可能有点瞎提意见的嫌疑，就闭上了嘴。

夏耀节走之前要了一份文件拿在手里，两个人一路往那家馆子走。那是个在G市街头随处可见的不怎么起眼的小餐馆，门脸很小，招牌也旧得模糊，不过走进去却是烟火气十足，每个人面前几乎都沸腾着热气腾腾的一口火锅。G市的天尚未寒，边炉却是已经可以打起来了。

夏耀节先是随意地问了些比赛的事，之后谈到这两个游戏的诞生和制作，然后说到故事的人设，于是，他们之间的话题，再次变成了方见纱。

方见纱在奚洛面前很生动，他见到过。只唯独在面对自己的时候，她才是那一张没有多大情绪的，纸片一样的脸。

或者也不仅仅是他，方见纱在其他人面前，也经常是一副看不出情绪和喜好的样子，仿佛她天生就没有那种东西一样。

人是有很多面的。

这不是隐藏或者伪装，是一种本能性的反应。更经常的是，人往往并不知道自己可以是，或者说能够成为什么样子。

人和人相处的过程，是一个“发现”的过程。

除了碰撞、调和、相互忍耐与相互理解之外，人更多的，是从另一个人身上发现自己的潜能。这就像一种化学反应一样，本来是两个各自稳定的个体，结果在碰撞之后，形成了同之前截然不同的新的物质。

它们也许会带来快乐，也许会带来痛苦，这些皆是在碰撞之后才开始成型的问题。

这让人有些不安，但同时也很有趣。

固步自封？他永远不会。

“你觉得这个主角像小方？”夏耀节问。

像啊，不过也不是特别像吧，反正没有顾诗林像您……奚洛这么想着，没敢说。上次在路边他是仗着人多人来疯，这次单独对着夏耀节，他意识到自己还是尿的。

“小方……不是，方，方小姐她，我觉得比这个人物……”

奚洛断断续续地和刚才在会议室里一样，对夏耀节分析了一通他心中的女主角应该有的样子。只不过和刚才快要站到桌子上去的自信不同，这次则是越说声音越小。

“夏总您和方……小姐是不是……”他两只手瞎比画了一下。他自己也不知道具体比画了个啥，不过夏耀节看懂了。

也没什么看不懂的。

“不是。”夏耀节说。

“嗯？”

“以前是。”他补充，“现在不是了。”

两个人共同谈论一个人，尤其是一个异性——这种对话是有些微妙的。夏耀节认为，这是一种试探，到不了占有的程度，但至少是一种好奇。

他在学生时代，也曾经坐在某位同学家里的沙发上聊起过彼此有好感的女孩，在那个时候，某个人说出女孩的名字，其实就意味着一种强占欲。

这个女孩是我的了，我先说了喜欢她，之后谁再对她出手的话，那就是不顾兄弟的情分。

这并不算是爱情，他是这么认为的，也许这种处于萌芽阶段的感情在后来会演变成更加真实的爱，但在这个阶段，不过是莽撞的自信心罢了。

同样的，这种莽撞的信心奚洛也见过。UNI虽然是个“少林寺”，但训练营里多多少少还是会冒出来几个妹子。这帮单身汉没事的时候，也会讨论一下妹子哪个更漂亮，如果要追的话追哪一个。

后来，有个队友是当真想追训练营的一个妹子，那妹子的操作放在网游里应该算是顶尖的，但打职业还是不够用。那队友想趁着妹子被淘汰之前对她表白，结果拜托人去打听，打听出来她是奚洛的粉，喜欢奚洛，为了他才来UNI的训练营的。队友当时失望异常，却还怀着一点微弱的希望去找了奚洛，问他对那妹子有没有兴趣。

里面的逻辑和奚洛对夏耀节的发问的逻辑是一致的。

“不是了？”奚洛小心翼翼地问。

“嗯，不是了。”

“这样啊……”他装得有那么一点遗憾的样子，心里却是结结实实地松了一口气。

“话说，你知道多少？”夏耀节问。他得承认，他被喻柚和她的顾诗林搞怕了，这段时间内，他总觉得和他打交道的所有人，都完整地把他调查了个底朝天。

♂♀

两位男士一边涮着鱼片，一边莫名其妙地聊起了恋爱的话题。然而此时此刻的话题人物本人自然对此浑然不知，她坐在派出所中处理着手头的文件，同时回想着刚刚自己训斥小区里某位不牵绳遛狗的狗主人的场景，难得觉得有点畅快。

通过这种事来愉悦自己是十分丢人的，她也清楚。她觉得，这完全是这段时间，她在奚洛面前不知不觉地失去了主动权所致。因为奚洛这个人实在太吵了，他吵，他的鹦鹉也吵，吵得打乱了她的节奏，让她一下子变得被动起来。

尤其在这个时候，他们的关系更接近于一种秘密关系。奚洛那边瞒着他们队友，方见纱这边瞒着派出所同事，就在他们那幢公寓中，构筑出了一种接近于私密的暧昧。

或者说，从私密当中诞生出的暧昧。

想必是那种隐秘的环境和关系原本就容易营造出奇怪的情愫，况且双方又都同时存在这样的意愿。

比如：

碰手行不行？那碰身体的其他地方呢？手把手地教打游戏行不行？哎，我不知道，你不要说出来啊——

以及：

那轮到我了，小熊行不行？这样做成小狗形状的蛋糕呢？做成鱼的奶冻？我跟你说这东西可是老程他们家那边的特产，B市没有什么好吃的东西，比起G市差得远了，但不知道为什么这儿竟然还有那东西的外卖，那点一个试试呗，我从头开始吃，你从尾巴开始吃？

是从奶冻开始的，或者开始得更加早，同时还应该算上他们之间那只鹦鹉的煽风点火，更是将平静中生出来的微妙的暧昧又推进了一步。

G市的天气莫名其妙地重新回暖，一夜之间变得像是盛夏。正好那一天奚洛的心情很好，大概是他在比赛中赢了一个老对手，同时又小小地刮中了一张足球彩票，反正接二连三的好事凑在一起，让他迫不及待地想要一路小跑回家找方见纱报个喜。这个时候他们已经交换过了两个人相同的Wi-Fi密码的秘密，并且方见纱还被大肆嘲笑了一番用自己的名字和生日做密码自恋，同时还收了一个小蛋糕当生日礼物——当然是不带小动物花样的。

送完蛋糕之后奚洛想了想，又嫌太简单。

“要不送你只鹦鹉吧？”他说。

“你算了吧，你这一只三天两头往我这边飞还不够，还要再来一只啊。”

“那不一样，那只鹦鹉是完全属于你的，你之前没养过宠物吧？哎你不知道那种被一只动物全方位信赖着的感觉有多么好……”他说着就过去撸那只鹦鹉，结果鹦鹉一扭头看别处去，“喂喂你给点面子！”

“你觉得怎么样？”方见纱突然问。

“嗯？什么啊？”

“就你那个什么……恐惧。”

“哎呀你不要老提！真的别人不提也没什么，一提我就……”

“你之前真的没喜欢过女孩子？”方见纱问。在她的经验里，她觉得一个人没谈过恋爱挺正常，但要是连喜欢都没喜欢过，就真有点新鲜了。

“没有。”奚洛无奈地摇头，“你也不是不知道我们那个少林寺，除了我们队长之外，别人谈恋爱……那根本连点可能性都没有，总不能对女粉丝下手吧？还没饥渴到这个程度。”

“你们队长？”

“就和老程啊。你见过吧，就那个特别咋呼的女的……哎我也不能说别人咋呼。”奚洛挺有自知之明地耸了耸肩，“那你呢？”

“你知道啊。”

“夏总啊。”他点头，“那除了夏总呢？”

这是个有点危险的话题，每个问题都在一个暧昧的边缘游走。一个人在窥探，另一个人想要被窥探。反过来也是一样的。方见纱于是坦诚自己的确曾经喜欢过夏耀节，然后，在更早的时候她还喜欢过大学时的一位学长，又喜欢过小时候她爸的一位同事的儿子……

“等等等等，你等等。”奚洛打断了她，“怎么这么多？这里面每种喜欢都是一样的吗？”

“不一样。”方见纱一时间变成讲授恋爱课的人生导师，“喜欢都是真的，但是每一种都不一样。”她想了想又补充，“不同的时间点，不同的成长阶段，不同的心情，不同的人，都不一样。”

“哦，”奚洛似懂非懂地点了点头，“所以，这个事没有标准答案……”

“嗯。”方见纱表示同意。

“那我觉得——”

但奚洛这句话并没有说完，就被原本一直蹲在沙发上闭目养神的鹦鹉突然扑楞起来的翅膀给堵了回去。他回头看了一眼墙上的时钟，就叫着“已经都这个时间了完了完了”而使用了一个遁逃术，带着鹦鹉就往玄关跑，临走还不忘叮嘱一句：“我说真的啊，你考虑一下买只鹦鹉呗！”

♂♀

并不是鹦鹉的话题。

原本就不是鹦鹉的话题，也不应该是鹦鹉的话题。

但即使如此，在下班后，她走入了派出所附近的那家宠物店，买下了一只鹦鹉。

这个时候，奚洛已经完全投入进了季后赛的赛程中，平时基本住在战队里，不再往家里跑。就剩下那只鹦鹉还整天顺着阳台往她的房间里飞，并且落上了她的肩膀就不下来，把她折腾了个够呛，这大概是她想要买一只鹦鹉的愿望的起因。

她买下的鹦鹉通体白色，喙是橙黄色，头顶一簇奶黄色的毛，是整家宠物店中最好看的一只鹦鹉。她提着笼子过马路，在走进地下车库的路上遭了旁人一路侧目。她把鹦鹉扔到副驾驶座，自己系上安全带，回头咂摸又觉得这件事实在是个冲动消费，她对被动物全方位信赖的感觉没有什么兴趣，她也根本不关心手里这小家伙信不信任自己。尤其当她想到自己似乎之后还得为这只鹦鹉找个伴的时候，就更是一阵头大。

在她带着鹦鹉出来之前，店员笑眯眯地对她说了一句：“等以后有合适的雄鹦鹉，我再联系您啊。”

方见纱没听明白，于是店员解释说鹦鹉这种鸟寿命很长，一生中需要有个伴侣。所以他们作为宠物店的店员，关心鹦鹉的终身大事也算在工作范围之内。

就是这句话，奚洛听到过一模一样的。

也是这家宠物店，也是这个店员。

当时他心里不太爽，满心只有“人不如鸟”四个字。这怎么还包分配对象呢？我这一个英俊潇洒的大活人都没有对象，它一只鸟有对象了，这合适吗？

非常不合适。

因此，就是由于主人的这点自私的小心思，奚洛家的鹦鹉硬是被迫延长了单身的时间。宠物店的那店员也因为屡次给他打电话时总被他“再说吧再说吧”地搪塞，也闹了点脾气，索性就不给他打了。不仅如此，还把本来想留给他的鹦鹉卖给了方见纱。

当然，从结果上来看，也并没有什么太大的分别。

第十章

如果换个世界观说不定警察也能够成为电竞选手

"我觉得啊结婚之后两个人还是应该经常在一起的对不对，就比如说做饭啊是应该两个人一起做的，我跟你说我就非常想和女朋友一起逛超市，从冷冻区逛到家居区，然后买那种五颜六色的放在家里特别毁装修的衣架回来……"

"洛哥您这一下就想到婚后去了，我觉得好像有点远……"

"不，为什么非得做恋爱游戏呢？我们做个结婚游戏好不好？只有这么这么这么选才能保住婚姻，要是那么那么那么选就得离婚了。"

♂♀

方见纱把鹦鹉带进了派出所，到了下午三点多，不知怎么的，鸟突然发疯似的叫起来没完，于是江斯黎就看方见纱对着那只鸟威逼利诱就差用警棍了，不由得笑了出来。

方见纱自知有点形象不保，缓解尴尬地咳嗽了一声，停止了和鹦鹉斗嘴。

"对了小方，"江斯黎说，"你和洛洛的那个什么……脱敏游戏？进行到什么阶段了？"

"什么什么阶段……"方见纱说，"你怎么知道？"

江斯黎眨了眨眼，露出一个"师兄我什么都知道"的表情来。

"这些天我根本没见到他。"

"季后赛嘛，洛洛他们特别忙，都成空中飞人了。不过现在都十二月了，月底就是全明星邀请赛，完了之后是元旦，这段时间能清闲一下……"江斯黎对职业选手们的时间安排了如指掌，在这掰着手指给方见纱算日子。不过他不知道的是，这日子用不着他算，方见纱自己这些天，也早盯着游戏直播看了个明白。

在什么时间哪个队对哪个队，什么武器搭配什么技能，她是悄无声息地都熟稔于心了。

她看游戏直播是偷偷摸摸的，就是明明什么都知道了，却还要对他人心虚地伪装成什么都不知道的样子。就比如天天上班和江斯黎坐在一起的时候，就得时刻提防着不能不当心就露了马脚。

在季后赛中，UNI勇猛异常地一路向前拼杀，其中两次险胜拿到晋级权。这几场比赛中，解说和懂行的粉丝们都已经看了出来，UNI的核心正在逐渐从周雄也身上向奚洛身上转移。战术、风格都已经和一年前有了相当程度的不同，解说员分析，战队的核心转变也是他们这赛季取胜的关键所在。这直接引发了种种猜测：周雄也的旧伤、退役，年轻的超级新人的野心——

不过这些并不是方见纱所关心的。

隔着摄像机看到熟人的感觉有点微妙和奇特，一开始是这样的，不过后来似乎也慢慢习惯了起来。奚洛在场上穿着队服的样子陌生又很好看，是那种洋溢着少年气息的，明媚的好看。她记得有一个采访中把这些职业选手比作一种自然事物，写在奚洛名字下面的是两个字：太阳。

这倒是不那么意外的答案，不过又好像缺乏一点创意。方见纱琢磨着，比如太阳这东西吧，好归好，但似乎就有点太直观了，太灼目，太刺眼，也太过于正面，过于单薄了。奚洛这个人还应该有些让人捉摸不定的地方，猝不及防的地方，比如说像是风，或者说太阳雨……

她一边这么想着，一边随手关上这个网页，打开了另外一个。过去，她曾经自诩是个没有秘密的人，认真表示除了身份证号和银行密码之外一切都可让任何人所知，结果不多几年，这句话就被她自己打了脸。她需要拼尽全力守护她的电脑中的浏览记录，绝对不能给其他任何人看到。

她拖着鼠标浏览网页——就在这段时间里，她已经把那几个电竞论坛摸了个熟，有的论坛爱聊八卦，有的比较专业，有的喷子多得她直想顺着网线过去滥用一下职权。她这么随便地看着，就看到一个帖子，里面特别八卦地评选起了谁是这帮电竞选手当中的脸——就是谁最帅的意思。

被网友们提名的电竞选手有一大半她都不认识，是其他游戏的选手。其中有个姓柳的哥们儿被高高地投了上去，方见纱拖着网页看见了回帖里的照片，嗯，是挺帅的。她点了点头。

翻到第三页的时候她才看到奚洛的提名，不过提名底下跟着就是嘲讽的，一个个说这人虽然技术不错但长得像个中学生似的就别过来凑热闹了，下面跟着放了一张照片。

那照片是张视频截图，不算崩，看起来不是黑粉发的，因为神情目光十分专注，看起来竟有点“霸气侧漏”的意味。

这不够格当电竞选手的脸吗？

方见纱眯着眼睛看。

不对啊。她想，她觉得还挺好看的。

♂♀

时间推至十二月末，对奚洛来说，这个时候有两件大事，第一是一年一度的全明星赛，第二是夏耀节作为投资商中的一个，向奚洛等人发出的个人邀请，邀请他们到山中别墅度假。

别墅是夏耀节自家的，他老爸原是打算在山中建别墅度假区，但项目进度并不大顺利，建好的别墅便就空置了。之前回家的时候，在餐桌上他爸偶然提了这么一嘴，那意思是看有没有人能过去先体验一下。

就是找个试睡员呗。

他想。

看他爸的意思，是还没准备放弃方见纱这层关系，他故作不经意地暗示夏耀节和方见纱联系一下，夏耀节虽已知两个人是铁定没了戏，却总不至于是吵着闹着老死不相往来的程度，便就给她打了个电话。

电话那头有点吵，他起初以为是派出所内又出现了什么纠纷，再仔细听又觉得好像不是这么回事。像是一个人撒娇耍赖要得到什么似的。

“你……”他犹豫了一下，“你现在忙着吗？”

“没事。”方见纱的语气里有点疲惫，“你说吧。”

他对着电话，把老爸让他转述的如实转述了一遍，方见纱听了有些犹豫，这和他料想之中的一样。他补充说自己还邀请了其他人，比如说UNI的——

他话未说完，电话那头突然有人吼了一嗓子，接着电话里多出了一个激动的男声。

“可以带家属吗？啊不是，可以带朋友……可以带同事吗？”

谁啊？

夏耀节一愣。

“夏总，您好您好，我姓江，我们见过的，您还记得我吧？是这样啊，小方说她会去……她肯定会去的！所以您能算上我吗？”

这个声音似乎就是那个刚刚在电话后面吵着闹着的男声。夏耀节想。

不过这人是谁啊？

电话在夏耀节尽可能礼貌的肯定中被迅速挂断，江斯黎马上将手机交还给方见纱，同时殷勤地给她捶肩揉背。

“我又没说我要去。”方见纱说。

“你不去就不去嘛，反正到出发当天你就对夏总说你肚子疼不能成行，他肯定会谅解你的是不是？”江斯黎沉浸于能够同行的喜悦中，说话半点都不客气。

“你是怎么知道他们要去度假别墅的？”

“你又在小看师兄的人际关系网吗？”江斯黎眨了眨眼睛。

方见纱没有小看，也的确不敢小看。她知道这位师兄老早就和对面那帮打游戏的人混在了一起，他和他们的关系比自己和他们的关系亲近得多，说不定就混在同一个微信群里天天晚上插科打诨吹牛拍马，他知道这事一点都不意外。

好吧。

她想。

既然UNI的那群人也去的话。

♂♀

在这之前，首先来的是全明星邀请赛。

全明星邀请赛每年一届，由不同的战队轮换主办，这一次刚好轮到UNI，G市主场。选手们都挺高兴，不用去B市受刀子般的冷风吹，也不用到H市感受寒意的魔法攻击，温暖的十二月的G市，和这场用来在比赛间隙放松的全明星邀请赛再合衬不过了。

全明星邀请赛顾名思义，即邀请全联盟的明星选手一起娱乐性比赛。原本是对手的人成为队友，原本是队友的人变成对手——除了这个项目之外，还有让众粉丝们更加期待的一环，即粉丝上场和选手们对抗，来一次和男神女神们亲密接触。

方见纱看到这些天坐立不安、胡言乱语的江斯黎，就明白这个环节对于粉丝而言激动人心的程度了。

仍旧是上次的会场，一回生二回熟，方见纱找座位找得十分熟练——毕竟她不熟也不行，因为旁边是个因为能见偶像真人而飘飘忽忽的傻子。

不过他们都没注意到的是，喻柚也同时来了现场，坐在后排的媒体席上。

之前她顺利通过UNI这层关系联系到了程珈奈，并顺利地做了一个她的采访，她的雇主十分满意，而把这一次的报道任务也交给了她。

她在落座之后就举起了手机，开始对着大屏幕上的选手照片拍摄。与此同时，场内的后台，俨然已经成了一堆职业选手的大联谊。大家勾肩搭背互相嘲讽，被群攻的自然是打进了半决赛的那四支队伍。奚洛让化妆师喷了半瓶发胶的脑袋被一帮人揉了个乱七八糟，他还没来得及整理好，就被主持人催促着上了台。他们一个个打完了招呼，正准备按流程上的分组开战，不料今年的老板突然要求来个创新，结果就把粉丝擂台赛放在了第一个环节。

那流程单战队经理是一个个都给到了，然而奚洛压根就没看——谁没事看那玩意啊。

结果他就傻在了当场。

这个环节他一向是很怵的，因为点粉丝上台是他自己叫座位号的形式，这游戏的女粉丝很多，场内男女比例差不多是一比一，说不好就叫上来一位特别热情的女粉丝，他最怕的就是这个。

尽管之前和方见纱培训了那么长时间，他觉得自己还是没法克服。

更何况，他觉得，自己和她的那所谓培训，已经完全走偏到了另一个方向。

而且，世界上是没有感同身受这回事的，他从心底这么觉得。那些女孩子啊，你越是怕她们，她们就越是觉得你可爱得不行，而变本加厉地往你身上蹭。但他又好歹是个大神，既不能当场翻脸更不能在台上直接哭给你看——痛苦啊。

不幸中的万幸，还好点观众上台这个环节是按照选手的站位从左往右挨个进行的，而且站在最左边那哥们儿还是个有名的营业狂魔，每回都得在这环节上和粉丝交流好长时间的感情，正好留给他一点时间做心理准备。

站在他旁边的周雄也是懂他的恐慌的，他稍稍凑近了点，扯了一下奚洛的袖子又低下头。奚洛看队长要传达指示了，赶紧踮起脚又抬起头——队长不是我说你，你一个打游戏的长那么高干什么！你坐那椅子上颈椎不难受吗？！

“方警官和江警官都在，他们坐在K56和K57。”周雄也小声迅速地说。他的意思是，让奚洛点他们的座位号。

会场吵得很，加上主持人又是个笑声魔性的大嗓门，结果奚洛只听到了一个K和一个5，后面的完全被主持人的笑声给淹没了。这种场合，他又不能在众目睽睽之下让他队长再弯下腰去跟他讲悄悄话，就只能假装自己听明白了，还努力把腰板挺更直了。

轮到周雄也的时候，他环视了一下观众席，随便叫了F区的一个人上来，是个男粉丝。算上之前那三位选手叫上来的人的话，这已经是连续第四个男粉丝了。这时主持人赶紧跑出来圆场，表示台上雄性荷尔蒙太多了，我们接下来得努力点个女观众上来。说完还笑着把话筒递给奚洛："洛大神你说是不是啊？"

是你个鬼啊！

奚洛看着主持人那张笑得特别欠揍的脸，简直想把话筒塞进他嘴里。

"行吧。"他嘴上还是淡定地应着，"那我找个妹子上来，我看看啊……"

他眯着眼冲着观众席看，看起来像是在装模作样地找妹子们坐在哪，其实是在找K区。他站在台上，看到的观众席是漆黑一片的，只能从接近天花板的地方看到每个区的指示灯。

然而，从观众席的角度去看他，却是清晰得很。尤其一个大屏幕正三百六十度无死角地拍他的脸，他在台上皱眉转眼珠的每个细微表情都看得真切无比。

方见纱忽然紧张起来。

她看到他的目光落在了自己在的K区，又看到他拿着麦克风准备说话。

"那就——"

队长刚刚说的最后一个数字好像是"7"，要么就是"1"，反正那个口型看着像……要说队长也真是的，既然都说了，还不干脆说个清楚……

方见纱看着大屏幕，她的心脏开始跳得快起来。她不知道自己在紧张什么。

"K57吧！"奚洛说出了座位号。

K57，是江斯黎的座位号。

江斯黎被点了名，受宠若惊地站起来，在落下来的聚光灯中傻乎乎地对周围鞠了几个躬，然后迈着小碎步从观众席跑到了台上。

是江警官啊。奚洛在松了一口气的同时，内心又泛起一种说不清道不明的遗憾。

如果江斯黎是K57的话，那方见纱是K56，还是K58？等一等，刚刚队长说的第二个才是K57，那她就是K56了……

与此同时，坐在观众席的方见纱，内心更是被一种微妙的情绪纠结住了。

奚洛既然点出了K57这个座位号，想必他是已经知道他们坐在这里了。那么，他有意跳过了她而选择江斯黎上台，是什么意思呢？

这种感觉让她不是很舒服。

这就像是在学校里，突然被隔壁班的人撩了一下，而她也心知肚明对方是在撩她，在她觉得他们之间还有后续的进展，还在等待后文的时候，后文就没有了。

自小到大，这种事好像已经发生过很多次。她和交到的朋友关系一路向前平稳推进，顺遂无比，结果突然在某一个阶段，一切都停滞在了原点，任何东西都像是在水中扭曲变形了一样，一步都无法再向前迈进。

♂♀

“哎呀，又是一位男粉丝啊，这次我们的选手是怎么回事，和男粉丝这么有缘的吗？那我们来问问这位朋友贵姓吧。”主持人这么说。

“我，我姓江。”

“是江先生啊，话说，江先生，要是方便回答的话，请问您最喜欢的是我们场上的哪位选手呢？”

好不容易有了个向程珈奈现场告白的机会，江斯黎自然是不可能放过它。他不仅在台上当着所有选手和观众的面给程珈奈来了个激情告白，还特别不要脸地换得了一个拥抱。这么一来其他粉丝不干了，纷纷吵着也要握手拥抱，一时之间台上成了个联谊会，主持人折腾了大半天才终于把流程接上——由程珈奈来选择下一位上场的粉丝。

程珈奈大方地接过了麦克风："这样吧，我刚才看到这位江先生的旁边是一位女粉丝，我就简单一点好了，K56。"

方见纱作为五位男粉丝后的第一位女粉丝，在台上结结实实地享受了一番"生了五个儿子之后终于迎来了一个宝贝女儿"的待遇，主持人问完这个问那个，恨不得把她的生辰八字和前世今生都问出来。

"请问方小姐是做什么工作的呢？"

"我是警察。"

"您，您是警察啊……"主持人干笑了两声，"那您平时工作是不是很忙，您抽空看比赛，那一定很喜欢这款游戏吧？"

"也还好。"方见纱平淡地说。

主持人不知道她说的"还好"指的是"工作还好不忙"还是"对这款游戏还好"，也不敢问。

方见纱走上台的时候，因为他有点太兴奋了，而忽视了她身上散发出来的强烈的不悦气息。在他意识到这回事之后，已经多少有点迟了。

"那么……"他还是硬着头皮，问出了对每位粉丝都要问的那个问题："那么最后请问方小姐，您最喜欢的是我们的哪位选手呢？"

"我最喜欢的选手是……"方见纱这么说着，看向了奚洛的方向。

当奚洛听到方见纱无比清晰又无比冷静地说出自己的名字时，整个人僵硬在了原地。

被粉丝当场表白这事并不新鲜了，他第一年的时候还不习惯，现在也已经可以应对自如，对方态度如果很认真，他就认真地道谢，对方要是嘻嘻哈哈的，他就也拿不正经的态度调侃上一番。但方见纱这个——

尽管他知道，她说的喜欢不是那个喜欢。

但看她的神情，他觉得，她是分明想要把过去的那点朦胧的暧昧算个究竟的意思。

这回事他并不是不想算，只是他们的那段日常突然被季后赛的忙碌打断后，他似乎不知道要怎么才能把这条线顺利接上。

他对她的感觉像是断在了某一个时间点，之后没有剧情衔接上。

“所以，方小姐待会儿，也是想挑战我们的洛大神吗？”主持人问。

“当然。”方见纱点了点头。

♂♀

接下来的这个挑战环节也是邀请赛中的例行环节了，粉丝和选手一对一PK，决一胜负。当然说是这么说，其实就是个选手们陪粉丝玩，给粉丝发发福利的环节。大家象征地打个一局，选手们象征性地被打中个一回，然后双方握手拥抱，粉丝下台回观众席，正常的流程是这样的。方见纱看过过去的邀请赛录像，她也知道。

但是，她看起来并不打算这么做。

这个游戏她已经玩了一段时间，新手入门武器和狙击枪都玩过，虽然是个射击游戏，但怎么说打中人也比小时候在自家靶场打那个八百米开外的靶心要简单多了——她选了一把中距离的枪，带了两个技能，干脆地进了准备界面。

上场的粉丝会玩游戏，能和大放水状态的职业选手对上两个回合，这回事无论是主持人、观众还是其他选手，都不觉得有什么新鲜的。

但奚洛觉得新鲜啊。

岂止是新鲜，简直是可怖。

在他的概念，和他对方见纱这个人的认知里，是不应该有“游戏”这个关键词的。是，她是知道自己是职业选手，但这和她亲自上手玩这个游戏是两回事。而且，他能保证，在他们刚刚认识的时候，她绝对是对这个游戏一窍不通的。那她这突然之间什么都会了……

天有异象必定有灾祸啊！奚洛想。

他人涉世不深，但也不是傻子。他知道在他觉得感情上不怎么对劲的那个阶段，方见纱也必定是察觉到了同样的不适。他相信在这方面，她应该远比自己要敏感。只是，他在这个阶段，无法确定，或者说心存怀疑的是一件事，自己对于方见纱来说，是这样的一个对象吗?

他为什么能成为这样的一个对象?

他这么琢磨着，冷不丁方见纱的角色已经到了他的脚下，冷森森的枪口对准了他，他避而不及，一下被收了一个人头，场内响起热烈的掌声和欢呼声，一半是为了这位警察小姐的生猛，另一半是为了洛大神终于学懂了对着外行人放水。

但他洛大神是真没有放水，他就是严重地走神了。

洛大神更加不知道的是，对面的方见纱，此时此刻，脑子里却完全是另一套剧情。她已然是暂时把上台前的那点不爽抛到了一边，全心全意地沉醉于游戏之中。

打得真好。

她内心浮现出了这四个字，这个评价是她给自己的。

怎么说呢，人这种东西，往往有一种糟糕的习惯，他们总会给予一些新鲜的，没有见过的东西很高的评价，也会把刚刚涉入某个领域中时取得的一点点浅薄的进步当作伟大的成就。比如说，一些人觉得某部题材新颖的电影极其优秀的时候，并不一定是这部电影本身有多么好，更有可能的是，只是他们涉猎的电影的数量差得远，从自己有限的经验中所诞生的感动罢了。

方见纱此时，就是结结实实地陷进了这种感动之中。

当然，如果是发生在某个平行世界的其他故事的话，也许她会因此成为某个游戏战队的编外人员，经过上百万字的努力后，终于成为这个战队的正选队员，之后和引领她走入这扇大门的人坠入爱河……

然而，平行世界是不可知的。

不过，平行世界和现实世界里，似乎也多少会有一些注定会发生的事。

♂♀

这场对决最终以奚洛的大放水结束了，方见纱拿了他三个人头，他只拿了她一个。两个人放下鼠标，摘了耳机，各自从隔间里出来，和所有选手和粉丝一样握了握手，方见纱淡定地说了声谢谢指教，奚洛傻站在原地，笑都不怎么会笑了。

“不，不客气。”他努力冷静地点了点头。

接着，方见纱被工作人员一路领到了自己的座位上，江斯黎和偶像打了对战又骗了个拥抱，人是坐在座位上，魂却是不知道飘到了哪里去，当然也没顾上去管方见纱为什么突然学会了打游戏而且还能PK。方见纱见师兄这副表情，自顾自地坐下，眼睛看着大屏幕。

她之前心中的那点不悦被刚刚那场PK治愈了大半，如果说人的心情值是按照血条来计算的话，那么，她就是从濒临红血的状态，被一口药直接治愈到了满血。

一方面是游戏带来的纯粹精神上的快感，另一方面是她在近距离看到奚洛的眼睛的时候，她觉得这其中大概并不存在她不知道的复杂的东西。

是一些线。她想，断开的，不知道怎么接上的线。

她觉得自己想要把这些线接上，甚至说，她迫不及待地希望，把这些线接上。

全明星赛以程珈奈在终场倒计时归零前强杀周雄也结束，这招可谓是神一般的发挥，虽然赛后论坛上不乏放水论和运气论，不过当时全场都被那绝地反杀给震撼住了不是假的。这让他们在走出会场，直接把自己塞进车里之后，还在对那招反杀念念不忘。

但对于媒体和很多观众来说，周雄也这一次的失败则意味着很多其他的东西，它和UNI的核心转移被结合在了一起，他们认为，他退役的时间将近。

对于提出这个问题的记者，喻柚默默在旁边摇了摇头。

在周雄也开口回答这个问题之前，话筒直接被旁边的程珈奈抢了过去，黑骑士的大队长回答起问题来毫不客气，她说职业选手到了一定年龄当然需要根据自身的情况改变打法，这是为了更长地延续职业寿命，是再正常不过的事了。

“而且，”她说，“明明这是我赢了吧？我赢了你们不表扬我，反而说是老周状态下滑，这有点不对啊是不是？”

按照之前说好的，他们从场馆出来，就直接上了夏耀节的车，往郊外的别墅开。

车总共有两辆，夏耀节和方见纱的。夏耀节的车上坐了喻柚、程珈奈和江斯黎三人——这次喻柚完全是被程珈奈强行拉来的。在这之前，程珈奈已经在B市见过了一次来出差的夏耀节，对着这位现实版的顾诗林爆笑了一番，经历了这一番事件后形象全失的夏耀节索性是直接放弃了抵抗，直接暗示了程珈奈他对那位记者有兴趣。程珈奈对此表示充分的理解。

“没问题！”她说，“顾总，这事就交给我了。”

于是，喻柚被拉进了夏耀节的车，奚洛和周雄也就这么被塞进了方见纱的车。两个人都坐后排，把方见纱扔前面当司机这事不怎么好，而周雄也和奚洛两个人，似乎自然应该是和方见纱更熟一些的奚洛坐副驾——反正周大队长是直接拉开了后排的门，把自己队的小王牌丢去了前面。

奚洛痛苦地坐了进去。

其实他和方见纱之间没有发生什么，不如说是什么都没有发生。只不过在这季后赛正式开赛之前，他们的关系正好处在一个有些奇怪的暧昧阶段——让她协助他把异性恐惧症消除掉，她答应了，好像是这么回事。在他的记忆里，当时的场景已经有点不甚分明，自己的语气、神情、心情、态度都模糊一团，当然对面的人的更是。

他记得最后一天他的话没说完，他对她说“那我觉得”，那时是他们正在谈那个危险的，喜欢的人的话题的时候，结果他的勇气没有支撑他把这段话说完，就借着鹦鹉的话题遁逃了。

更重要的是，之后的一个月他都没好好在G市待着，即使回来也没时间见她，这就好像是什么呢，像是和人莫名其妙做了一个约定，结果第二天，他突然就失踪了。

那个约定也就悬在了半空。

如果是更加熟稔的两个人，就能很简单地去处理这种空置。但他和方见纱并不是这样的关系，他们之间并没有建立起这样的信任。于是一件事没有完成就被搁置在那里，在两个人之间形成了一种微妙的隔阂。

有点像一场喜剧电影放到高潮，观众们正笑着，突然这电影被人掐断了，一个月后继续播放，观众却不知道该从哪儿开始笑了。

现在奚洛觉得自己就是那观众，想把电影继续看下去，又不知道应该从哪儿开始。

重新播放一遍?

未免想得太简单了。

方见纱开车的时候尤为沉默，尤其对比另外那一辆车里叽里呱啦的乘客——叽里呱啦特指见到了偶像并且和偶像单独坐后排的江斯黎。喻柚自知自己跟着坐后面是没眼力见，只能规规矩矩坐在夏耀节旁边。她不习惯这种场合，于是坐得战战兢兢。夏耀节觉得挺有意思，一时玩心大起，索性差遣她给他这司机端茶倒水起来，加上身后程珈奈这位一向看热闹不嫌事大的，车里一时好不热闹。

而回头再看奚洛他们那辆车，则是笼罩着一层骇人的沉默。偏偏周雄也坐在后排气定神闲地拿着个iPad在玩，奚洛在前排一个人纠结得要命，他是想没话找找话，但他又觉得自己在方见纱家里蹭过夜这事太难看，害怕说着说着就说漏了——而且队长还在后面坐着呢！他这么琢磨着，愈发是不敢开口讲话，又觉得自己拿个什么出来玩好像也不怎么合适，就把头往窗边一靠，额头抵着玻璃窗。

他坐车全国跑也不是什么新鲜事了，但紧张成这样还是头一回。他索性闭着眼装睡，但眼皮都在打颤，脑子里画面却是和走马灯一样一帧一帧飞快地飞，里面全是他和方见纱结的仇和莫名其妙的暧昧，里面有一部分是真实的，有一部分是他不知道怎么回事自己瞎加工的。而就在这种紧张的情绪中，他竟然当真迷迷糊糊地睡了过去。

♂♀

奚洛醒过来时，车已经开到了休息站，确切地说，他是被方见纱冷不丁一下把窗户降下来给吓醒的。他睁眼一看周围站着一圈人，都是下车来走走休息的。周雄也拿着一杯加了双倍奶油的星冰乐提议说后半程换个人开车，奚洛半梦半醒地大呼好啊好啊，但结果开车的人是换了没错，车却没换。周雄也坐上了驾驶席，方见纱和奚洛一左一右挪到了后排。

相对奚洛那种更单纯的紧张，方见纱的不安则要复杂一些。

喜欢。

这种情绪是模糊而且抽象的，而且它经常不那么单纯，夹杂了一些其他的感情在内。

希望通过他人的爱证明自己身上的什么东西，希望排遣寂寞，希望打发时间，希望能找到自己的存在感。

这些都是“喜欢”的理由。

对方见纱而言，它更多的是一种兴趣，或者说，兴致。它是一种天然而纯粹的好感，接近于直觉和本能。那么，如果便如此顺应本能下去，事情会如何发展，她好奇的是这个。

在过去她和夏耀节的那段关系中，她自知她和他是在暗暗地较劲，双方都是，他们都希望对方先爱上自己，然后自己再伺机而动，但这回事终究没能成为现实，二人均不再在对方身上心怀什么希望和期待之后，反而变得非常坦然起来。这段关系过去之后，她就更加没在什么人身上体会过类似于恋爱的情绪，她觉得，自己可能有点憋。

但这话不是随随便便能说给别人听的，你看其他言情小说的女主角，人家被男主角一生守护，说不定旁边还得加个愿意为她奉献生命的男二号，而女主角自己举棋不定天真懵懂不懂得什么叫爱，再对比一下她自己，为了体会一种没有体会过的感情，就敢无畏地伸手去掀一片帘子。

恋爱是什么呢?

关于这个漫长难解的命题，此时此刻的方见纱认为，它就像是自己的细胞被分离拆解，零散地飘浮在空中，和他人的对撞结合。因为细胞的数量极多，排列组合的可能性也极多，或者互相结合成为新的东西，或者互相争斗两败俱伤，或者对于彼此而言并不存在。它不存在一个标准的答案，没有可以参考的经验或者教训。若非涉足其中，便必定不知前路。

那么，踏进去便是了。

她原本一直是这样想的。

第十一章

为什么受挫的人都喜欢往外跑

“顾诗林告诉我，他找了我整整一夜，把我所有可能会去的地方都找了一遍，最终在我和他最开始相遇的地方找到了我……然后他对我说‘大兄弟，你真是个笨蛋’。”

程珈奈饶有兴味地念着剧本中的台词。

“不不不，顾总您才是笨蛋呢，您简直是一晚上没事干在这故意拖时间顺便让我们大兄弟白白冻了一宿，您小时候要是看过幽那什么谷的故事您肯定知道该往哪儿找。”

♂♀

夏耀节这别墅认真说起来应该叫做别墅酒店区，有房子，有果园，还有片人工湖，游泳池自是不能少。一群人是没怎么来过这种私人别墅的，一时像看西洋镜似的新鲜，就唯有别墅区的主人和方见纱能看出其中另外一套门道来，两人坐在游泳池旁边一人倒了杯茶，就品评起这别墅的装修、布局和离景点的距离来。

“从这开车过去，不到二十分钟就是景区。”夏耀节说，“新开发的，好像还有座玻璃桥。”

方见纱“哦”了一声，她对玻璃桥并没什么特别的兴致。

“那你爸是把它全权交给你做了？”她问。

“是吧，我看他特别懒得管的样子。本来他是要差人过来住，结果好像也给忘了。我们这是头一批小白鼠。”他笑笑，“四楼还有个台球厅和游戏房，没有自助餐厅，用餐是预约制的。吃过晚饭后可以去山上走走。”

方见纱听着，眼睛往坐在泳池另一边的程珈奈和喻柚身上瞥。

一进别墅，一群人就自动分成了男女两组，奚洛紧张了几个小时，一听有游戏房就来了精神，拉着自家队长就往楼上跑，江斯黎也跟在了后面。另一侧，程珈奈知道喻柚一人在这里尴尬，人毕竟是她叫来的，她便一路主动拉着她玩。不过喻柚眼睛是看着她手里的Switch，心思却没有放在这上面。她原本对游戏的兴致也没有特别大，成了工作之后还觉得厌烦起来。她承认，她这一次同行，一部分是因为程珈奈的邀请，另一部分则是因为夏耀节。

她被他断断续续地骚扰的这段时间，如果说她对他完全没有感觉，这是骗人的。

但她将它坚定地认作了一种斯德哥尔摩综合征，认作了自己在写剧本时的移情。她坚定地认为，这并不是一种能够发生在她身上的，甚至不是能够存在于世上的感情。

她从来不是那种放任自己做梦的人。

“那个记者，”方见纱问，“是你朋友？”

“是我让她来的。”夏耀节说，“朋友倒不算。”

“看上人家了？”

夏耀节没说话，坦然地默认。

“也不算。”他说，“没到那种程度。”

“知道。”方见纱点了点头。

她这个反应是真心实意的，不过夏耀节则是把它读解成了揶揄。

“喂，”他笑起来，“我在你眼里就是这样的吗？八面玲珑的花花公子，见一个爱一个，来者不拒？”

“也没有这么极端。”方见纱说，“程度减掉百分之二十？”

“那不还是差不多嘛……”

“这不能叫来者不拒，”方见纱解释，“不过是给自己和大家机会。”

“这话说的，那你那个时候和我……也是你在给你自己和我机会？”

“对啊。”方见纱回答得利落。

夏耀节被她的坦然一时弄得有点无语，低头去看脚下地砖的缝隙。

“那你呢？”他问，“你现在是在给……”

他的话没说完，就被方见纱打断了。

“但那个女孩我觉得不太一样，她说不定不是那种给自己和大家机会的人。”

“嗯？”

“我前段时间处理过一起纠纷，情侣打架。两个人分手之后女孩跟踪那男孩，在他屋里放了摄像头，结果发现男孩交了新女朋友，三个人打到了派出所。我们一问才知道那两人其实只交往了两个星期，但女孩就认定男孩是她一生的那个人了。”

“你在提醒我没事别瞎撩人吗？”夏耀节开玩笑地问。

“我是说，你觉得没什么大不了的事，说不定对方就当真了。”

“那你呢？”夏耀节问，“你做的时候，也觉得没有什么大不了？”

这个时候，从别墅里走出来一个身穿厨师服的人，是要针对晚餐的菜式和夏耀节商量一下。于是夏耀节站起来，对方见纱指了指别墅，方见纱点了点头。

夏耀节离开后，方见纱一人留坐在游泳池旁边，一时好像也觉得自己这话说得有些坦然得过了分，要比她内心想的程度更加浓烈一些。她可以意识到自己经常是这样的，表现出来的性格要比实际上的更加尖锐，更加潇洒自如，也更加不管不顾一些。尤其是面对夏耀节的时候，她似乎还是免不掉那种想要在他面前表现得无懈可击的意识。

如果不是夏耀节呢？

她这么想。如果她面对的不是夏耀节，而是另外一个人的话，她是不是还能够说出一样的话？

不会。

她很快得出了一个让她自己很不甘心的结论。

刚才她对夏耀节说的话，在大范围看来算是实话，但又不完全是。其中还夹杂着一些微妙的，难以言说的其他情感。

和人开始一段关系，固然起初的时候并不是那种要死要活的深重感情，但若欠缺了那么一点朦胧的好感，事情也无法开始。

这才是最重要的。

她晃了晃杯子里剩余的茶，也没了继续喝下去的心情。她全神贯注于自己措辞的不妥，没注意到泳池另一侧的喻柚一直悄悄地看着她和夏耀节。

在喻柚看来，夏耀节一贯的妥帖从容，无论和谁在一起都是一样。同样妥帖从容的还有方见纱。她永远自信，永远淡然，似乎也永远无需在和什么人相处时紧张。当然，需要紧张的自始而终可能就只有她自己一个人，她永远要看人眼色，永远要小心翼翼，永远都在被筛选、被审判、被要求配合，所以她习惯性地养成了一种迎合他人的人格，在人前没有自己的想法和观点，也不存在激烈的好恶，如果同时有几句话放在她面前让她选择说哪一句的话，那她只会选择那句最安全的。长此以往，她连自己内心是否有冲动和希望都无法确定。

她想起来在做这个游戏剧本之前，和她对接的上司曾经几次对她说过要她写“她内心的故事”，而她觉得，自己内心根本不存在什么故事。

是从那个时候开始的，或者更早。

她不知道自己喜欢什么，也不知道自己想要什么。

她不知道应该以什么样的态度去对待什么样的人，也不知道要怎么样去说一句安全范围之外的话。因此，在这个时候，她意识到自己非常嫉妒方见纱。她鲜明而生动，是个难搞的前女友与麻烦的邻居警察，与她远远不同，她是个面目模糊的“好人”。

♂♀

方见纱回别墅后没多久就是晚餐时间，晚餐的前半截大体都是在听厨师一道一道地介绍菜品，他们吃个热闹，同时给夏耀节提供点不怎么专业的意见。

当然专心在吃上的可能只有程珈奈和江斯黎，程珈奈吃人嘴短，拼命给夏大老板捧场，江斯黎学着偶像也捧场得不亦乐乎，两个人一时两张嘴顶十个人的，让其他人的沉默都不显眼起来。

游戏房的游戏还没装几个，以聚会娱乐休闲游戏为主，奚洛在里面打了几场拳击又跑了几轮赛车，但到底这不是一个人能玩的游戏，所以他玩了几局就觉得没意思，躺到沙发上去了。周雄也慢条斯理地调试着赛车的车身与轮胎，冷不丁对奚洛说了一句："你和方警官继续了吗？"

继续什么？

奚洛从沙发上弹起来。

他当然知道队长说的是什么事，他自觉不至于把这点念头表露得太明显，然而周雄也似乎看出来了。

也可能他的队长只是对八卦念念不忘而已。

周雄也这人八卦起来是没什么表情的，八卦得非常严肃，仿佛谈论的是关乎人类未来存亡的重大事件，他直播分析顾诗林的恋爱故事的时候也是这样的一个风格和态度，粉丝看着直播笑倒了一片，他自己还浑然不知地严肃着，幸运的是和他一起严肃的人还有一个，就是奚洛。

奚洛笃信他靠谱而伟大的队长的一切，当然其中也包括他整体都十分清奇，却在一些微妙的地方非常有道理的恋爱观。

总而言之，就在这黑暗的游戏房中，奚洛破罐破摔地对周雄也露出了一个"我要倾诉"的表情。

"是什么时候开始去她家的？"

"你们看到的那天。"

"你和她在一起的时候做了什么？"

"聊天，给她打扫房间……"

"你想见到她吗？"

“也不是特别想……”

“我明白，因为一开始就非常想见也不是太正常的。就是说我们训练完，晚上的时候。”

“那还是挺想见的……”

“那，”周雄也思索了一下，像在选择措辞，“你想碰她吗？”

队长你这个有点直接啊！这就是你筛选了半天措辞之后筛选出来的结果吗？！我们是普通的少女恋爱小说你不要太过分啊队长！

“换个问题，”周雄也说，“你想和她进一步接触吗？”

“想……吧。”

如此，在周雄也宛如赛后复盘一般笃定的分析之下，奚洛成功地觉得，他大概是恋爱了。

至少，进入了恋爱的前期阶段。

按照周雄也（以及顾诗林）的说法，初期的恋爱，往往并没有那么激烈的剧情，这种“喜欢”是一种很小的东西，是像装在罐子里的汽水撞击瓶壁的响动，是一下一下的悸动。然后罐子打开，接触到空气之后，才能看到下一步的东西。

他觉得他身体里就装着一罐汽水，他又急于把罐子打开。

这是他在餐桌上陷入沉默的缘由。

厨师在所有的菜均上齐后便先撤了，剩下一群人特别没创意地玩起国王游戏来——反正一群人之间的游戏要么是狼人杀，要么是真心话大冒险，要么是国王游戏，最后一个选项最无趣，同时也最安全。

所谓的国王游戏，就是先拿出一副扑克牌，假设参与游戏的人数有七人，就拿出八张不同数字的卡牌，其中包含一张鬼牌。抽到鬼牌的人便是游戏的“国王”，这位国王可以指定两个人做任何事——比如说，抽到二的人要回答抽到七的人任何一个问题。不过，“国王”也并非就是只发号施令便可，因为还有一张多出来的数字卡牌反扣在桌面上，这是属于国王的数字。不少人都是抽到了鬼牌后便得意忘形，干脆利落地把自己玩了进去。

比如说奚洛。

他第一轮就抽到了鬼牌，在没搞清游戏规则的情况下要三号和四号去室外泳池里表演泰坦尼克号的告白，结果自己就是那个倒霉的三号，而四号是程珈奈。

毫无办法，他就在众人复杂的目光中，和那位永远搞事不嫌大的黑骑士队长手牵着手——当然是被强行牵的——去了外面的泳池。

接下来几场，国王的花招倒也算不上多新鲜，反正就是大家都见过玩过的那么几种，左右不过是几号对几号告白，几号和几号喝个交杯酒这么回事，没有创意，关键是在一起玩的人。方见纱中了两次招，一次是绑鞋带，另一次是交杯酒。江斯黎看她几乎把不屑和无聊两个字写在脸上，本以为她会在游戏开始时就起身走人，没想到她全程配合着玩下来了。

只不过两次抽到的对象一个是周雄也，另一个是夏耀节。

在这方面江斯黎也没好到哪里去就是，他中了三次招，把这桌上的三位男士都轮了一圈，好像上天知道他这人已婚已育，告诫他不得和异性生出半点暧昧似的。

江斯黎也是彻悟了这种无聊游戏为何得以在聚会中拥有如此坚不可摧的地位，就单单是那些抽签前的紧张、兴奋和不满，就足以让他们一局一局地把它玩下去。

差不多到九点时，程珈奈打了个呵欠，抱怨困了困了，于是夏耀节接了话，说那再玩最后一局大家就回去休息。接着，他就在这最后一局当中抽到了鬼牌，他亮了手里的牌笑了笑：“那这样吧，五号回答七号一个问题。”

五号是喻柚。

这是喻柚在这一整场游戏里第一次被抽到，不被整可能算是个好事，不过在以整人为终极目的的游戏当中，死活都不被抽到就算不上什么好事了。而现在虽然是中了招，但那惩罚问题也明显就是个想要结束游戏的讯号，一个终止符，一种心照不宣的敷衍。

这让她再次烦躁起来。

七号是程珈奈，方才提困的是她，不过最后一局，该提的问题还是得好好提。她笑嘻嘻地托着下巴认真思索，最后问："顾诗林算不算是你的理想型呀？"

这个问题并不愉快，也许在旁人看来不过是个稀松平常的疑惑，但对喻柚而言，它是个无辜的，但不讨人喜欢的发问。

在写那个游戏剧本的过程中她不怎么愉快，可以说是非常不愉快。她认为顾诗林这整个人物，完全诞生于她草率的想象。她因为不想花时间去做什么人物设定，而草草在网上找了个人，哪能知道这个人活生生地跑到她面前来了呢。

"不算。"喻柚平淡地回答，甚至脸上还带有一点若有若无的笑意，"但要是来一个的话，也不是不行。"

这句话说得很突兀，全然是方见纱在泳池旁边和夏耀节对话时的语气。方见纱听出来了，愣了一下抬起头，同时向喻柚的方向看过来的还有夏耀节。提问者程珈奈看起来倒是没有太多疑惑的表情，又夸张地打了个呵欠，嘴里说着结束了结束了上楼睡觉。

就在众人纷纷站起来打算散了的时候，江斯黎看着窗户皱了皱眉，回头问夏耀节："这儿还有其他人住吗？"

夏耀节疑惑地摇了摇头，表示这边房子都才装修完散完甲醛，这地点都不一定有多少人知道，肯定是不会让其他人进来的。而他们又分明看到，在从窗户望出去远处的那间别墅隐约亮着光。

"有其他人住进来了？"

"除了我们住的这间，别的地方都没通电。"夏耀节说，"这个光应该不是灯光。”

这句话着实说得鬼气十足，奚洛在后面结结实实打了一个冷颤。

“是，是，是不是那个，那个，月光啊？”他说。

你家月亮在房子里吗？方见纱本想这么怼一句，又一想上回把他吓个半死的电视事件还是自己的锅，就把话咽了回去。

“不是月光。”江斯黎的注意力已经被那间房子吸引，没意识到这个问题的蠢，分外认真地回答了一下。他看向方见纱，说：“我要去看看。”

方见纱点头：“我和你一起去。”

“那那那那我也去！”奚洛在后面叫。

“要不我们一起去看看？”夏耀节问。

“我们四个去吧。”周雄也说。在这种时候，他说话总是听起来分外靠谱的，“四个人开一辆车，也方便。”

“那我也去啊。”程珈奈举手，“五个人五个座位，一个都不浪费。”

周雄也倒没坚持，毕竟也不是什么要命的事，多一个人少一个人也没什么分别。他问了几句“你刚才不是说困了吗”这样的话，就任程珈奈从后面推着他往车库那边走。

仍旧是方见纱开车，不过这回是江斯黎坐在副驾，后面三个打游戏的像是保镖似的坐在后面。他们跑这一趟基本上是出于警察的直觉，或者说某种责任感。看不到的地方也就算了，看到的地方有异，自然不能让它这么含糊过去。

结果那房子里还真的有人。

里面的人是自驾过来玩的大学生，原本是住在几公里外的一家民宿，结果开车过来时突然看到这边有别墅区，就胆大地闯了进来。

至于江斯黎他们看到的光线是野外用的手电筒，贼亮那种。

江斯黎心想，年轻就是好啊，什么地方都敢进，没人的房子也敢生闯，万一里面漏水漏电漏煤气，这帮大学生今天就都交代在这儿了。

但他没想到这还没算完，他们还有更胆大的事没招。

这附近是个景区，山路十八弯的山道，这帮学生说他们一起来的人当中有对情侣，两个人吵架，一个人下午上了山之后现在还没回来，另一个人过两个小时也去了，也没回来，刚刚他们上去找了一趟，没敢往里走又回来了，现在想报警但电话打不出去，特别绝望。一个学生抓着江斯黎求救，就差跪下来拽着他裤脚哭了。

江斯黎掏出手机看了看，还真的，没信号。他这手机还是以信号好闻名的，再拿方见纱那个以信号烂知名的手机看看，更是没信号。

得了夏总，他想，这地方选得有点偏啊。

这种度假区附近是没派出所的，就算报了警，警察赶过来也要好一会儿。而且这事说小不小，说大也不算特别大——方见纱是这么坦白说的，让当事人学生跳脚的同时也让江斯黎特别疑惑地想她心中是不是就没有大事。

总之，既没雨又没风，也不是什么黄山华山那样的险峰，真折腾来个直升机救援队也有点浪费资源，她的意思就是她和江斯黎两个人民警察自己上山。

江斯黎自然是没异议的，只不过他们只有两个人，人生地不熟的地方也不能分开找，这时候周雄也在旁边开口，说他们兵分两路，他和程珈奈跟着江斯黎，奚洛就保护方见纱。

江斯黎心里想的但不好意思说的话让周雄也说了，他简直想大呼不愧是带领明星战队的队长，就是体贴入微。方见纱则是没给他什么时间去抒发感情，直接向学生们要了手电，又问了上山没回来那两个人的姓名，就先一步走了出去。

奚洛在后面赶紧跟上。

♂♀

这件事其实是有点危险的。

事后他们回想的时候，有点后怕地这么觉得。但是当时，在那个时间点，奚洛必须承认，他内心的兴奋要远多过了对什么安全不安全的思虑。

从他还在全明星的赛场上开始，到他们一路开车进别墅，再到那顿没什么意思的饭和同样没什么意思的国王游戏，他的心里始终有种形状不明的焦灼感笼罩着。就是他不想这样，他来这儿不是为了在别墅躺两天，然后怎么来的就怎么回家，回去之后接着备战决赛。这些当然也很重要，但他觉得，自己可能要比自己想象当中更加贪心一点，他还想要其他的。

所以那两位走失在山上的大学生是他的天时地利人和，让他终于得以和方见纱单独相处。

这种兴奋感没有什么太复杂的成分，就好像是学生时代的春游，重点并不在目的地上面，只一心想着上大巴时要和某个人坐邻座，自由活动的时候要和那人说上话，这还不算，看到那人和其他人说话的时候心里会奇怪地不舒服，但又不是那种特别严重的不爽，就像是一只虫子爬在背上，也像是头顶一片云，时不时落下几滴雨来的那种不舒服。

现在，他终于得偿所愿了。

他挺喜欢山的，G市山不算少，尤其他刚进UNI的时候，那训练中心旁边就是一座山，不知道是不是特意这么建的，让他们这帮盯着电脑盯得久的人时不时能抬起头看一眼绿色。不过他没爬过山，在黑天上山更是头一遭。

方见纱走在他前面一点，这点距离是她刻意拉开的。对她来说，奚洛是个陌生的对象，和她之前认识的所有人都不一样。她想着自己下午对夏耀节说过的那些话，那些话不是假的，她并不是个拖泥带水的人，她甚至觉得，如果不是奚洛而是其他人，她甚至可以过去把对方按在树上，告诉他，她对他有那么一点好感，她想和他试试，问他给不给这个机会。

但是奚洛不行。

她必须得承认，她在他面前有些小心翼翼，甚至有些惶恐不安。她觉得他太明亮又太纯粹，仿佛自己那些随意的心思都成了见不得光的可耻的东西。她似乎应该更天真些，更认真些，才不致让他觉得糟糕。

不过不管怎么说，他们现在至少比下午要好，有个现成的话题来打破尴尬的局面。

“哎你说那帮小屁孩也真是作死，好好的民宿不住非跑别人的地盘来，还大晚上上山，这脑子里想的都是什么啊。你们派出所是不是每天都得面对这种情况啊那可够要命的……”

先说话的还是奚洛。

他自己都必须承认的是，他只要一开口，原本很僵的气氛就能缓和下来很多。

“还有其他情况呢。”方见纱顺着回答，“就在两个星期前，有个男的要跳楼。就在我们派出所后面……你们楼对面那个小区。”

“哦这个我知道，我在电视剧里总能看见，你们警察上去劝人别跳楼，最后特别英武帅气地把人给救下来……救下来了？”

“救下来了。”方见纱说。

然而过程和英武帅气没什么关系。跳楼的那男的是个精神不怎么正常的人，和女朋友分手后受了大刺激，据他家人说光是割腕就割了好几回，跳楼那天四个警察同时在楼顶劝着，结果哥们儿死活就是不下来，后来突然不知道哪根神经接错了，指着最后上来的方见纱硬说是自己女朋友，方见纱蒙圈归蒙圈，也明白命重要，有什么事先救下来再说，就顺着他的话愣是充当了他的女朋友，好歹把人劝了下来。

这是她那派出所每日琐事中的一件。

“那然后呢？”奚洛问。

“什么然后呢？”

“然后这事会不会还没完，这人还找你麻烦啊。”

这事方见纱倒是没想到，她一时被问得顿了一下。

“谈恋爱怎么这么麻烦。”奚洛自顾自感叹一句，“你看那两人不也是情侣吵架，这边上有山就往山上跑。那这地方要挨着太平洋是不是得往海里跳了啊。哎，刚才说那两人叫什么名字来着，这黑灯瞎火的上哪儿找去？我觉得得一边走一边喊。”

上山的情侣一个叫秦默，一个叫白恬。奚洛拿了名字豪气干云地一点头表示记住了，同时紧往前走了两步走到方见纱前面去，咳嗽了两声开始嚷嚷：“白恬秦默我跟你们说，你们已经被我包围了，你们现在已经惊动了人民警察和FBI，我们已经派出了直升机在盘旋，无论你们躲在哪儿我们都知道！所以赶快放弃抵抗……”

他脚下步子很快，方见纱得稍微加快步伐才能跟得上他。她手里拿着手电筒照着路，青绿的树和草在刺目的白光底下绿得更加鲜明。其实她心里莫名其妙有个预感，就觉得那两位失踪的情侣没啥大事，多半就是怄气跑出来，然后觉得山里气氛挺好就不愿意下山了——因为她自己就挺不愿意下山的。

走在前面的奚洛，恰也是同样的想法。

不过他倒不全是为了这单独相处的时间，更是因为他内心那点英雄主义精神作祟，毕竟在夜里实行救援任务这听起来是个挺了不起、挺刺激的活。他一路走一路嚷嚷得起劲，几只鸟都被他夹着G市方言味的普通话和大嗓门惊飞了，这么一路走出去，不知道走了多长时间，他忽然意识到一件事：他们似乎迷路了。

这座山并不高，也不险，这就导致了能走的路很多，基本上可算是四通八达，再加上他原本精神就不是特别集中，迷路这事好像也不怎么意外。

但他不敢跟方见纱说。

他在她面前丢人也不止丢一回了，要说这事也是邪了门，他在电竞职业圈里不管怎么说都是个神级人物，名字说出去也能唬唬人，之前世界邀请赛，老外们都对他毕恭毕敬的，结果在方见纱面前怎么就这么丢人呢？

这时他就想起来之前在会议室里，夏耀节公司那个人跟他说的，在游戏剧本里，需要制造机会让男主角保护女主角。当时让他怼回去了，现在他想想，似乎是多少有点那种需求。

呸呸呸。

这个想法一冒出来，他立马就拼命摇头给摇回去了。

什么垃圾恋爱里的垃圾需求。

他硬挺着不说迷路，还是迈着特别自信而坚定的步子走得淡定无比，结果走到一处岔口旁边就听到一个女孩的声音，带着哭腔在喊救命。

“你就是白恬？”方见纱皱着眉头问。

除了白恬也没别人了。

白恬和男朋友秦默吵了架之后，一个人跑上了山，她的意思是让男朋友过来追她，又想跑去个隐蔽的地方又不敢跑太远，这么走着走着结果就走到了一个自己都不知道回去的地方，这时候她已经有点慌了，想要努力往回走却又鬼打墙一般走回了原点，再换个方向走，又一下不知道走到了什么地方，吓得不敢再走了，就待在这儿等男朋友来找。

没事没事，理解理解。

奚洛在“走着走着就迷路了”这件事上，对这位白恬表示了充分的理解。

“我就在想，”白恬说，“他要是不来找我，就表示他不喜欢我了。那我就……”

接下来就是一长串白恬的自白，这让方见纱感叹白恬这名字取得好，傻白甜，还是她在这一堆大大小小的情侣纠纷里最烦的那种傻白甜。这帮人从逻辑到作风整个如出一辙，简直令人怀疑是不是从哪个培训班里放出来折磨人的。就方见纱上任以来，这种大大小小的纠纷事件处理了无数起，起初她还为此怀疑过人生，此时此刻，她已然是心如止水。

她站在那儿淡定地听完白恬的控诉，问：“说完了？”

“说，说完了……”小姑娘本来都快哭了，让方见纱冷着脸一问，一下没哭出来。

“说完了的话，那我跟你说一下情况。我是警察，你们进来的这房子是我朋友的，我们在屋里看着那本该没人的房子亮着灯，觉得疑惑就过去看了看，结果你们的朋友告诉我们你们两个人失踪了，所以我们出来找你们。”

“我男朋友他……”

“我不知道他在哪。”方见纱打断了她马上要发出来的感叹，“我同事现在正在找他。这也是我接下来要和你说的，你现在有两个选择，一个是起来跟我们一起去找他，顺便找下山的路。另一个是在这儿等着，等到天亮后报警。”

“您不是说，您是警察吗……”

“我是警察，但这是我休假时间，而且这地方没信号，而且我也不知道怎么下山。”

最后白恬思忖了半天，最终决定和他们一起去找她男朋友。但不能马上行动，她需要先用地上的泥啊土啊的把自己搞得狼狈点，目的是让她男朋友看了心疼。

那我帮你把腿打折，就说是从悬崖上掉下去摔的，他看了更心疼。

这话方见纱本来想说，放在之前她大概已经说了，但想着奚洛在她旁边，就硬是没说出口。结果白恬却没放过她，不怕死地咕哝了一句：“警察姐姐你太凶啦……你男朋友会不喜欢你的。”

这么说完她就一溜烟地跑走了。

等会儿。

方见纱简直一口血冲上来。

你还有理了？

就在白恬自己找了个角落孜孜不倦地往脸上涂泥，方见纱被白恬那一句话堵得一口血卡在喉咙口的时候，奚洛在旁边拽了一下方见纱的衣服，凑到她耳边说：“谈恋爱太麻烦了……”

“也有不那么麻烦的。”

“是吧？我们队长说了，要是有喜欢的人的话，人就会变得特别麻烦。我们置身事外看着的那种怎么看怎么觉得不可理喻的事，其实对人家当事人来说都是情趣……”

“那你呢？”她突然问。

“嗯？”

“你想知道这种情趣吗？”

她以余光看到白恬已经站了起来，并且把自己的脸抹得和刚打过仗一样。她知道留给他们单独说话的时间不多。

“上次是不是已经快到最后一步了？”她问。

她的耐心已经快要耗尽，不再想用那些普通的，乏味的，无聊的话题来支撑他们两个人之间的对话了。这样下去什么都连接不上，想要连接的东西会永远被置于原点。况且她半点都不想被陌生人讥讽——这种幼稚的胜负欲再一次占据了她的大脑。

“那个……”她听到白恬叫了她一声，但她打算装作没有听到，就在无辜的第三者朝这边走过来的那最后几秒钟，她仰起头，在对面人的嘴唇上飞快地啄了一下。

第十二章 新闻不能随便炒

人与人的分离经常会引出一段漫长的故事，它关于一种被遗弃与否定的感受，是一个埋葬了无数人的情感的深坑。我一生中被很多人遗弃和否定过，但我真正爱上过的，无论如何不能放手的，必须将他夺回来的人只有一个。

只有他才是重要的。

♂♀

“就是这样的。”方见纱说。

这个举动并不是很理智，她意识到了。或者原本就是方见纱错估了自己的性格，她以为自己惯来冷静而克制，理性永远在行动之前，这其实是因为她没有站在那个让她冲动的境况里。

人们经常说，是一个人改变了另一个人。而方见纱觉得，还有另外一种说法来描述这种状况。即：人是不稳固的。

人是不稳固的，它并不是一种确定的物质，而是一种更加玄妙的流动体。人不是一开始就是完整的，是在漫长的人生中，经过不同的人，经历不同的事，这样慢慢被完成的。

她不是一个冷静理智的人。在这个时候，她这么对自己评价。她不打算做一个冷静理智的人，那自然便没必要去顺应什么冷静理智的规则。

她是个行动优先的人，不考虑后果，而且，她不为了自己的冲动后悔。

除此之外，她还不知道自己其实相当幼稚，她此番举动毫无疑问是被那个满脸泥的傻白甜随口一句话刺激出来的。

她这么凶，她男朋友不喜欢她？

这回事还能是你这个路人甲说了算吗？开玩笑。

而她的对面，这位初恋——甚至暗恋都还没完全交待出去的人冷不丁被来了这么一下，连反应都忘了。

天黑沉沉的一片，山里没有灯光，只有模糊的月光落在对面的人脸上，方见纱的目光明亮而直接。像是在这个时候，她忽然一下越过了在别墅里的那些犹疑和多余的思虑，不知道会怎么样，但做了再说。

而恰巧，这是奚洛很熟悉的一套心理活动。

他打游戏起初是一套野路子，一开始没有战术也没有策略，打到哪儿想到哪儿，继续不下去的时候就停下来琢磨，反复试错几回，找出来一个正确的，最适合的打法。这样的一个逻辑也塑造了他在职业圈里独一无二的，任谁都无法轻易复制的风格，他还引以为傲。

然而，这么一个逻辑，其实也不应该只在游戏中适用。

他突然就想到了这一点。

世上原本是没有规则的，第一个创立规则的人，就成了规则。

这回事应该是世间诸事皆通的。

那么，他为什么就一直没转过弯来，一直都一根筋地想着自己也得按照正常的流程，谈个正常的恋爱呢?

什么叫正常的恋爱?

就是循序渐进的，从暗恋开始，到一方的表白，然后到肢体的接触，比如说从手指碰着手指，到手碰着手，然后进一步，再进一步……这种是传统的。

但是不传统的，谁也没说不行。

奚洛下意识地用手指碰了一下自己的嘴唇。

继续刚才的逻辑，他想，他这一次来，并不是为了和队友交流感情和玩什么国王游戏，他在隐隐之中，的确想要和方见纱将他们过去那种进入微妙阶段的关系向前再推进一步，而具体采用什么方式他没有想过，也不知道从什么地方开始想起。

这就是破绽了。他想。

这是他游戏里的一个自造词，用来形容一些难以预测的局面。本来比赛这回事就是变化莫测的，可能有的选手有本事能通过经验来提前预测每一种将要发生的可能性。但奚洛远不是这个风格，他更倾向于随机应变。

把握无法预料的状况，并从中得到自己的经验，这就是破绽。

没有破绽，就没有突破。

有不少选手对于比赛当中的失误非常耿耿于怀，尤其是刚出道的时候，一个失误出来立马就蒙了，仿佛职业生涯就此断送。奚洛虽然表面是这么一个咋呼的性格，内里却有非常冷静的一面。一个破绽露了出来，他能够清楚地知道这个破绽来自哪里，又要如何去想办法弥补。

这也可以说，破绽就是新的东西到来之前的预兆。

不管在游戏里，还是现实中都是一样的。

但是，他原本认为自己可以像过去每一次——那些在游戏的经验中那样，以最快的速度，调节出一种能够应对目前的局面的状态。

但在现实中，他并没能做到。

同时，他们都不知道的是，这个场景，被带着白恬的男朋友秦默走过来找人的江斯黎一行人看了个满眼。

因为月黑风高，可能也看得没有那么特别真切，这让江斯黎用力揉了揉眼，又使劲眨了眨。

"真的假的？"他嘴角扯了一下，"这个是小方……和洛洛吧？"

"我的妈呀。"程珈奈小声感叹，"比我想得还快。"

"比你想的？"周雄也捕捉到一个关键词。

"老周你别告诉我你一直没看出来，你的恋爱脑细胞都给顾诗林了是吗？你是不是爱上顾诗林了别的谁都看不见了啊？我要不要告诉夏总一声？"

周雄也被老搭档兼老对手这突如其来的一阵怼数落得有点蒙，谁说他没看出来啊，他早看出来了，就在今天下午还在孜孜不倦地想要点醒当事人呢，怎么就顾诗林了？顾诗林是怎么回事？

他一头雾水，在这种情况下又不敢问。

于是他们三个人——如果包括被卷进来的秦默和白恬在内，就是五个人，不知所措地盯着月黑风高夜的两尊佛。

然后，他们就看到奚洛身子一矮，掉头往另一个方向逃遁。

他是在已经回身之后，才发现包括队长在内的人都在这里的。但这个时候就算他打算再换个方向走回去似乎也为时已晚，他只能假装像什么都没有发生一样，往另一个方向走开过去。

方见纱一个人站在原地，对向她看过来的几个人耸了耸肩。

这是一个错误的冲动。

她想。

她再次陷入了之前的那种想要证明什么的傲慢当中去了。

♂♀

留守在别墅的两个人这个时间仍旧在等消息。

收不到信号——这实在超出夏耀节的想象，不如说，他当时是考虑了各种情况，结果就偏偏忘了最基础的一件事。

这个时代，没有信号的度假区，那不就是一个荒岛吗？

喻柚反复将手机开关机了几次，在发现还是没有信号后彻底选择了放弃。她看着坐在一旁，在用一个没有信号的手机玩着打泡泡游戏的夏耀节，难得地主动开了口：“不如换个定位吧。”

“嗯？”

“不做度假酒店，做荒岛求生。”

夏耀节被她一本正经的一句话逗笑起来。

“哎。”他说，“你自己知不知道，你在说话的语气上和小方很像啊。”

“所以呢？”喻柚看着他。

“嗯？”

“这是你一定要我来这里的理由吗？”她问。

这个质问并不冷静。

她承认，在这个所谓的度假村的全部时间，她整个人一直都不很冷静。而这种对自己的不满本身，再夹杂着对自己心中停不下来的妄想的不满，就在夏耀节提到方见纱的那一刻爆发了出来。

“我知道你的意思。”她说。

夏耀节先是被她突然的质问搞得愣了一下，但很快就反应了过来。

“你知道什么？”

如此挑明了倒也好。虽然他也不讨厌那种模糊的暧昧感受，但坦白也没什么不好，他并不是拖泥带水的人。于是，他笑着反问了她。

“让我猜一下好了——”他说，“你觉得，我是个没脑子的草包富二代，你觉得我追求方见纱不成，就反过来追求你。你因为对她有天然的好感，要怎么说呢，你羡慕她，然后就贬低你自己。”

“我的确打算追求你。”他说，“但这和小方没有关系。硬要说的话，和你自己有关系，再说得远一点，大概和顾诗林有关系。”

“你不用急于回答我。”他继续说，“我原本也没打算在今天说的，你可以充分地考虑一下。”

♂♀

他们一行人从度假村回来之后，马上就迎来决赛。

这代表了奚洛并没有多余的时间去思考自己的感情世界，以及他那个无论如何回忆，都觉得再糟糕不过的遁逃。

在决赛中，UNI和黑骑士分别击败了两个队伍，晋级至总决赛。他们终在二月末迎来那场属于他们的终极的对决。

在迎接总决赛之前，他们还有一个星期的休整时间。UNI向来是个大赛之前反而放松的风格，所以奚洛在战队转了一圈，做了一套基础磨合之后，周雄也便对他说，让他差不多就可以回家了。

那意思是，让他回去解决一下自己的问题。

然而这对当事人来说着实不是个想搞定就能搞定的问题，他之前是借着比赛之名不光明也不磊落地逃避这件事，突然到了休整时间，这个问题又被翻了上来。

毋庸置疑，他想，一切责任和过错都在他身上。

他在战队里磨叽着不想回家的时候，周雄也走进训练室，拍了拍他的肩膀，对他说："或者你可以回家，问一问你的鹦鹉。"

怎么不让我问问神奇海螺呢？！

"算了……"他说，"我还是比赛之后再说吧。"

"这么一说，"周雄也脑子里像是想起了什么，"之前训练营的小孩不是帮你送你那鹦鹉去宠物店吗，他好像说之前他在宠物店看见了方警官，她也买了只鹦鹉。"

"噢那个我知道，是我跟她说让她买的……"奚洛无精打采地挥了挥手。

"你不把你的鹦鹉接回家吗？"周雄也问。宠物店寄养也是要钱的啊。他想。

"我懒得接……"奚洛继续挥手，"队长你就让我逃避一下现实……"

看他这个状况，周雄也内心那个怜爱小动物的开关又"啪"一下连接上了。

好吧好吧。他想，逃避现实就逃避现实吧，他这就带他去附近走走路散散心。他这么想着，顺手从口袋里掏出来两支吸吸冻——是他刚才下楼拿外卖的时候，住在派出所旁边那个小区的一位阿姨给的，说是给他们提前祝贺的礼物，祝他们比赛胜利。

周雄也小心翼翼地端着外卖和两支吸吸冻上来，外卖在食堂坐着吃了，吸吸冻则是一直放在口袋里揣了回来。奚洛头脑发蒙地顺手接了过来，放到嘴里之后才觉得什么地方不太对。

“队长！”他冷不丁地跳起来，“不准在训练室吃东西啊！”

按照周雄也的意思，奚洛既然不回家，那就在门口散散心。于是两个人人手一支吸吸冻，刚从战队大楼走出来的时候，突然眼前蹿出来一个记者。

记者是个小个子的年轻女孩，周雄也看她只能看到一个头顶。她自我介绍说姓尹，是喻柚的朋友。

“有什么事？”周雄也问。

一般来说，普通人面对周雄也这张脸，加上这个冰冷的语气，早就能跑则跑了。但面前这位小尹记者似乎是个胆子大的，她不看周雄也，只看奚洛，用甜甜的嗓音对他说想要采访他，她知道俱乐部这段时间不接受采访，所以特意来门口蹲他，希望他能给这么个机会。

他出道这么几年，回忆起来还真没有被女记者单采的经历。俱乐部把他保护得挺好，知道他不习惯，就干脆不允许这种事发生。周雄也刚想回绝，奚洛先说了话。

“行吧。”他说，“你要怎么采？”

他这个时候的脑子基本上是乱的，受不了放空的状态，就想找点东西塞进里面。不管是好事还是坏事，反正只要是能够转移他的注意力的，那就什么事都行，一个莫名其妙的人做的莫名其妙的采访当然也囊括其中。

只不过他在那个时候没想到的是，这个采访不仅转移了他的注意力，甚至还成为了一条很重要的故事线——假设他的人生是一个故事的话。

♂♀

这个姓尹的记者并不是个省油的灯。就在奚洛接受了这个采访的三天后，网上立马就出现了一条新闻，称正当红的电竞选手疑似和一位女记者交往，还配了张模模糊糊的照片，那场景俨然就是他们那天采访时被人拍的。

有毛病啊这是！

奚洛当场就蹦了起来。

他们这帮职业选手在这个年代基本已经被明星化了，女粉丝众多，虽然不是每个人都认识他们，但谈恋爱也是个能上热搜的新闻。之前他们的一个对手，突然回老家结了个婚，结果整个微博差点崩溃了，奚洛对这回事还记忆犹新，没想到这回轮到自己头上了。

而且还是个乌龙。

一时之间，UNI的官方微博和他的私人微博一起爆炸，估计是有人买好了水军，热评第一条就是分析这两人的恋爱史，分析得有头有尾，他要不是当事人自己都要信了。他越想越觉得这原本就是一场有计划的阴谋——但他不可能未卜先知。

这事来得其实挺没预兆的，夏耀节在微信那边有根有据地给奚洛分析，这位记者搞这种事，倒是有可能是公司安排的，那些才上任的，没啥脑子的小领导就特别喜欢这种一拍脑袋想出来的招，比如给你多少天让你想出来一个能爆的新闻之类的，他们才不管新闻出来后会有什么效果呢。

夏耀节之所以知道这回事，因为他不久之前才刚解雇了这么一个人。当时他还天真，为了证明自己不是个那么不好说话的大佬，就特意找那人过去谈了下心，结果那人对着他哭了半个小时，顺便控诉了一下无情的资本主义，把他气得恨不得自己揽了人事的活亲自去招人，当天还回家跟他爸献了半天殷勤诚言开公司当老总的不容易，看着是资本的问题，其实大半都是人的问题。

“还是说你最近得罪了什么人？”夏耀节问。

得罪了什么人？

奚洛一时想不起来，他这人一向是个心大的，要说得罪，他能够确定的只有他真的得罪了方见纱，毕竟那回事没好好地结束他就跑了，而且跑了之后还没好好联系她。但他得罪方见纱也不是一回两回了，不如说，是方见纱每次见到他的时候都摆出一副他欠了她，他得罪了她，他得跪下给她唱《征服》的脸，他竟然也习惯了这种模式。

“没有吧？”他不确定地说，“我没得罪谁啊……”

夏耀节半天没说话，心想，就你这个性格真得罪了谁肯定也不知道，不像他，得罪了谁他心里门儿清，正苦于不知道怎么哄。

“我觉得也没什么大事。”夏耀节安慰他，“让俱乐部给你放个澄清，你自己再来个澄清就行了吧？”

“大事是没有……”奚洛嘟囔。

“话说回来，那你和小方……”夏耀节这么说着，突然看到电脑上的微信弹出来一条消息。是喻柚发过来的。那天之后，她非但没有给他回应，而是直接一直都没有联系他，他给她发过去的一些工作上的信息她倒是照常回复，私事则是非常坚定不移地一概不理。但就在这个时候，她主动发来了七个字：那个女的我认识。

什么女的？

夏耀节那边听着电话，脑子一蒙。

他把手机放在一边开了免提，刚想回复一个问号，就看那边又跟来了一句解释：说是奚洛女朋友那个。

♂♀

这事吵上了热搜，对面的派出所自然不会不知道。江斯黎饶有兴味地看着新闻和底下的一排评论，同时伸手招呼方见纱过来看。谁知道方见纱早就捧着个手机，比他更早地看完了这事件的全程，对于江斯黎的八卦，她只问了一句：“这女的是谁？”

“不知道啊。”江斯黎不是装傻，他是真不知道，“说是个记者……但之前好像没见过这个人，这个名字也没听说过。”

“上面不是有名字吗。”方见纱说，“查一下就知道了。”

在某个瞬间，方见纱的脑内的确是不受控制地飘过一个可能性，奚洛要她帮助他克服对女性的恐惧，其实是为了和另一个人谈恋爱。不过这个可能性只是飘过了一刹那，就被她迅速地抓住，揉成了团扔进了河沟里。

这种事是不可能发生的。

她想。

就算这种事发生，她也会把它扼杀在萌芽的状态。

“查？”江斯黎愣了愣，“这个……算滥用职权吗？”

“你不查我自己查。户籍我又不是不会。”方见纱果断地说，“我觉得至少我对她下个逮捕令才算滥用职权。”

有理有据，无法反驳。

“不是，大小姐，你要干什么啊？”江斯黎听话地赶紧把手搁在鼠标上，“咱虽然是警察，但能查到的也有限啊。”

“就把能查到的告诉我就行。”方见纱站起来，江斯黎拿余光看着她，觉得她马上就要抄枪上战场了，“剩下的我另外去搞定。”

她虽然不至于真的相信那条新闻，但是她不介意用这个小记者来抒发一下自己当时被晾在大庭广众下的恨意。世界上有替罪羊这东西吗？不要怀疑，方见纱想，当然是有的，她现在就会马上让那个人来一个现身说法。

就她家那个情报网，打听一下这为了大新闻自己往枪口上撞的小记者是谁简直轻而易举。她懒得再通过其他人，就直接找了她爸——就在不久之前，她因为这段时间看了相当多的游戏实况，也上手打了不少回而一时错觉自己的射击技术突飞猛进，那意思也是想让她爸再考验她一回，看她这么多年过后是不是有了做个特警的天赋。这回事的结局如何暂且不论，至少她爸看到他高贵冷艳的女儿主动找他，自然是喜不自胜，乐颠颠地跑过来答疑解惑。

人脉像蛛网一样的生意人，还是个做娱乐经纪的生意人，几乎没花时间就打听出来那位姓尹的小记者供职的那家新媒体，跟着就摸出来了这家媒体后面的老板是谁。

当然，顺带着还知道了这位尹记者之前供职过的公司，以及她参与过的种种项目。

其中也包括那个顾诗林的故事。

喻柚面无表情地坐在夏耀节的公司里，和他面对着面。夏耀节隐隐约约觉得，这个向来脸上不带任何情绪的人此时此刻，竟然周身透着一种逼人的鬼气。如果气可以杀人的话，他觉得此时自己已经被吊在天花板上了。

“那个记者，”喻柚说，“是我之前对接的一个甲方。”

嗯?

接着，喻柚把那个游戏剧本——顾诗林诞生之前的故事一五一十地对夏耀节讲了一遍。那个记者之前在这家游戏公司做策划，负责和她对接。在当时把她交上去的第一个方案贬损得一无是处，令她在愤怒中直接上网找了夏耀节的资料——这后面的事夏耀节就知道了。

“所以……”夏耀节问，“那个人？”

“认识一个人就觉得和他有了深层次的交流，别人和她聊一句就觉得自己得到了灵魂上的肯定，觉得自己勾搭上电竞选手就很了不起……”喻柚咬牙切齿，夏耀节觉得她看起来难得的生动，没忍住笑起来。

“她现在的老板你认识吗？”

“我不认识，但想认识也能认识。”夏耀节说，“你想做什么？”

“倒是也没什么，”喻柚说，“公报一下私仇而已。”

“没问题啊。”夏耀节想着，“让我想一下……”

“你觉得方见纱会信吗？”喻柚突然问。

“小方啊。”夏耀节笑着摇了摇头，“她信是不会信，但我觉得，她大概会采取行动的。”

“采取行动？”

“对了，”夏耀节又想起了什么，“你说你之前交上去了一个方案？”

“对啊。”喻柚点了点头，“大概是个……”

她回忆着，把自己当年做的那个设定给夏耀节念叨了一遍，夏耀节听着只觉得有点耳熟，就打开了电脑调出来他之前收到的一封关于新游戏设定细节的邮件，把电脑显示屏转了个方向给喻柚看。

“是这个吗？”他问。

性格冷淡甚至冷酷的女主角……

“就是这个。”喻柚点头。

夏耀节看着她，就觉得仿佛看到一道明火升了上来。

他赶紧解释：“这个，这个和我没关系啊……”

这个方案等于是喻柚做的第一版，之后被那个部门经理大刀阔斧地改了好几回，又被奚洛照着方见纱的原型一通改，本来该是面目全非，不料又有点像是改回了本来的面貌。

“这个女主角，”夏耀节深思了一会儿，“有点像小方……”

“这个真的没有原型……”喻柚解释。

这事细想有点吓人。夏耀节想，说不定他们其实都是喻柚的创作品，喻柚给了他们人物设定，然后他们才能够拥有人格。

不过算了，他把这个想法抛到脑后，事情自然不会是这样，但就算当真是这样，倒好像也没有什么不好。

“别管她了，”他插进另一个话题，“我上一次说的……”

♂♀

“所以，”方见纱她爸在电话里八卦地问，“就是那个小孩?”

“什么那个小孩。”方见纱淡定地装傻。

“你喜欢的，就是那个小孩？”

“我说你怎么这么有热情来帮我，结果是看我八卦来的吗？”她继续假装淡定，“不是。”

“不是啊，那是他们队里的哪个？他们队长？我觉得他们队长那个形象还真的挺好的，个子又高，人看起来又特别有安全感……你说对不对？”

“你快给我闭嘴吧。”

方见纱和她爸的关系，确切地说是在这几年，在她成人后才得到改善的。这其中具体的变化很难言明，连方见纱本人都不是很能解释得清。她仍旧没能够在她爸身上找到他对她更加具体的，明确的期待，没有找到她整个童年时代摇摆不定的理由。只是现在，她想，她找到了她愿意为之努力的事，他人的期待倒也变得不很重要起来。

甚至连对面那个人的态度，也变得不那么重要。

喜欢是两个人的事。

不，喜欢其实也是一个人的事。

在她结束了和她爸的通话之后，方见纱和喻柚见了一次面。是喻柚主动在派出所门口等的她，她觉得她有几个问题想要问方见纱，关于方见纱本人，关于夏耀节，但太多问题一起问出来未免显得太过于莽撞又不知好歹，毕竟又不是只和她见这一面。她这么想着，只问了一个问题。

她问方见纱，如果在一段关系里，看起来永远是她喜欢得多一点，那她会不会觉得不平衡。

方见纱沉思了不长不短的时间，对喻柚说她不觉得那有什么。

恋爱不是谈生意，这个行为本来就是不确定和无法权衡的。她曾经希望权衡，曾经希望付出和回报能够成正比，甚至希望在关系上压着对方一头。

这是一种傲慢。

结果神奇的是，这种傲慢就在那个任谁看来都极其丢人的夜晚，从她体内似乎蒸发得一干二净。

喜欢是一个人的事。

它是一种坦然的，真诚的，不应该夹杂着任何杂质的感情。它应该给自己之后的行动立一个目标——就好像有一个小人挥着小旗子在她眼前飞一样，而不是用这种感情去要求其他人去为自己做什么。

就算对方拒绝了她，就算对方什么都不做，她也是坦然的。

就算她有一天不再喜欢他了，就算她的感情走到了尽头，她也觉得，这会是一段很好的经历。

而且，她觉得事情并没有这么悲观。对她喜欢的人来说，她也并不是那一个可有可无的路人甲。

♂♀

关于这桩新闻，奚洛的理智也确实觉得这回事不应该构成什么大问题。但他内心还是觉得不对劲，因为这个时间点实在太不对了，他有点怕方见纱认为她只是他利用来克服那什么女性恐惧的工具，用完了就扔了，然后过河拆桥地回头就找了个女朋友，作为她欺压了他这好几个月的报复。

他越想越觉得这套逻辑是完全连得上的。

更要命的是，他觉得，他和方见纱的脑回路，其实在某种程度上完全相通。

是，他承认，他是在紧要关头推开了她，他是觉得自己没准备好，也不知道怎么才能算得上准备好，可能这种事就不存在准备好的那一天，这个想法从源头上就是错误的。他在那天之后就知道自己得找个机会过去道歉，且先不论他想要将和她的关系怎么发展，就单纯地对自己临时脱逃这回事道歉。

结果歉还没道就来了这一出，他说心里不打鼓是假的。

就在他在电话里接受了一番来自程珈奈的大肆嘲笑，他也不客气地呛了回去之后，手机上突然来了个电话，电话是宠物店打过来的——这之前，奚洛把这鹦鹉接回战队养了两天，觉得实在太吵又送了回去。店员是个年轻女孩，紧张又害怕地说他那只寄存在宠物店里的鹦鹉被放跑了。

“跑了？”一波未平一波又起，奚洛对着电话叫出来。

“刚才一位……”店员欲言又止，“总之，您能不能先过来一趟……”

奚洛抓着手机，回头苦着脸看了看周雄也：“宠物店店员说，我那个鹦鹉跑了……”

有句话名曰祸不单行，奚洛觉得，十分适合形容他目前的状况。每件事看起来都不那么大，其中也不存在什么致命的无法解释的误会，但每件突然出现的小事就这么噼里啪啦地像是无限掉下来的俄罗斯方块那样叠起来，在心里造成的冲击也不算小的。

当然，和冲击一起出现的，还有愤怒。

那家宠物店就在他们战队附近不远，周雄也说总之先过去看看，奚洛就皱着眉跟在了后面，一路走一路说自己最近是不是有点倒霉。

“哎队长你觉不觉得人的运气就是这样啊？”他念叨，“我想起来了我之前也是的，一段时间运气特别好，然后马上就开始倒霉，感觉倒霉的时间得比运气好的时间长上好多……哎不行，我觉得我得开始夹着尾巴做人不能太嘚瑟了……”

他们到了宠物店，里面除了店员之外还有一位穿着灰色长大衣的阿叔。店员警惕又紧张地盯着阿叔，阿叔则是好脾气地笑着。

这位阿叔看起来约莫五十岁，头发白了一些但没染，用发胶整个利落地梳到后面去。站在一排关着猫猫狗狗的宠物笼子前，表情有点玩味，又有点无奈。

这谁啊?

奚洛打量了一下这阿叔。

一把年纪穿成这样，他以为他是在走秀吗?

“你说鹦鹉飞了是怎么回事啊？”安全起见，他没理那阿叔，而是直接问店员。

小店员被这么一问，急忙解释起来。她说鹦鹉原本是拴着的，结果这位先生过来之后说想看鹦鹉，她一时在接待别的客人，眼睛没好好盯着看，鹦鹉就被放跑了。

店员一边说一边特别生气地瞥着那阿叔，那意思摆明了是想把责任全推他身上。阿叔倒是不说话也不反驳，就眯眼笑看着奚洛和周雄也两个人。

就周雄也那张脸，第一回见就敢和他直视的人不多，别说这么盯着看了。奚洛顿觉这位阿叔不简单，是个狠人。

其实他对鹦鹉飞跑这回事，内心存有一种很盲目的乐观。他这鹦鹉性格一贯的自由奔放，哪儿都愿意去就唯独不愿意在家里待着，给它拴笼子里那等于要了它的半条命，反正放它出去飞，它飞够了还是得乖乖回来要口饭吃。

所以，关于这只跑了的鹦鹉，奚洛烦躁归烦躁，倒也不至于真的烦躁。他这个人嘴上总是夸张的，比赛、训练和复盘时嘴上吵着没办法啦要死啦的时候，其实心里是清明的。该怎么做，怎么应对，怎么选择，给他一些时间，他总会自己梳理清晰。

此时此刻，让他烦的其实已经不是鹦鹉跑不跑这回事，而是那位店员摆明了是要甩锅的态度。

别管什么阿叔不阿叔的，你作为店员，鹦鹉从你店里跑了那不就是你的锅？你在这儿委屈什么呢?

他是这么想的，同时也真就这么说了。店员一下被指责得脸红了个透，同时又梗着脖子不愿意认错，竟然干脆大声嚷嚷着说要调监控。

调监控？调监控有什么了不起的？我还找你们老板呢！奚洛的火让这店员激起来——要是有桌子的话他就拍桌子了。

“你调啊！”

他肚子里因为那个莫名其妙的记者憋着的那点火，就这么泄在了这位店员身上。

这个时候，那位阿叔突然笑眯眯地摇了摇手，表示这的确是自己的不是，关于这位小兄弟的损失，全都算到他身上，请那店员放心，从今以后不会再让她受这样的委屈。

奚洛想反驳什么，阿叔又挥了挥手，仍旧笑眯眯地问：“你们两个是UNI的周队和奚洛吧？正好我也看比赛，能不能给我一点技术指导？”

阿叔说话的语气温和又沉着，颇有种武林中人不动如山的气势，同时也是种让人难以反驳的气势。

阿叔可能是怕他们不信，接着竟然数起他们比赛时的一招一式，表示自己真是个懂行的，一边数还一边在夸，就像家里特别会夸人的长辈夸人的那种夸法，夸得有理有据。

放在其他场合被这么当面夸，奚洛就该顺着话头嘚瑟了，但面对这不知底细的陌生阿叔，他竟然难得地觉得不好意思起来。

“行吧行吧，”他赶紧挥了挥手，“我们去哪儿？”

“我记得这附近有一家网吧。”阿叔说，“不如我们就去那儿吧？”

♂♀

网吧。

奚洛的心情稍微有那么一点复杂。

这真是一家满载了深刻的回忆的网吧啊。

当然阿叔是不知道其中端倪的，他兴奋地找了个三人连座坐下，自己特别自然地就坐在了正中间，开机打开游戏，账号登录，奚洛好奇地探头看，发现这阿叔等级不低武器不少，角色身上穿的衣服还是之前他们游戏跟一个潮牌合作推出的限量款——死贵死贵的，当时就被一众选手吐槽说谁买谁傻。

“你看啊，”阿叔移动了一下这个充斥着土豪气息的角色，“你先看看我这两把枪……”

接着，奚洛发现这阿叔土豪归土豪，人倒竟然是个真懂行的，手上操作也还行，起码在网游里能把70%的玩家吊起来打了，他就一下把刚才宠物店那点不愉快抛到了脑后去，当真兴致勃勃地开始指导起这位阿叔来。

旁边的周雄也一时被抛在了一边，但他看着这位阿叔，心里总有点狐疑。

这个人……他琢磨着。

不知道为什么，他觉得这个人有点眼熟，好像是在什么地方见过。

就在这个时候，网吧入口处突然一阵骚乱，有人的尖叫声和鸟类扑腾翅膀的声音，周雄也先站了起来，跟着奚洛也探出头去，接着他就看到一只鹦鹉扑棱着翅膀压低了高度飞进来，接着一只鹦鹉跟在后面飞进来——那绿毛红顶俨然是他刚刚被宣告了走失的鹦鹉。而再往后看，就是看起来一路追着鹦鹉过来，现在正在喘气的方见纱。

奚洛完全是条件反射一般站了起来。

方见纱并没看他，而是径直走向了那位盯着电脑屏幕，仿佛在念叨“看不见我看不见我”的阿叔。

“爸。”她叫。

爸?

这一下，周雄也心中的那根弦是接上了。

对嘛。他想，他是在新闻上见过这个阿叔的照片。

“你在这干什么？”

“我……我考察一下我自己的宠物店啊。”阿叔擦了擦额头的汗，“不行吗？”

“啊？”

“嗯？”

方见纱和奚洛同时冒出了一个惊讶的语气词。

“你的宠物店？”

“对啊，我扩张一下经营范围，有什么不行的吗？”他站起来伸出手，那两只鹦鹉竟然当真非常听话地落在了他的手臂上，“这两只鹦鹉本来就是一对，不知道怎么就让人拆着卖了。”他腾出一只手拍了拍奚洛的肩膀，“没关系，你看，这只鹦鹉非常聪明的，那店员跟我说的时候我就知道了，它肯定不会跑丢的。”

奚洛机械地被他拍着，心里总有种莫名其妙地似乎被人坑了的感觉，但他又不确定，就不能瞎说。

这位阿叔真是故意把鹦鹉放走的吗？

鹦鹉本来就是一对？

不不，这个问题暂且先放在一边——首先鹦鹉为什么会在这儿？还是两只？

♂♀

关于鹦鹉的故事，要从方见纱从派出所回家时说起。

之前那位被她救下来的自杀男屡屡到派出所来找事，意思是要她做他的女朋友。她不堪其扰，又懒得跟他说清楚——这事一开始就说不清楚，于是她自暴自弃地选择了打不过就跑这条战术。但因为跑得太匆忙，她不当心把小区的门禁卡落在了派出所。

不巧最近新换了个保安，特别尽忠职守的那种，加上新人还没对住户脸熟，一口咬死了没有门禁卡那肯定不能进去。方见纱站在门口，竟然第一次感到了风水当真轮流转，她在网吧里把那个没带身份证的小孩拎出去的时候，他大概也是现在这种心情。

她想起来她有另一张备用门禁卡搁在楼上，但她又不能说让保安上楼帮她拿一下。

于是，她就在这个时候，说出了一句让保安觉得看见了傻子的话。

她说："我让我的鹦鹉帮我拿一下行吗？"

保安大哥顿时就有点愣。

"当然，鹦鹉要是能给你拿下来的话……"他说。

方见纱站在楼下，抬头望着十七楼自家的窗户，张了张嘴，喊了一声鹦鹉的名字。

她自己的鹦鹉还没有名字，因为她觉得对着一只鸟喊名字有点傻，就一直没给它取。但之前那段时间，她的邻居的那只鹦鹉会时不时往家里飞，她叫"灯灯"也逐渐叫上了口。

所以，她喊的仍旧是这两个字。

接着，她家的那只鹦鹉竟然真飞了出来——当然嘴里没有衔着门禁卡。它在两个人惊讶的目光中飞下来，先是落到方见纱的手臂上，像在对她说什么一样咕哝了几声，接着扑棱起翅膀，直接飞到了路上去。

对特警工作有着盲目向往的方见纱，反应力在这一刻当真派上了用场，她直接拉开了恰好在身边停下的一辆出租车的车门，清晰地对司机说："给我追那只鸟。"

♂♀

地点回到网吧。

那两只不知为何——又理所当然地同时站在方见纱她爸手臂上的鹦鹉，在在场的人都陷入了尴尬的沉默的时候，就恰如其分地开始发表起了演讲。

说话的是奚洛家的灯灯。

这只在奚洛面前一个字都未吐过，恨不能在脸上写着“别理我我不会说话”的鹦鹉，此刻当真是口若悬河。说的皆是奚洛前两天把它接回战队里，晚上对着它念叨的话。

是解释，也是道歉的预演。

对不起，我那天不是故意的……

——好像小学生?

那个……对不起啊，你不要介意，我其实……

——不行,这个又太随便了。虽然自己是个随便的人,但这不是个随便的场合。

我觉得我喜欢你……

——不不不这个太开门见山了，而且这个和道歉也没关系对不对?

他这么对着鹦鹉念叨了几回，觉得有点无趣，又有点丢人。最后甚至看着鹦鹉就能想起来自己说的话，就干脆把它送回了宠物店。

谁知道会发生现在的事呢?

而且这鹦鹉不是一直都不会说话的吗？大哥你在宠物店到底是学习了什么技能啊？你在瀑布下修行了三天三夜终于掌握了人语吗？！

我是不是还要给你鼓鼓掌啊?

当然了，鹦鹉毕竟是鹦鹉，它说出来的话都是断断续续的单字，是些旁人听不明白，但当事人完全明白这就是在讲他们的事。每个单字都是一句完整的话，每句完整的话，都能写成一个完整的故事。

故事的两个当事人同时盯着鹦鹉，又同时陷入了沉默。

“我——”奚洛下定了决心要开口，却被方见纱她爸拍了拍手打断了。

“好了。”他说,“我给你解决了一个问题,那你也得完成我的一个任务啊。”

第十三章 坏事也会变成好事

表白的时间点和语言都是一个问题。

虽然说表白是个完全的自我行为，是在表明自己的心迹，但如果对对方来说不是一个正确的时间，也容易把事情搞砸。

所以，表白在很多时候，更像是一场豪赌。

♂♀

方见纱她爸的所谓任务听起来像一个玩笑，反正只看他的脸和他说话的语气，也听不出来到底是玩笑还是认真的。方见纱也多少感叹，在商场上打拼了这么多年的人，睁眼说瞎话的能力怎么都得具备。

有一个酒店要开张。方老爸说，他是股东，但他没有时间去，这活计就得他的女儿代劳了。

这叫等价交换。

“并且，”他神秘兮兮地眨了眨眼，“还得和爸爸的朋友见一见面。”

又是相亲局？

方老爸的语气虽然神秘，但声音可是一点儿都不小。在旁边的奚洛自然是听了满耳朵。

不是，你们富二代都这样吗？都这样见来见去没事相亲玩吗？

“广结善缘有什么不好？”方见纱说，“一个小记者都知道勾搭知名电竞选手。”

好的，她在这儿等着了。

“你……你要去啊？”奚洛毫无底气地问，这是这么长时间来，他对她说的第一句话。

“为什么不去？”方见纱说，“又不排除能够遇到更顺眼的人这个可能性。”

“那我也去！”奚洛直接叫起来，“叔叔，我也去行不行？”

♂♀

这个相亲局不是那种传统概念中的一对一的相法，它开在一个宴会厅里，应该能算是个酒会。他们人到了之后发现的确如此——是个庆祝酒店开业的酒会。

对于奚洛的请求，方老爸欣然应允。不如说，他就是赌定了他会说这句话，而特意在他面前说这回事的。在到这儿来之前，方老爸特意叮嘱了奚洛说这是个很正式的场合，所以务必要穿西装。但奚洛这种游戏宅男自然是没有西装的，之前拍宣传照的西装都是找摄影师工作室借的，就是看起来人模狗样，一看后背全是大大小小的别针的那种。

有一回颁奖典礼，联盟主席严肃地强调要穿正式西装，结果大家微信群里一交流，都打着呵欠说主席这么乐意穿那他自己穿吧，哥没西装。

那年奚洛还是个真正的新人，他战战兢兢地穿着一套最正经的便服到了现场，就生怕前辈们诓他。到了会场一看，果然前辈们都是T恤牛仔裤，还有大背心配大裤衩的，完全没把主席说的话放在耳朵里。远远看去就一个西装革履的主席站在会场里，灯光下是他渐秃的头，忧伤而明媚。

经过这回之后奚洛胆子一下就大了，小爷没西装，就不穿西装，你有本事给我开除了不让我打。不能吧？当家大神就是能为所欲为。

但这回的情况有点不一样。首先让他穿西装的那人不是那位被他们欺负惯了的主席，而是他女朋友——当然现在还不是——的老爸。这种人物说的话，那应该是不能像他之前那样听过了就扔一边的。于是，在那当天，他穿着一套新买的灰色西装，新手上路地开着导航，把他那辆到手没多久的喷着紫石金属漆的卡宴特别拉风地开到了酒店门口。

他到的时候方见纱和夏耀节已经到了，方见纱站在门口，看见他那辆车，立马露出了一个“这个人我不想认识”的表情。

“我刚才老远看见这车还说，谁这么虎，开个这玩意来。”她说，“结果……”

“怎么了啊？”奚洛人刚到就被嘲讽，简直莫名其妙，“你们富二代不都这样吗。穷玩车富玩表……哎？”

“你考了驾照之后多长时间没上路了？”方见纱问。

“这个……一年多吧？”

“实习贴贴了没有？”

“啊？”奚洛一愣，“那玩意不是驾龄一年内的新手才……”他说到这儿觉得不对，方见纱分明就是在面无表情地调侃自己。

“哎我开车可稳了好不好！谁跟你一样把汽车当赛车开啊！”

“又是保时捷又是新西装。”方见纱打量着他，“目的很纯粹嘛。”

“那当然了！”奚洛一咬牙，挺胸抬头地往前走，“来都来了，小爷必须在这儿检验一下个人魅力。”

方见纱和夏耀节对视了一下，夏耀节硬是咳嗽了几声把笑意憋了回去。

“你爸真狠。”他对方见纱说。

“还是托你爸的福。”方见纱回答。

是的。

当奚洛西装革履步步生风地走进去之后，发现里面压根就不是他想象的那种高端大气上档次的酒会，而是一个类似于COSPLAY聚会的场合——至少从外观看上去是这样的。

酒店开业是真的。这个酒店是全市第一家游戏主题的酒店，也是天屿公司刚落成的项目。《SPT》这个游戏潜力无限，而且酒店就在场馆旁边，开个主题酒店保准赚钱。这方案是夏耀节老早之前就在家庭聚餐上提出来的，他爸财大气粗，听儿子这么说了，市调都懒得做就大手一挥应了这项目。

现在，一转眼就是开业的日子，夏耀节他爸觉得普通的开张仪式没什么意思，就一拍脑袋打算来个不一样的——请人打扮好了进去玩，打扮得越夸张越不正经越好。这帮富二代平时在生意场上装大尾巴狼装得都挺累，需要这么个机会放飞一下自我。

当然了，这也不算什么相亲局。

但这事既然让方见纱她爸知道了，他就冒出个坏主意，想好好作弄一下这个短短几个月时间就把自己女儿拐走的小子。

同时还有他当场不给他女儿面子的一箭之仇。

奚洛站在一个仿佛群魔乱舞的会场，低着头看了看自己的领带，第一次强烈地理解了他们联盟主席的心情。他下意识地就想回头找站在门口那两个熟人，结果他们今天基本算是个工作人员，并没有多余的时间陪他在里面待着——或者说有时间，但是他们不想。

方见纱在二楼的会议室里坐了一会儿，心情很好地走出去往下看。

夏耀节跟着走了出去，他之前并不知晓方见纱也是个情绪外露的人，比如此时此刻，她的神采飞扬就清晰地表现在她脸上。

人都是有孩子气的一面，孩子气就像是一盏小小的灯，平时揣在怀里，不亮也不允许它亮。甚至久而久之就容易忘了还有这盏灯的存在。但就在某时某刻，突然遇到了另一个人，这盏灯“啪”的一下，就自动亮起来了。

这种感觉旁观者看起来，是很玄妙的。

“喻柚说的没错。”方见纱感到夏耀节朝她走来，没回头直接说话，“我是有点不太爽。”

“她说什么了？”

“她说是我主动，是我喜欢他在先，是我付出比较多，她觉得这样不太对。”

“你们都成为能恋爱交流的关系了吗？”夏耀节背靠在栏杆上，“有没有聊聊我？”

“没有。”

“你不要这么果断……”

“我觉得啊，”方见纱撑着下巴，饶有兴味地看着楼下，“让他太舒服了的确不行。”

所以，夏耀节想，你们父女俩就联合起来坑人家，让人家穿着全套西装来这儿当傻子。

“对了，”他像想起了什么，“洛洛他真的对女孩子不太行？”

“谁知道呢。”方见纱摇头，“也许是故意找的借口和台阶骗我吧。”

“所以，这也算是他骗你的一个……”夏耀节欲言又止，“惩罚？”

“不，这倒不是。”方见纱说，“就算是他编出来骗我的倒也没什么大不了，一个人愿意编假话来骗你，就已经说明了你够特殊。”

夏耀节一愣，心想这个想法倒是真的够特殊，至少他是第一次听到。他眼睛盯着奚洛的位置，就看他坐在沙发上，已经被一票穿着乱七八糟的裙子的女孩给围攻了。这些女孩他觉得他大概曾经是在各种场合打过照面，但今天她们这样，他还真是有点不敢认。

他眯着眼睛，从女孩的假发里好不容易找到奚洛的脑袋，就看到他正好抬头，两个人四目相接，奚洛那眼神，怎么说呢，他想，说快哭了都算是轻的。

“哎，”他担心地碰了碰方见纱的肩膀，“我觉得他是真的。你要不要下去救他一下。”

♂♀

他看着方见纱下了楼，自己往屋里一退，腿架到沙发上想着：哦，原来喻柚觉得女孩子主动不太对，女孩子喜欢男孩子多一点不太对。那没关系啊，那我保证我永远喜欢你多一点不就行了。

他觉得他单方面看见了方见纱孩子气的小灯泡也不太对，因为此时此刻，他自己的头顶恐怕也亮着一个幼稚的，象征着心情愉悦的小灯泡。

他们还有一件事没做。

喻柚把那位搅事的小记者也骗来了这个地方，她调查了一下，发现那人原来是夏耀节公司里那位热爱写工作总结的大姐的下属，当时巴结大姐巴结得不行，还给她当过办公室眼线，同时还给喻柚的剧本提过不少莫名其妙的意见——比如原本喻柚也没准备直接拿夏耀节的资料去写，这是被逼急了后采取的大概能被称为歪打正着的下策。总而言之，那位小记者后来傍上了圈子里一位混得还不错的前辈就果断地跳了槽，现在估计是想努力在这个圈子里做出点成绩来，于是就草率地搞了这么一出事件。

“但是……这算成绩吗？”夏耀节不解地问。喻柚一直待在门口的星巴克里，和那位小记者会面后，小记者走了进去，她倒是不着急，就一边坐在星巴克里喝着剩的那半杯咖啡，一边悠闲地和夏耀节聊着微信视频。

“顾总，不要这么不食人间烟火好吗。能炒作话题就是能耐，你看其他人谁能和这么红的电竞选手传绯闻啊，但她就行，这就已经是能耐了。她自己肯定也这么觉得，不然也不会今天我一叫她她就来了。”

“你叫我什么？”

“顾总。”喻柚说。

“你对自己这个壮举还挺满意的嘛。”

“一开始不满意，甚至看了就烦。不过现在还行吧。”

“只是还行而已？”

“废话。”喻柚淡定地说，“顾总，您的故事才刚开始呢。您还没出车祸，您的公司也还没破产，您的前女友也还没出现，所以还早着呢。”

“这个故事这么狗血的吗……”夏耀节回忆着。

“是啊。”喻柚轻松地说，“在故事里，不出一下车祸，怎么能推进男女主人公的感情呢？”

“哦，”夏耀节说，“那我待会儿过马路得留神一点。”

“那个尹记者还没有动作吗？”喻柚问。

“没有吧？”夏耀节这么应着，但是懒得往外走。管她呢，他想，这是方见纱和奚洛之间的事，说到底和他没有多大关系。他的重点在视频对面那个人的身上，如果他们的故事还是刚刚开始的话，他已经迫不及待地想要去续写接下来的情节。

“我还真的挺有兴趣的，”这个时候，显然喻柚的重点并没和他在同一条线上，她对那间酒店里发生的——或者说将要发生的事，当真一副饶有兴味的样子，“想去看看她对奚洛说什么。”

“你过来啊。”夏耀节说，“进来看。”

“我在等我同事给我送录音笔过来。”喻柚说，“准备齐全再去。”

“你君子报仇十年不晚啊？”夏耀节笑，“你什么星座的？”

“我是巨蟹……但我不信星座。”

“但是啊，”夏耀节接着说，“如果这位记者朋友一开始没说你的设定不行的话，你也不会来用我的设定对不对？这么一说其实我还得谢谢她。哎，说真的……我虽然不懂你们的游戏剧本，但我知道，反派经常是用来推动剧情的。”

♂♀

方见纱下了楼，闲庭信步地朝奚洛的方向走过去。

这酒店其实她也是头一次这么看，就和《SPT》这个游戏浮夸鲜艳的色彩一样，酒店装修风格自然也是一样的夸张，令人下意识感叹天屿的这位老总办事的确是个靠谱的。

就是怎么说呢……她皱着眉，真是太花哨了。所有的摆设几乎都完全还原了游戏当中的样子——比如摆在服饰店门口的小沙发，染满了五彩的颜料的那个，现在就原原本本地摆在房间正中，上面还坐满了人。

这游戏这么火，现在谁不玩啊！

她想起来她爸那天跟她说的话，道理是这个道理，不过这游戏好像也是火得过分了，至少她之前不知道，这些朋友放飞起自我来原来是这么个现状。

可怜的只有被挤在中间，就快成了汉堡中间的那块牛肉饼的小神仙狙击手。

方见纱哭笑不得，心里也是觉得奚洛有点惨，正想这就过去拯救他一下的时候，突然一个人跑了进来，看那造型方见纱就认了出来，这就是那个胆大的在网上造谣的记者。

她走过来的时候甚至还撞了方见纱一下。

进入酒店是需要许可的，她已经通过喻柚拿到了许可，兴高采烈地走了进去。在这之前，喻柚还特别添油加醋了一句：是奚洛请她来的。

同时，她拿出了她编游戏剧本的那一套专业功底，硬是给奚洛和尹记者编出了一个模糊的恋爱故事。

“你记不记得他在一次采访上说过他喜欢的类型？”喻柚真诚地问，“外形是可爱的，性格要温柔活泼的……刚好你是那个类型啊对不对？”

“可是……”尹记者的耳朵开始红，“他又不认识我……”

“这一下就认识了对不对？而且我跟你说，我采访过他，他和一般人不一样，他喜欢那种不按常理出牌的，所以你这个操作肯定给他留下了特别深刻的印象。”

被喻柚一张嘴忽悠得七荤八素的尹记者，就这么闯进了会场。面对着好不容易从女孩子里突破重围的大神，她低着头站在了他面前。

噢。

方见纱点了点头。

来了。

“大神。”尹记者先叫了一声，“那件事是不是影响您了……”

第一招，先示弱。

方见纱往后退了几步，抱着臂看起了戏。

奚洛打量了一下这个酒店大堂，又想了想自己的打扮和这里面其他人的打扮，心里差不多已经摸出了端倪，今天这场大约就是方见纱和她爸——也许还有其他人一起给他设下的一个局，也就是说他此时被敌军整个包围，必须得想办法突出重围。

那么这个记者大概就是个道具。

有人扔的，不知道是谁扔的，那种处于绝对的中立地带的道具。捡到它，得到的究竟是Buff还是Debuff，全在使用者。

并且这种游戏道具经常意味着另外一个支线的开启，或者是另外一个支线的介入，怎么都无所谓。

游戏道具本身的命运大概逃脱不了两种，被吃掉，或者爆炸。

但奚洛此时此刻竟然有点感谢她，如果不是她的话，自己那些不知道怎么说是好的话大概还会卡在喉咙口，他和他的女主角大概也还会僵死在一个不知道是哪里的位置，就像一棵树被砍断，又被扔在沙漠中一样。

但无论如何，且不管诱因具体是哪一种，此时此刻他的战意已被成功激发，他既要对方见纱证明这整个大堂里的人当中没有人比他更好，让她死心认命地只看着他一个人，也要对共同把他陷进这个局面的所有人——包括方见纱在内的人说，他的两个大招已经同时冷却完毕，他绝对不再逃避，也绝对没在怕。

而第一步，就是先把这个碍事的道具扔出去。

“你哪位？”

这是他对尹姓记者说的第一句话。

“我之前采访过您……”

“采访过我的人多了。”

尹记者愣了愣，这个剧情是她没有想象到的。她心想要怎么办，总不能说自己是他的绯闻女友……

然后这话就让旁边一个打扮得和棵圣诞树一样的女孩给说了。

“噢。”奚洛恍然大悟状地点了下头，“就是你啊。”

“是，是我……”

“干什么啊？你想搞个大新闻吗？今天也有记者采访环节吗？”

“今天是有……不，我是听说是您让我来的。”

“我让你来的？是你今天没睡醒还是你进入平行世界了？”

怎么说呢——

此时已经跟进了酒店大堂的喻柚默默看着整个过程，比起她想象中的剧情，奚洛的态度要来得强硬得多，半点面子都不带给的。

毕竟他根本不想在这件事上浪费任何时间。

没有几个回合，那尹记者便羞愤地跑出了会场。喻柚也注意到奚洛正在朝她这边看，神情里并没有太多复杂的情绪，自然也没有她之前想象中的那种“看见了吗快给我写个独家新闻澄清一下”的咋呼，他只是走向了方见纱。

“对不起。”他说，“我没有什么特别想解释的，当然我能说我那个时候没准备好，我也不能说我现在就准备好了。我也不知道今天你……你们让我来这里是为了什么，我也懒得管。”

他说话的时候定定地直视着她，从前他在看着她的时候会有的那种不安和恐惧，此时此刻已经不复存在。

“但那件事我想继续下去，想以你男朋友的身份继续下去。我想得到这个资格。”

他继续说。

“还有别的话，我想等比赛的那天再说。”

♂♀

总决赛的那天很近，就是这一场大型闹剧的两天之后。

一早，他们正准备坐大巴去场馆，周雄也和战队经理站在大巴前等着队员一个个上车，就听见对面派出所门口一阵喧闹，再看，是一个五十来岁的中年妇女带着俩三十来岁的男性堵在派出所门口吵着什么。周雄也皱了皱眉，这时奚洛也背着包从训练中心里走出来，这是他加入UNI后的第二次决赛，整个人容光焕发神清气爽。他也听见了派出所那儿的动静，皱着眉过去望了一眼，立马“啊”的一声叫起来。

“怎么了？”周雄也问。

“那阿婶我认识啊！”奚洛叫，“还真的让我给说中了？我就觉得这样的人肯定没完没了的，你看我说什么了！”

这位阿婶，就是之前方见纱对奚洛说过的，那个因为失恋跳楼的男人的妈。

“你认识？”周雄也疑惑地问。

“也不是认识……反正我知道这个人！”正在奚洛打算要把这一家子的奇葩事情给周雄也讲一遍的时候，方见纱的车正从街道转角处开过来。奚洛隔着一段距离在心里大呼不好，却又没办法在这个时候把方见纱给拦下。于是他就看着她从车上下来，接着那阿婶就抓住了她的肩膀，感觉下一秒就要给她跪下了。

方见纱没有动，但在心里结结实实地叹了一口气。

自从把这位阿婶的儿子救下来之后，其实来自那家人的骚扰就没断过。

那位儿子是那种字面意义上精神不太正常的，就是对人的认知有点模糊，分不清楚谁是谁。那天他被方见纱从楼顶上救下来，就认定了方见纱就是他的女朋友。更加奇葩的是，他妈非但不劝着自己的儿子，反而跑过来游说起了方见纱，意思是自家儿子真的不容易，而且真的喜欢她，要不她就发发善心跟了她儿子，这么来了四五回。

方见纱觉得，这对母子奇葩归奇葩，她这些日子在派出所也见了不少奇葩的故事，心理承受能力在原有的基础上又直线上升了一个台阶。反正他闹他的，她不为所动。之前一次真的被这人蹲烦了，她问所长这事能不能报警算性骚扰，所长打了个哈哈就过去了。

但事实上，在那个时候，报警才是一个最正确的选择。

这一回看这情况，可能是那个儿子又闹了一回，爱子心切的母亲发誓说什么都得把这个没同情心的警察给搞定，就带着家里的两位男性亲戚，以一种要打群架的架势来派出所门口堵人了。

反正先用软的，软的不行就来硬的。

似乎完全忘记了他们的目标是个警察。

隔着一条街，奚洛在战队的大巴车旁边看着那阿婶抓着方见纱说话，旁边两个男的像保镖一样站在后面，心里就觉得不对劲。

凭什么人民警察就得这么牺牲啊，凭什么人民警察就得让你三十岁的大儿子今天拉拉手明天搂搂肩的，你脑子不好了不起啊？你脑子不好就能当街欺负女孩子啊？

这时队友们一个个都从战队里出来了，大巴马上就要开，他看了看队长又看了看马路对面，再估摸了一下时间，周雄也向来会留出充裕的时间以应对路上可能出现的突发情况，所以现在离十一点开始的比赛还有足足三个小时。

所以——

“对不起啊队长，你们先走吧，我这有点事，我一会儿打车过去追你们！”奚洛把周雄也一推，顺手把自己的包往他怀里一塞，“这个你帮我先拿过去！”

♂♀

他人是留下了，但没真就莽撞地往马路对面跑。他看起来像是把这条街当成了一个游戏地图，他就是那个隐形的佣兵，不管是己方还是敌方都不知道有他这人的存在，他找了个地猫起来，伺机而动。

他猫着的那地方是家牛丸面馆，一个月前新开张的，老板是对面那家牛杂面馆老板的老婆，据说是因为两人对牛丸的调味意见不合，索性就一人开一家店，而且就隔着一条街，生意如何都是透明的，两个人谁也别说谁出老千。

女老板看奚洛手里端着碗牛丸却心思没在吃上，反而一直鬼鬼祟祟地往外探头那样子，心里有点不爽，过去催了两句说“赶紧吃啊凉了不好吃了”，奚洛应了两声，但眼神还是没从外面那几个人的对峙上移开。女老板好奇地过去看，心领神会地“噢”了一声。

“怎么回事啊老板？”奚洛问。

女老板摇头，说还能怎么回事，这家人她看了好长时间了，当时跳楼的那男的的女朋友就是因为受不了这男人的疑神疑鬼神神叨叨和他分手的，更别说有这么一个儿子大过天的婆婆，搁谁谁都受不了。之前他跳楼，让这小警察给救下来，然后就缠上了人家，得有老长时间了，一直没完没了的。

“老长时间？”奚洛问，“多长时间啊？”

女老板摇了摇头：“从去年圣诞节前那会儿开始算的话，得有两个多月了吧。”

“两个月？”奚洛惊骇，心想，方见纱怎么没一开始就告诉他——好吧，她告诉了他可能反而不正常。

女老板就疑惑地在旁边看他惊讶，她不玩游戏，但知道旁边这大楼里这一帮长着黑社会脸的男孩们是干什么的，何况奚洛身上还穿着队服。她也不好问，就仗着过了早餐时间，饭点还没到时没啥客人，跟着奚洛凑在玻璃门前看起了热闹。

现在看热闹的不止他们两个人，马路上也围起了一圈人。

那阿婶看着人多，心里更是来了自信，深信这种场合下她哭得声音越大，扮得越可怜就能占据舆论高地，于是在抓着方见纱不放的同时还抹起了眼泪。方见纱让一群人盯着，不至于觉得难堪，只觉得这事和自己没关系，要丢人也是面前这伙人丢人，就是觉得烦而已。

她不由得想起来之前在自己公寓楼那一遭乌龙事件，后面一个人抄着她的平底锅出来作势就要砸人。

她并不是多依赖那把平底锅——恐怕真要打起来，还得是她保护后面那人那双上了天价保险的手。不过有人和她站在同一边，总比单打独斗来得好多了。

这位阿婶讲话还是之前的那一套，说自己儿子不容易，自己年纪又大了，对他怎么都放心不下，求她行行好就当救救他们一家让她安心闭眼。这些话方见纱听了好多遍，差不多都能背下来了。她在打算张嘴说点什么的时候，就只见那个当时让她从楼顶救下来的大哥穿着个夏天的大背心出来，手里还拿着一把刀。

这意思是要对这个怎么说都不答应他的“前女友”寻仇了？

他拿刀的姿势很生疏，看起来估计在家连个西瓜都没切过，看身材肯定也没有接受格斗训练——方见纱盯着他，在心里分析着。这样的人，给她十个她能撂十个。

她的确也是被这事烦得没了耐心，心想，上面要处分就处分吧，反正今天也不是她的工作日，她真把这人撂进医院里顶多是个防卫过当，而且头顶一个摄像头看着呢，是对方先拿刀的。

而就在这个时候，一个影子从马路对面冲过来，比那大哥来得更快。方见纱直接被他撞了一个趔趄，接着那人抹了一下额头的汗，大声说："哎你还在这干什么你去看我比赛啊！"

后来牛丸店的女老板回忆当时的那一幕时说，只觉得旁边那小孩扔了碗，然后一道闪电似的就冲了出去。

当然他不是往拿刀的大哥那边跑，而是跑到了方见纱旁边。

如果说他冲出去的动作是一种本能的话，那么，就在冲过马路的几秒之内，他的脑中已经迅速地列出了他应该采取的最合适的措施。

"啊，您好啊。"他淡定地对面前这位阿婶挥了挥手，"怎么了？您找我女朋友有什么事吗？"

"所以……"那阿婶愣了愣神，"你说你有男朋友……"

"我早就这么说了。"方见纱说，"您不是不信吗？"

"怎么了阿婶？"奚洛仗着这位阿婶和她儿子肯定不玩游戏，不认识他，大神架子扔一边不要了，倒是活脱脱地变出一副小流氓的架势来，"我女朋友救了您儿子，您就这样过来恩将仇报是吧？怎么着啊今天还带两个人来，这是要搞强迫战术还是什么？您觉得我女朋友好欺负还是觉得我不在就能随便欺负人啊？"

他暗暗有点后悔没把队长也留在这儿，不然就队长那张脸，保证让他们看一眼就知难而退。

不过队长要是在的话，那耍帅的就变成队长，没自己什么事了。

不行不行，队长还是在场馆待着吧。

"反正吧，我就跟您直说了，您最好带着您这两位兄弟赶紧撤，我女朋友好脾气但我不好打发，我在这忍了你们这么长时间我就怕再出人命是不是，您儿子真在我女朋友这块区域跳楼对我女朋友也不好……"奚洛这么摇头晃脑地念叨着，看那位大冬天穿着背心的大哥朝这边走过来，他一下变出一副特别和善的表情来，一溜烟地溜过去搭着那人的肩膀，"来来大哥啊我跟你说是这样的……”

说着就真把这位大哥给带到一边去了。大哥似乎都忘了自己手里有把刀，拎着刀就和抓着两个文玩核桃一样，听话地猫着腰跟着奚洛走。

♂♀

没有人知道他们谈了什么，方见纱耳朵和脑子里还是他刚才那一句一句特别嘚瑟又特别刺耳的“女朋友”，当着这么多人，叫得她也觉得窘迫起来。尤其是派出所所长那玩味的眼神，更是令她恨不能把这帮看热闹的人的耳朵给堵死。

他们谈的时间着实很长，其间奚洛先是勾着那人的脖子，后来这动作变成了两个人勾肩搭背，接着那大哥看背影似乎激动起来，颇有跳起来要和奚洛拜把子的架势。让站在派出所门口的人看了个目瞪口呆，江斯黎都想给这位刚才还在耍流氓的阿婶搬个凳子，让她别站得太累了再倒在派出所门口。

正在江斯黎想着要不要真去搬个凳子的时候，奚洛揽着那位大哥的肩膀走了回来，刚才还一脸要发疯的表情的大哥此刻竟然乖得像只小白兔，眼睛一眨一眨地扯了一下他妈——那位阿婶的袖子，意思是我们回家不要在这儿闹了。

真的假的?

派出所所长睁大了眼睛，这两大难缠无比的钉子户，连江斯黎这种一级谈判专家都拿他们没辙的钉子户，就让对面这打游戏的小孩这么给解决了?

这小孩可以啊!

电竞选手是不是职业生涯都挺短的?那没事啊小老哥，你退役后不会失业的，你看你是不是考虑一下来派出所上班?

但所长这句自灵魂迸发的请求并没有说出口，因为简简单单解决了他们这心头大患的当事人此时看了一眼手机，跟着一下就弹了起来。

他搂着那大哥聊得实在太嗨，一时忘记了时间。现在，距比赛正式开赛仅有四十分钟。

方见纱同看了一眼手机，心里也是一惊。

“过来。”她果断地说，“我送你去。”

“好好好，行行行，快快快！”时间就是金钱，时间就是生命，不是推托的时候了。

方见纱的速度也的确快，他只觉得秒针还没过表盘上的一半，就听见一声汽车喇叭声响起来。眼前看到的却不是方见纱那辆代步的黑色路虎，而是蓝白相间，正嚣张无限地打着双闪的警车。

警车?

“怎么是警车啊？我不坐警车啊！等会儿！警车是能随便开的吗？”

“你是不能随便开，但我能啊。”方见纱坐在车里盯着他，“上不上？”

上还是不上。这在故事讲得太嗨忘记了时间，眼看着就要迟到的UNI大神耳朵里，根本就不是个选择题，而更加接近于一个威胁。他心一横拉开了警车车门：“开！”

车门关上，方见纱一脚油门出去，他安全带都还没系结实，直接给他晃了下。现在已经早过了高峰时间，路上车辆不算多，只是红绿灯数量不少。方见纱开着双闪连过两个红灯，旁边奚洛吓得差点把脚都搬到座椅上把自己蜷成一团：“喂喂警察姐姐……”

“警车执行紧急任务的时候可以闯红灯，可以超速。”方见纱说，“你是不是傻？”

“哦……”

“这个任务算紧急了。”她说，“送迟到的电竞大神去比赛会场，这比送高考迟到的学生去考场还重要。”

“迟到。”奚洛咂摸了一下这个词，痛快地接受了，“行吧，迟到也是为了你迟到，为了你迟到，你送我也没什么不对。”他往窗外看了一眼，“坐警车也挺拉风的是不是，其实我也不是第一次坐警车了。”

“也对。”

“我以后还能不能坐？”他大着胆子凑近她，下巴在她的手臂上蹭了一下。

“开车呢。”方见纱警告他。

“你开你的，我说我的。”他胆子更大。车窗没有完全关死，风从窗缝里灌进来，把他的头发吹得飞起来，连带心情也一起飞起来。他仍旧觉得很多事他没有理清楚，但这也并不是很重要，问题的关键在于当下，永远在于当下，“怎么样啊，这够不够格做男朋友了？”

“你到底和他说什么了？”方见纱问。

“没说什么啊。”奚洛说，“我就是顺着他的逻辑编而已，他不是说你是他的女朋友吗，我就跟他说对啊，你前世的确是他的女朋友，但是现在世界线已经不一样了，整个世界都变化了，每个人出生的那一刻开始就有一个命定之人，所以你这一世的命定之人就是我，已经跟他没关系了。他需要赶快找到自己的世界线……差不多就这样吧。”

“就这样？”方见纱不可思议地问。

“概括起来就这样啦，但里面很多细节的，而且他这人你别说还真的挺好忽悠的，老程之前老让我打游戏别说话说得她脑壳都疼，你看今天是不是就派上用场了？反正就是一直说一直说让那人没有反应的时间。而且我跟你说，我们队长也是这么一套特别清奇的逻辑，我跟他待那么长时间我好像也学会编故事了……怎么样啊？”他又问了一遍，“这次够不够格做男朋友了？”

“你说的细节是什么细节？”

“细节？”奚洛一愣，“就是细节啊，从你出生到上小学，然后上中学上大学……”

“你怎么知道的？”

“警察姐姐，”奚洛眨了眨眼，“许你在家里搜我，不许我调查一下你吗？做人不能这么双标。所以说啊，到底够不够格……”

“你之前不是说，赢了再说吗？”

“你在这儿等着我呢？我那天的确是这么想的，所以我今天之前也没找你啊对不对？”他说，“我是准备比赛完了再说的，那谁知道早上出发之前有这么一出呢。反正我这个人一直都是计划赶不上变化，后来我就懒得计划了。”

结果他运气够好，没计划过的事让他凭借本能推进下去，结果往往都不太糟糕。

这也当真是种难得的天赋。

“而且也就是这么几个小时的事，早一会儿晚一会儿都一样。”他眨了眨眼睛，“而且我还想讨个彩头呢。”

什么彩头？

方见纱没这么问。

她当然想得到是什么彩头，她对故意假装懵懂这回事没什么兴趣，但此时此刻，她竟然难得地沉默下来，并直接将车速又提上了一个档。

“你超速彩头也是要讨的你知道吗——”旁边的人满不在乎地叫起来。

♂♀

像这样一年一度的总决赛，外面自然是热闹非凡，除了排队等候进场的观众之外还有大量扛着长枪短炮的媒体，她这辆警车自是拉风得不行。奚洛提前给周雄也打了个电话，周雄也给他指了个后门让他从后门进，方见纱把警车开进胡同里，奚洛看了下时间还够，就悠闲起来。

“你上不上来？”他贴着她问。

“我先停车啊。”方见纱，“一辆警车停这儿，吓唬谁呢。”

“你给老江打个电话，车让他找人过来开走不就行了。”奚洛接着往上贴，就好像之前那个被碰了手就一蹦三丈远的人不是他一样，“你跟我上去呗。”

大冬天的，方见纱竟然被他这点太过亲密的小动作搞得有点热，被头发遮住的耳朵估计此时是红透了。

她再次如此近距离地看他的脸，觉得他这张脸还真的是很好看的，眉眼间都填满了生动——他的表情原本就很生动，现在大概也是因为兴奋和紧张，额头出了一点汗，整个人就显得更加鲜亮。

不够做联盟的脸吗？

方见纱想。

不够那就不够吧，做她的脸也是好的。

♂♀

他们钻进电梯间的时候才感到这场馆设计的是挺有意思，这地方看起来应该是个安全出口，各种指示路标都挺明确，电梯也特别宽敞，进门一面大镜子，头顶一个摄像头。奚洛已经跟周雄也说好了让他在电梯口接他，省得他迷路，毕竟这大场馆四通八达，都能做密室逃脱了。当观众时溜出去迷路也就算了，决赛主场迷路，这个人还真的丢不起。

他们的准备室在三楼，一旦进了电梯，那留给奚洛的时间不过十几秒钟。现实中的电梯到底不比动画里的时间静止电梯，到地方就准时开门。所以他又看了眼时间，心想队长倒是也不急着这几分钟。

周雄也的确不急着这几分钟，但战队经理已经是火烧眉毛急得不行，在听说了奚洛按时到场之后，才算是松下一口气来，直接不由分说地将周雄也推出了准备区，意思是给他一分钟让他赶紧把奚洛给带过来。

周雄也被推了出来，有点蒙地往目的地走，走到一半被程珈奈给截住了。

“洛洛一时半会儿上不来。”程珈奈说。

“嗯？”

“老周，”程珈奈有话直说，她眯眯笑眼，竟然一时看得周雄也有些心惊胆寒，“一会儿就比赛了，我有句话我本来是想放在比赛之后再说的，不过我现在又觉得，我现在说好像比较能够起到一些其他效果，比如说动摇一下你的心理之类的，这也算是垃圾话的一种吧……”

“什么？”周雄也面对这一连串的自言自语，觉得脑子里稍微有点信息量过载。

“你这个所有恋爱细胞都用在顾诗林身上的草履虫脑袋什么时候才能察觉到我喜欢你？”

♂♀

就在这个场景的直线距离绝对在五十米之内的另一个地方——就是在一楼那个安全出口的电梯旁，奚洛顶着满头新鲜的兴奋，正跃跃欲试地往他的女朋友身上蹭。

他坚信，他倒霉的时间都过去了，从今以后——好吧，不是从今以后，至少这一场决赛，他必定一路坦途，所向披靡。

“亲一下。”他仗着没人，在这儿打开了新世界的大门，耍流氓耍得光明正大理所应当，“让我讨个彩头嘛。”

句尾还带上了一个黏腻的语气尾缀。

“你总得给我一个补偿的机会。”

“那你说补偿就补偿？”方见纱问。

“不是啊，所以我不是在这儿问你吗？”

哦，您这是在问我啊？方见纱简直想把这个一脸天真无邪地耍流氓的人直接扔到楼上去。她看着面前这人忽闪忽闪的眼睛，觉得她要是再在这儿磨蹭的话那他可能当真就要扑过来——而且磨蹭也真的不符合她的性格。就在她心一横想着“好吧谁怕谁”的时候，她对面那人已经等不及而抢先一步蹭了上来，直接干脆利落地在她的嘴唇上咬了一下。

这不算是个真正意义上的吻，至少里面还夹杂着没经验的少年掩饰羞赧而故作轻松的刻意，以及女孩明明更加从善如流但此刻却武力全失的窘迫，但是，这里面却半点都不再有个人的逞强与急于要证明什么的东西，它来得异常疯狂、直白和纯粹。

我喜欢你。

——喜欢你。

如此而已。

番外 名为恋爱的宝石

◎男朋友的制作方法

奚洛过去从来没当过谁的男朋友，所以，对这个突然落在头上的新身份，他每天都紧张得要命。

在刚开始的时候，他紧张得有点含蓄，是那种明明没有经验，却还要撑着自尊心挺胸抬头地假装一切都了然于心的样子。

说话都结巴，走路都顺拐。

方见纱当女朋友，比她当敌人的时候温柔体贴。面对奚洛在电影院里拉个手哆哆嗦嗦，吃个烛光晚餐把人家盛菜的盐托当菜给吃了，约个见面时间吞吞吐吐约不出来的种种翻车现场，她都表示了充分的宽容和爱。

但奚洛的危机感因此更强了。他觉得这种反常的态度背后必然潜伏着危机，说不定方见纱已经悄悄在心中的小本本上给他画着正字，他要是再继续不靠谱下去，她就要跟他分手了。

当天晚上，他就胆战心惊地做了一个梦，梦到方见纱很冷淡地对他说她似乎是搞错了，她其实对他没有兴趣，他们还是分手吧——把他自己吓了一身冷汗，大半夜就抱着枕头去了周雄也房间，然后在黑暗中看到他的队长正搂着床头的毛绒小熊睡得正香，又把他吓出了门。

等一会儿。

他想。

那小熊不是老程的吗？

第二天周雄也醒了，顶着一张待会儿就出门砍人的“黑道脸”坐在食堂吃早餐，奚洛前一晚没睡好，一路打着呵欠挪到食堂，看到周雄也的时候，一下想起来昨天的那个梦。晚上，他觉得一切非常紧迫，俨然是“问题再不解决世界末日就要来了”的景象，但白天一来，他又有点退缩。

毕竟和队长请教怎么当人男朋友这事还是挺丢人的……

他盛了一碗粥，在周雄也对面坐下，刚拿调羹随便搅了两下，就听周雄也冷不丁地说了一句：“鱼肉粥？”

“啊？”

奚洛很快反应过来队长说的是他面前这碗粥：“嗯，是啊。”

“珈奈喜欢红豆粥。”周雄也说，“甜的。”

“啊？对啊，她们B市那些粥都是甜的，我第一次去找个不是卖八宝粥的店找了老长时间……等等，队长你管老程叫什么？”

周雄也眨了眨眼，装傻充愣地摇了摇头。

奚洛脑子一转，立马上来了精神。他把粥碗一推，嘻嘻笑着凑过去：“队长，不对，这里面有情况有情况啊！”

他自顾不暇，却绝对不放过别人的八卦。结果这一八卦让他被全队笑了一下午：“洛哥，全联盟都知道的事了，你才知道啊？”

“没人跟我说啊！”

“这还用说吗？”

“队长你居然不告诉我，我和队长之间已经没有信任了。”

奚洛特别不满地盯着自家队长，周雄也这理虽然不亏——但他还是看不得奚洛一副被他欺负了的脸。再加上他内心确实还有个特别苦恼的疑惑没处去说，正好借了这机会放低了姿态把人拉过来求助。

就是称呼问题。

“我问你个问题，”周雄也把奚洛拉到旁边，认真地问，“你平时，是怎么称呼方警官的？”

这一问就问到了点上。

奚洛一直没怎么好好当面叫过女朋友的名字，也不只是女朋友，他就没好好叫过任何人的名字。他最早在赛场上见到周雄也，他们还是对手的时候他叫他“周队”，后来进了UNI改叫他“队长”，程珈奈比他大三岁，他就叫人家“老程”，自打认识方见纱后一直习惯性地开口就叫她“警察姐姐”，这个称呼问题一直是他心头的一个过不去的梗。

之前他在家对着镜子练习叫方见纱的名字，怎么叫都觉得不对，叫到最后还有种恐怖片里男主角呼唤死去的女友的亡灵的感觉，把他自己吓了个够呛，就又不要脸地跑到隔壁女朋友家蹭了一宿，两个人窝在沙发上玩了半个晚上的马里奥赛车。第二天，方见纱愣是没敢开车，怕自己看到弯道就想漂移。捕捉到她的弱点的奚洛开着她的路虎送她去派出所，顺便送自己回战队，在战队乐了一天。他觉得这是他们交往以来，自己男友力最大的一天了。

结果就是这样的一整天，他都没能好好叫出来方见纱的名字。

这么的，奚洛和周雄也就这个问题一深入交流，就发现他伟大的，英武的，处变不惊的，任何事都能处理妥当的队长也是一样的情况——他立马就觉得不怎么慌了。队长不是一个看他笑话的人，而是成为了他的战友。

但当然了，同病相怜这种事顶多就是让人暂时性地觉得安慰一下，重要的是两个人得携手并肩地想着怎么把病治好，怎么从坑里爬出来。

按时间算，周雄也这个病，得得比奚洛要久，奚洛毕竟还是没心没肺地过了一段纯粹享受恋爱的时光。周雄也则是打那天在场馆，被程珈奈按在墙上告了白，同时把他心里一团被结结实实地封印起来的东西拎出来砸了个粉碎之后，他看着那团暴露在青天白日下的，光明闪耀的，名为恋爱的宝石——虽然当时是忙不迭地把它揣了回去，但这些日子以来，这团宝石在他心里跟个激光大灯一样发光发亮，时刻提醒着他时间变了，身份变了，他现在已经是某个人的男朋友了，他必须得让心里的宝石开出花来才行。

开花的方法他在网上找了一堆，还看了视频课，拿着笔规规矩矩地记笔记，其中第一条就是给女朋友取一个专属的爱称。

比如说，小猪猪，小桃桃，小宝宝，小傻子……周雄也的笔记记了半页，觉得哪个都叫不出口。好像不管叫哪个，程珈奈都得起来揍他一顿。

但是一直叫小程也太没有突破了。

周雄也苦恼地把自己的笔记本分享给奚洛，奚洛一看，他队长的字端端正正，这些可怕的称呼显得更吓人了。他后背出了一身冷汗，不自觉地挠了挠鼻尖。

"我要是这么叫方见纱……"奚洛背后叫女朋友大名倒是爽快，"她可能得以为我被绑架了，在给她发暗号呢。"

"那看下一页吧。"周雄也说。

下一页是"恋人行为指南"，意思是要经常和女朋友亲亲抱抱，先有身体交流才有情感交流。周雄也看了奚洛一眼，自家王牌眼前一亮，十分嘚瑟地点了点头。他原本就像小动物，在队里经常说着说着话就挂别人身上去了，交了女朋友更是变本加厉，口头上说是得把女性恐惧治愈得更彻底一点，其实就是光明正大地耍流氓。好在他人可爱，流氓耍起来也可爱，方见纱乐得被他蹭，她觉得他身上香香软软，都是洗发水和洗衣液味，让人特别想揉他头发，但是他被揉了头发肯定要生气奓毛，她就只能忍着。

她是个了不起的女朋友，不能恃宠而骄为所欲为。

"要不……"奚洛琢磨着，"队长你先试试？叫个试试？"

"怎么试……"周雄也迟疑着。

"没关系！我舍命陪君子！我陪你试！"

要试就得全副武装上，战队里其他队友知道了这回事，不知道从哪儿找来了假发和裙子就往奚洛身上招呼，那意思是做戏就得做全套，只有他打扮成了程珈奈，才能让队长全身心地投入。

"你看。"军师还痛心疾首地教训起了奚洛，"咱队长平时对咱尽心尽力，鞠躬尽瘁死而后已春蚕到死丝方尽的，你连个假发都不愿意为队长戴，你想想你心里过得去吗？"

奚洛就看军师一边说话一边对他挤眼，意思是他们现在得团结一致对外，说什么都得让队长把这关给过了。奚洛心领神会，大手一挥说：“行行行，不就是个假发吗，小爷坐得端行得正还怕戴假发？”

结果他戴上假发，雄赳赳气昂昂地出来往周雄也面前一坐，周雄也当时就觉得自己整个人都不怎么好。

队友躲在门口拍大腿，是要奚洛扮个可爱的女朋友，谁让他扮个准备英勇就义的女战士了？衬得他们队长更像烧杀抢掠的大佬了啊。

“宝，宝宝？”大佬犹豫地叫了一声。

后面看热闹的整个战队都笑趴下了。

这一页的计划也宣告破灭，接着是第三页的“给女朋友削水果”、第四页的“给女朋友买口红”以及第五页的“陪女朋友看她们喜欢的爱情剧”。

首先，他们这群打游戏的，手和命一样重要，削水果是办不到了，顶多剥点葡萄。但葡萄剥完了烂兮兮的一坨，估计是没有哪个女朋友看见了还想吃。

买口红这个，方见纱平时用的口红就那么两三个色号，用空一支再买一支，新色号出到天上也和她没关系。程珈奈倒是喜欢收集口红，但她自己就接了不少代言，商家送来的口红在家里各种色号排上一排，比游戏里的武器还多，看起来整个一个特别壮观的“军火库”。

最后是爱情剧，方见纱不看爱情剧，只看恐怖片，程珈奈倒是看，但和周雄也在一起看的话，那她基本上等于是那个作陪的。所有看过周雄也直播恋爱游戏的人都知道，周雄也看起爱情剧来……太可怕了。

两个人在笔记本前面大眼瞪小眼，最后奚洛首先动手把笔记本合上——他向来注重实际操作胜过理论，何况是现在这种理论看上去一点都不靠谱的情况。他琢磨了又琢磨，然后一拍桌子：“队长！我们去找夏总商量一下吧？”

◎男朋友的教科书

夏耀节，霸道总裁，英俊潇洒，外加有点厚脸皮——这个特征是最近才不知不觉地从灵魂深处浮现到表面上来的。他坐在自家会议室里，面前是两位刚谈恋爱，谈得特别无所适从的朋友。

“平时怎么称呼女朋友？”夏耀节托着腮，面带轻松自如的微笑，“很多啊，柚柚，宝宝，桃桃……哦对了，周队之前的直播我看了，周队给女主角取的名字取得特别好，我很喜欢。不过她好像不怎么喜欢……嗯，你们想知道要怎么自然地叫出女朋友的名字吗？”

“名字是一方面啦。”奚洛皱着眉，苦着脸，“还有交往的时候要怎么做……话说我昨天看了一篇文章，说情侣相处的时候也要保持距离，尊重对方的隐私，那我觉得……”

他觉得他这天天有事没事往女朋友家跑的行为俨然是踩了八百个地雷。

“还有，”周雄也在旁边黑着脸一本正经地补充，“要制造一点小浪漫，这个浪漫具体要怎么制造？”他说着，又把自己的笔记本掏了出来。

夏耀节看着里面全是图文并茂的摘抄的笔记本哭笑不得。他觉得应该把它拿去给喻柚看看，她铁定得说那些网上能搜到的所谓恋爱的名言警句全是她们这些人为了交稿子编出来的，谁信谁傻。

“我记得，程队下个星期是不是要飞S市拍宣传片？”夏耀节问。

“嗯。”周雄也点了点头，“去三天。”

“这就对了。”夏耀节一拍手，“周队在这个时候就得赶紧买机票，在S市给程队来一个出其不意。这就是制造出来的浪漫。”

而且这事顾诗林是干过的，距离远不是G市到S市这么近，而是澳大利亚到中国。顾诗林飞了十个小时，陪女主角过了一个生日，然后又飞十个小时回去。

不过夏耀节自己还没干过，他决定先让周雄也试一次。

“那我呢？”奚洛问，“我我我我怎么制造小浪漫？方见纱觉得什么浪漫？”

方见纱觉得什么浪漫？夏耀节还真的不知道，他要是知道，那现在这个场景就不存在了。

“您有没有什么经验啊教训啊小秘密啊小暗示啊什么的啊？”奚洛趴在桌子上，眼睛亮晶晶地盯着夏耀节。

夏耀节让他盯得更加无语，心想，大哥，咱俩要是搁在其他的世界观里就是情敌，我就是那个十恶不赦的前男友，你再天真也得有个限度。

“也对，你要是有的话，你也不会跟她分手。”这时候奚洛自己反应过来了，补上了这么一句。

夏耀节正拿矿泉水瓶喝水，一口水差点呛住。

“要不这样吧夏总，”他接着说，“你看上回你请我们去玩，最后搞得乱七八糟的好像也没玩好。我下周和方见纱约了看电影吃火锅，要不你和你女朋友一起来吧？队长……队长那时候已经在S市了，队长就下回再说吧！”

“什么电影？”周雄也问。

“名字我也没记住，反正就是下星期要上映的那个爱情片还是什么片的吧。夏总你查查你日程啊，没问题的话我就给你们订票了！”

看电影吃饭这种约会套路没什么意思，奚洛自己也知道，但他也想不出来什么特别有意思的。他觉得他和方见纱在一起的时候什么都是有意思的，就窝在家里看着两只鹦鹉在家里飞来飞去都有意思，他是这么想，但不能确定方见纱也这么想啊。说不定在她眼里，他这个男朋友就是个不解风情、不体贴，更不温柔的劣质品，而且他真的不觉得方见纱是那种有耐心帮助劣质品一点点成长的人。

他越想越觉得自己危机四伏。

破电影就破电影吧！他大腿一拍，总比哪儿都不去来得好吧。

所以约会当天，他急急忙忙地送走了要去给程珈奈一个惊喜的周雄也，在宿舍里喷了一通香水——对，这也是从恋爱秘籍上学到的，说男士喷香水代表着对女朋友的尊重，可惜他不会选，随便买了一种，刚喷上去倒还没什么，走出战队坐上车——混着车里的皮革味，他就突然觉得——自己特别像个刚从夜店出来的壮汉，屁股后面还拖着一个音箱的那种。

方见纱拉开车门，在他身边坐下的那个表情，也证实了他们想到了一块去。

但方见纱没有开口讽刺他。

是的，就在奚洛努力翻着“做男朋友的法则”的时候，方见纱自己也在偷摸地翻着“做女朋友的法则”。

女朋友不能太凶，不能随时都想着居于上位，要时刻记得夸奖男朋友，不能让男朋友长期处于低自尊的状态，适当的时候要对男朋友撒娇，约会的场所可以定在手作礼品屋……

这种事要是放在之前，她肯定得对里面每一句话和相信里面每一句话的人嗤之以鼻，但这回事发生在自己身上，她人生中第一次真切地了解了被啪啪打脸的感受。

她甚至还偷偷地把江斯黎搁在她桌子上的一家“手作盆景”的二维码名片揣进了兜里。

“这个香水，”奚洛咳嗽了几声，“好像不怎么好闻啊。我没用过，自己瞎买的。”

“没有。”方见纱睁眼说瞎话，“我觉得挺好的。”

她觉得挺好的?

奚洛差点和前车追尾。

女朋友对香水的这个审美很清奇啊，难道她就喜欢夜店里的壮汉味?

“我觉得我好像喷得有点多了，你觉得呢？”

“没有。”方见纱觉得自己此时像是被四个一米九的黑人同时搂着，空气都仿佛成为了黏稠的半固体，但她仍旧微笑着摇头，“不会啊。”

奚洛眨了眨眼睛，没敢再说话。他本来想开窗的，这下也没敢开。不过好在到电影院车程不过十分钟，他们把车停在地下车库后走上来，两个人走进电梯，都觉得松了一大口气。

◎男朋友的现场教学

夏耀节原本是非常轻松淡定的，他和喻柚谈恋爱谈得舒心自如，他过去的任何一任女朋友都没让他感到过如此的自如。但他一看见迎面走来的奚洛和方见纱——两个人身上都同时洋溢着已经慌得不行，却还要努力显得淡然的灵魂挣扎，搞得他一时之间也有点慌。

因为喻柚是个名副其实的窝里横，无情、无耻、无理取闹，恋爱中的三无行为让她一个人占了个全。今天当着她的面，这对情侣谈恋爱谈得这么战战兢兢，夏耀节生怕她回去就开始说他对她不够重视，恋爱谈得不够认真。

女朋友嘛，夏耀节堂堂一个霸道总裁，大人有大量，他觉得女朋友“作”一点是好事，“作”是爱，“作”是信任，小心翼翼出招接招那是谈生意，他平时已经谈得太够了。

不过他虽然喜欢哄人，但哄人的台词他觉得已经用得快见了底，一时间不是特别受得住再来一次。

“走走走。”奚洛见了夏耀节等于见了救命恩人，推着他就往电影院的方向走，“快开始了快开始了。”

四个人，奚洛搂着夏耀节走在前面，两人身高有点差距，所以奚洛搂着人的姿势看起来就有点怪异，比起搂着，他更像是挂在夏耀节身上。

他说他为了这次约会准备了好多东西，比如说准备藏在爆米花桶里的两张迪士尼票，另外还有特意提前嘱咐了服务员切成心形的鸭血和拼成玫瑰形状的肥牛卷，再加上车上备的真玫瑰……

“我问了火锅店能不能给我放歌，他说不能！”他还委屈地和夏耀节控诉了一句。

夏大总裁是见过不少场面，但怎么说呢，没见过这么土味十足的。他回头看了方见纱一眼，还没看清，就被挂在他身上那人把脑袋给重新拨正了。

“我说夏总，其实我还在车里准备了另外一样东西，就是找人定做的靠垫，印着照片那种……你觉得我是什么时候送比较好？”

靠垫？

印着照片的？

你怎么不绣个十字绣，然后再织一条围巾呢？

夏耀节心里这么想，但嘴里到底没这么说出来。他咳嗽了一声，好脾气地笑：“洛洛啊，这事我觉得你可以循序渐进，不要一次把这么多……呃，礼物都拿出来。”

“是吗？我是看书上说，礼物送得越多就越能表达我的诚意……”奚洛转着眼珠，“好吧，我相信夏总！既然我找您来帮我，那我就百分之百都听您的！”

夏耀节心想，你别听我的啊，你要听我的，那你恐怕得重新来过……不过这个时候电影马上就要开始了，爆米花和可乐都拿在了手里，他也掩护着奚洛让他成功地把迪士尼的票塞进了爆米花桶里，他的女朋友就在身后不远处看陈列在玻璃柜里的手办，他也并没有那么多的时间和心思让他研究怎么帮助这孩子重新来过。

电影院里他们是四人并排，座位从左到右的顺序是喻柚、夏耀节、奚洛、方见纱。

奚洛挨着夏耀节坐，眼神就在他身上乱飘，就想盯着他看他是怎么在电影院里谈恋爱的，结果自己越看越紧张，紧张就开始抓着手边的爆米花桶狂吃。方见纱本来就不爱吃爆米花，就象征性地捏了几颗，因为奚洛那边吃得太猛，原本埋在桶底的票就露了个尖出来。方见纱第二次伸手到爆米花桶里的时候便碰到了门票的尖尖角，她一碰到，马上就放开了手。

这个剧情，她想，她在网上看过。

那个尖角反正不是爆米花里带的东西，它要么是戒指，要么是情书，要么就是其他什么礼物。反正不管是什么，她都没有做好要在这种场合收下的准备。

她才不打算在这么多人面前丢这个人。

所以她打定了主意，不再向那桶爆米花出手。

奚洛半场电影都在盯着夏耀节和喻柚，直到喻柚起身上洗手间，电影跟着进入到高潮阶段的时候——当然这种恋爱片的高潮也就是两个人第一次好上那个阶段，还没开始吵架和复合（或者真正分手），他才反应过来自己是来干什么的，以及爆米花已经被吃得只剩了一个底，两张票光明正大且特别无奈地躺在桶底的事实。

他哆嗦了一下，立马把两张票抓起来塞进了口袋里。

不行不行，他想，这事跟他想象中的剧情走向差得有点远。他虽然不排斥随机应变，但在这种关键时刻，还是一切战术都做得无懈可击让人更加放心。

结果这么一等，就直接等到电影放映完毕了。

喻柚去了两次洗手间，完美地错过了两处关键剧情。他们在四楼等电梯的时候，喻柚回头问夏耀节自己错过了什么剧情，夏耀节回头看了下见四下无人注意他们，而俯下身淡定异常地在女朋友脸上亲了一下。

“就这个剧情。”他说。

不慌不乱，淡定自如，行云流水，英俊潇洒。

奚洛和方见纱在旁边看着，两个人同时都在想，为什么他们俩一直在电影院里坐满全程没去上厕所，就这么错过了一个特别好的机会。

下回是不是得多买两杯饮料。

奚洛琢磨着。

不过也不对，下回估计也没有看这种电影的机会了。就方见纱平时看的那些电影，都是他没法问自己错过了什么剧情的，他可不想让她把电影里的招式都在他身上表演一遍。

另一边，方见纱心里想，以后好像是应该向别人好好学习一下，比如多看一点恋爱电影，给自己多制造一点机会。

◎男朋友是潜行者

S市。

周雄也知道程珈奈在拍宣传片，但没想到，拍宣传片的人不止她一个，还有这赛季和她对上的那个小孩——那个迷你小狙击手。

而且除了那小孩之外，还有一大堆毛绒玩具、活的猫、真的狗、满场蹦来蹦去的兔子……都是拍摄道具。程珈奈先和那小狙击手背靠背摆姿势，又抱着猫啊狗啊的连揉带捏，整个人似乎都在发光。

而周雄也此时此刻灰头土脸地戴着墨镜和口罩混在工作人员里面，还被人差使来差使去地拿衣服搬器械，时不时往摄影棚的中心瞥上一眼，心里有点不爽。

有点不爽，然后变成十分不爽，最后成为非常不爽。

他大老远地飞过来，怎么就非得站在这儿看程珈奈抱着猫猫狗狗亲近得要命的场景呢？他怎么就非得看着程珈奈带着那个小破狙击手在休息时间打双人游戏呢？

还笑！笑什么笑？

这位小朋友你要注意和前辈保持距离知不知道！

他手里拿着摄影棚的椅子，视线定定地烙在程珈奈和那小狙击手身上。如果这个场景是漫画的话，那么此时此刻，他的身后已然应该已经冒出了火焰，并用火焰圈出了一块绝对禁止侵入的领域。

吃醋这回事，就好像一个开关一样。之前，他完全没把和程珈奈的关系往谈恋爱这边想，看见什么都没当过一回事，至少他没觉得这事是自己可以干涉的。但这开关一旦被按下去，一切就都不一样了。

所有靠近她的人和物，都是敌人，都可以被消灭。

但这是现实世界，他肯定不能真的跳起来把其他人全都灭掉——那就成灭霸了，而且他还没有灭霸这么公正无私。他就在摄影棚里找了个地方蹲着，拿手机给程珈奈发微信：你在哪啊？

你晚上要吃什么？

你住哪个酒店？

拍摄累不累？

有没有认识的人和你一起拍？

……

诸如此类像是家长查岗式的微信，一条接一条地往程珈奈手机里堆了起来。

程珈奈在拍摄的时候自然是不能看手机的，于是周雄也憋着一口气等，好不容易等到休息时间，他看着程珈奈从包里拿出手机来，看着她拨弄了几下，看着她一边笑一边噼里啪啦地打字，看着她——把手机丢回了包里。

你等等啊！我的微信呢！

你还没回我微信呢！

周雄也从口袋里抓出手机来，半点动静都没有，就好像她压根没看到一样。他皱着眉先把微信重启了，然后又把手机重启了，在他想着网络是不是出了点问题的时候，他隐约感到一道视线向这边飘过来，然后马上又不着痕迹地收了回去。

错觉？

他皱了皱眉。

这次拍摄差不多还得拍个一小时才算完，于是他退了一步直接溜进了洗手间，找了个没人的位置进去关上门，开始拿微信寻求场外援助。

他、奚洛、夏耀节三个人有个小群——当然是奚洛建的，先面对面把周雄也拉了进来，然后又不由分说地发了个二维码邀请，把夏耀节拖了进来，群名叫“夏老师的恋爱课程”。

听着总觉得像个VR游戏，还是不特别健康的那种。

总而言之，原本就日理万机的夏耀节要应付他的工作微信群不说，还得抽出时间来应付这个群里的两位嗷嗷待哺的朋友。

比如上一次，他正因为宿醉头痛得要死，正想着早上偷个闲多睡一会儿，谁知早上七点就被微信给振醒，打开一看，是奚洛在问要给方见纱带什么早餐。

那个时候他们的关系还没有现在这么亲近，就是多多少少还想在对方面前维持一点偶像包袱的那种关系。他困归困，烦归烦，还是耐着性子地给奚洛出主意。

不像现在，夏耀节坐在火锅席上，升腾起来的热气蒸着他的脸，手机里弹出一条“她不回我消息怎么办”的疑问，让他只想对着手机怒吼一句：你人不就在现场吗你直接过去说话会怎么样啊？你直接把她拽出来按在墙上来个霸气的壁咚不行吗？

如果现在他是一个人的话，他肯定就这么吼了。

每个人的人格都是无限的，每个人的潜力都是无穷的。在认识他们之前，夏耀节压根想象不到，自己的灵魂深处还藏着一个这么能吐槽的人格。

尤其眼前还放着一盘心形的鸭血，他觉得他都快憋死了。

奚洛根本没时间看手机，他一心想着怎么把这顿饭吃出花来，完全没管远在S市正内心焦灼得要命的自家队长。

夏耀节看了看微信界面，一时间不知道回复什么，也干脆懒得回复，把手机屏幕向下倒扣在了桌上。

就只剩下蹲在S市洗手间里的周雄也，看着始终无人回应的手机，陷入了漫长的沉默。

人这种东西，在陷入困境，尤其是在一个人陷入困境的时候，就非常爱胡思乱想。周雄也先是觉得自己的手机坏了，这是第一阶段；然后他觉得自己可能被所有人无视了，这是第二阶段；接着他觉得可能是程珈奈对他失去耐心，连同着他所有的队友都因为他之前的无脑行为在集体谴责他，这是第三阶段；最后，他开始觉得自己可能进入了一个平行世界，这里的人没有人认识他，他存在于他的意识里，但不存在于这个世界中……

◎男朋友与礼物

方见纱看着那盆心形的鸭血和端上来时已经塌了一半的可怜的肥牛玫瑰，再加上之前电影院里那桶爆米花，她就搞懂了她的男朋友是想在这次约会给她搞一点事。

但是因为他不那么会搞，就搞得像现在这样乱七八糟的。

然而，她男朋友不会知道的是，他把一个本该挺浪漫的场景搞得乱七八糟，反而顺了她的心思。因为她自己也绞尽脑汁备了个礼物——在围观了派出所的情侣打架，旁敲侧击地问了江斯黎和他老婆各个周年纪念日的礼物，自己翻遍了能找到的少女漫画和言情小说之后，最后选择了一个——按摩券。

江斯黎知道的时候，表情都扭曲了。

按摩券这玩意追根溯源，最早应该是来自于日本的家庭作业。小学生为了感谢父母的辛苦劳动，而给父母准备了按摩券，既不用花钱，又有了心意。后来这东西到了国内，成为了不少情侣之间打情骂俏的小礼物，除了按摩券之外，还衍生出了比如接吻券、做饭券、不准生气券等等周边产品。

好吧，江斯黎承认，他自己也送过，在好多年前，他还是个真正的青涩少年的时候。

人这种东西，很容易就去否认过去的自己，当他们觉得过去的自己是个蠢货的时候，就会不自觉地把重复着自己做过的事的那个人也一样地视作蠢货。

经此一事，江斯黎觉得方见纱在他心中的形象瞬间跌下了神坛，变得特别平易近人。

甚至比平易近人还要更夸张点，她似乎变成了一个让他可以稍微戏弄一下，嘲笑一下的对象。

这没办法啊，方见纱心里也纠结，键盘、鼠标她都不懂，再说了，奚洛现在用的肯定都是最好、最趁手的，她瞎送也没什么意义。而且他身上还有代言，球鞋也不能随便穿。西装？他不穿。手表？有点俗。项链？不够特别。礼物就得送在心坎上，送他正好缺少的东西。那他缺什么？

缺温柔的爱。

方见纱觉得这个思路特别顺畅。

这番心理活动，在周雄也心中也同样上演了一遍。

不过他和方见纱不同的是，他虽然也觉得这些东西不是特别合适，但他心怀对过去错过的那些年的遗憾和愤怒，就把所有想到的东西都买了下来，并且全塞进行李箱里扛到了S市。现在，他的东西基本上都搁在了酒店，唯独身上带了三条小熊项链。那是他们之前去澳门比赛，程珈奈逛街时看到说好看但没买的。周雄也费了半天劲，凭着记忆找到了那家店，不过已经完全想不起来当时那项链是哪条了。于是，他索性就直接买了三条，塞在口袋里。

他准备得这么好，结果人到了地方，却突然被隔绝在这条世界线之外了。

甚至他在战队群里转发了条新闻链接，都没人理他。

他后背抵着门，终于没忍住给奚洛打了个电话。

在餐桌上，奚洛正专注着把肥牛拼回成一朵花，没注意扔在外套口袋里的手机。最后是方见纱先听到了手机振动声，拽了拽他，才终于把周雄也从误入平行世界的巨大怀疑中解放出来。

周雄也一个铁骨铮铮的硬汉，原本是不愿意对什么示弱的，但情势紧急，他也就没那么有原则了。他说他给程珈奈发了一堆短信，也看到她明明看见了，但她就是不理他。

“不是，队长，那你给她打电话啊，你给我打电话干什么？”奚洛问。

周雄也觉得自己在电话里没法解释刚才那些心理活动，当然了，就算是面对面他也并不是那么想解释。

“她，还拍着呢。”周雄也努力解释，“你在哪？”

“我电影看完了，吃火锅呢……”

“哦。”

奚洛难得听见自家队长这么低落委屈的声音，赶紧安慰：“队长你别瞎琢磨啊，我跟你说，刚开始的时候我也瞎琢磨，你说人家怎么可能时时刻刻盯着手机呢对不对？要不这样吧，我给老程打个电话问问她在干什么……”

周雄也一只耳朵听奚洛这么说着，另一只耳朵听到门外传出声响，接着有人进了洗手间。

周雄也听那人的脚步声像是在自己隔间门口停了下来，心想着是不是排队上厕所的，还想着拉开门让人家进去的时候，外面那人怯生生地开口了："周队……您在里面吗？"

怎么还是个认识我的？周雄也一愣。

他愣着，听见门口那人又说话了，那孩子先做了个自我介绍，然后紧张地说是程队让他来的。

"程队说……说您吃坏了肚子，让我问问您有没有事，要不要给您叫救护车……"

程珈奈站在门口模糊地听着，心想，这孩子真是直肠子实心眼，竟然还真告诉他什么就说什么，一点变通都不知道。本来挺好的一句话，让他说出来一点梗都没有了，要不说小孩子还是得从头训练……

她这么琢磨着，就看到周雄也从里面走了出来，他走在前面，小狙击手走在后面。直觉有什么非礼勿视的事即将在眼前发生的小后辈匆忙地给程珈奈鞠了个躬，一溜烟地跑远了。剩下两个人在洗手间门前，程珈奈眯着眼，笑嘻嘻地看着周雄也。

"周队，"她挑了挑眉，"真巧啊。"

◎男朋友与现场直播

周雄也一着急，忘了挂电话这回事，就这么直接把手机塞进了裤子口袋里。

奚洛对着通话中的手机愣神，方见纱问他怎么回事，他一脸疑惑地把刚才电话里的内容，还有听到的那句"周队您在里面吗"一起都给交待了。

“等一会儿。”一直沉默地数着时间涮鸭肠和毛肚的喻柚终于开口说话了，“你们……谈恋爱还在线求助吗？”

奚洛眨了眨眼，又看了看夏耀节。

夏大总裁什么都不想说。

夏大总裁只想问问，在所有现实中和故事中，还有没有比他这个霸道总裁当得更郁闷的。

人家总裁都能动不动就让人知道挑衅他的后果，都能动不动就把女朋友按在墙上亲，他呢？只能坐在这儿一边给朋友排忧解难，一边给女朋友剥虾。

更别提回家后还有一堆邮件等着他回。

“你看出来了啊……”奚洛无精打采地摇了摇头。

喻柚没说话，但心里想，这不是废话吗？你在电影院里都恨不得拿个摄像头怼我们脸上了。

“但没办法啊，”奚洛转而又坐直身子，努力辩解，“我队长这不是第一次嘛！”

“我记得有些人也是第一次啊。”夏耀节说。

“啊哈哈……说着队长呢我们不扯其他的好不好，话说队长给你发微信了你怎么不理他啊……”

同一时间的另一侧，周雄也跟在程珈奈身后，正往摄影棚走。

“你……这是拍完了？”他问。

“嗯，拍完了啊。”程珈奈点头，“但我东西还没拿，我要回去拿个东西。”

摄影棚里那些刚才把周雄也当工作人员差遣的人，见了摘掉口罩和墨镜的他，也没表现出什么意外来，和他简单地打了个招呼，便各自忙各自的事去了。

程珈奈背了包，穿了外套，走过来一拍周雄也的肩膀："怎么样啊老周？"

"什么？"

"明明人就在这里，但被人无视的感觉怎么样？"

"你是故意不回信息的？"

"你觉得你是怎么进来的啊，周大队长。"程珈奈没回答他的话，而是恨铁不成钢地用力在他肩膀上戳了两下，"你以为摄影棚是这么好进的？你随便说一句就能让你进来？"

"那……"

"周雄也，你以为我是谁啊？从你前几天跟我说话时欲盖弥彰的那个状态我就知道你要干什么了，你觉得你还有什么是我不知道的？你觉得一对一拼战术你能赢我吗？"

"不能。"周雄也说，"但游戏不是一个人的游戏。"

"谁跟你说这个了……"程珈奈无语。

"嗯？"

"没事……"程珈奈摇头，"让你一岔话题我都忘了我想说什么了。"

"对不起。"周雄也突然说。

"嗯？"

"你刚才说，被人无视的感觉……"

他是想说，这些年来他都特别迟钝，没有意识到自己的感情，不知道让她期待了多少次，又失望了多少次，刚才他那种看着没有回音的微信的心慌，恐怕她这些年体验过很多次。

但这些话他觉得太矫情了，一时没办法说出口。但下一秒他好像就觉得，没说出口才是对的。因为程珈奈马上摆了摆手："不不，也没有这么夸张。"

"嗯？"

"虽然我不管对你说什么、做什么，你都不明白，这件事是挺气人的，有时候还真把我气得上游戏去破自己的单人记录。不过有件事我还是挺确定的。”

程珈奈站得又离周雄也近了一点，同时手直接往他的外套口袋里伸，精准地把那三条项链掏了出来，并举起来在周雄也眼前晃了晃。

“你一直都很喜欢我的。”

◎脑子不太好的男朋友

周雄也的电话没挂，但奚洛他们这边其实也听不到那边的人说话。手机放在口袋里，传出来的都是些衣料摩擦发出的声音。接着猝不及防地，电话被切断了。

是程珈奈按的。

没有再打过来，也没有再发来求助的微信。

这个时候的周雄也已经没有了这种时间。

餐桌上的四个人于是一时之间有点沉默。

爱心鸭血已经涮完了，肥牛玫瑰花也没剩下几片花瓣，但这两个东西都没起到什么作用，也完全在意料之中。在这个时候，奚洛突然觉得自己有点失去了耐心，他不再想着用这些东西去努力地升华和女朋友的感情了，他想赶快从这个地方走出去，想抛掉这些有的没的，想和她单独在一起。

于是他结了这餐饭的账，没再提出要去什么“妖魔鬼怪”的地方——比如摩天轮之类的地方兜兜转转。夏耀节恐高，就怕奚洛嚷嚷着说要上摩天轮，毕竟摩天轮是小年轻们谈恋爱时的首选地点。他正在想，如果奚洛敢提去摩天轮的话，他就敢找人把今天晚上的摩天轮营业时间买断的时候，奚洛就在餐厅门口和他说了下次见。

他突然被放过了，甚至一时半刻没反应过来。

这就完了？

结束了？

现在还没到要回家的时间，奚洛也不太想这么早就回去，方见纱没有表态，他觉得她看起来也是这么想的。

他还是没学会揣摩女朋友的心思，不过他很相信直觉。

火锅吃得有点腻，他找了一家店买了糖水。天气回暖，很快就到了不能再捧着热糖水在街上走的季节了，距他们那个兵荒马乱的停电夏夜的邂逅也将一年。

他步伐轻快，又有点紧张。

他的口袋里还装着从爆米花桶里掏出来的那两张迪士尼的票，让爆米花的糖浆裹得有点黏糊糊的，现在不是个把它拿出来的好时机，这事也不怎么重要，他现在比较想亲她。

街上也没什么人，然后他就当真大胆地这么做了。

"好累啊。"

他最后用虎牙磕了一下她的下唇，小声说。

"什么？"

"我觉得以后还是不要四个人约会了。"他就这么光明正大地顺手把锅扣在了夏耀节的脑袋上，"太累了。"

"我也觉得。"方见纱点头。她当然知道，她的累是因为她自己为了那张自制的礼物券胡思乱想，但这儿既然有个现成的背锅人，她自然是不介意顺水推舟在他头上再扣一口锅——何况这人又不在她面前。

"你也觉得累啊？"奚洛眼前一亮。

方见纱被这么一追问，有点心虚，就迅速地点了点头。

“哎，那以后还是我们两个。”奚洛这么说着，吸管在糖水杯里转来转去。

他有话想说，他不太受得了这种总有点事吊在半空的不安感，他的人生经验告诉他不管什么时候，首要的任务都是要坦诚，先坦诚，之后有什么事再说。

“我跟你说啊，不管有什么事你不要和我提分手啊——”

于是，他就跳过了一切的思想活动的铺垫，直接一路冲向了这个最关键的主题，也是让他这些天寝食不安的根本原因。

“嗯？”

于是，方见纱不知道第多少次，顺利地让他给搅蒙了。

◎独一无二的男朋友

接着，奚洛索性就不走了，就站在路边，把他这些天的心路历程统统给方见纱交待了一遍。

方见纱看着他，就觉得那个语气特别像在派出所里交代犯罪动机的小孩。

不过她听着听着也没法再出戏了，因为奚洛说的，四舍五入一下也差不多是她心里想的。他所有的全部的听起来很可笑的不安，也全是在她心中升腾过的东西。

只不过她没那么大的勇气把它们宣之于口。

愚蠢也好，可笑也好，自己会为了一个人如此劳心费神，有一个人会为了自己如此绞尽脑汁，这件事原本就是一种了不起的幸运。

人生中要说什么最幸福，就是有一个人和你一起幼稚。

她把手伸进外套口袋里，摸到了那张她想拿来当礼物的，把江斯黎的下巴都惊掉了的按摩券。她觉得不能只让她的男朋友丢人，她得让他知道，她和他是步调一致的。

另一头，被两个人坑了一天的夏耀节终于难得地获得了自由，他同样也不那么想回家，即使邮件已经“叮叮咚咚”地快要在他的手机里唱起了奏鸣曲。

他觉得他也有点怀念初恋的感觉，不过他的初恋已经过去了很多年，并且也没有什么特别浪漫的，值得特别铭记的。于是他想，他的初恋，可能是从喻柚开始的。

这么一想，他心里也平衡了点。

不至于人家是两个天真乖巧的小朋友，就他一个阅女无数的老流氓。

这个人设他不喜欢。

人在一个圈子里混，有个不成文的规则，就是大家虽然性格各异，但是风格不能差得太远。打个比方的话，就是不能其他人都在公司茶水间里喝速溶，他自己非要喝危地马拉咖啡。那就真把自己置于危地了。

不过，喻柚倒是不怎么愿意承认他这个初恋，她比较愿意让自己显得特别成熟，特别干练，特别宠辱不惊。所以，她对于他们两个被人当成了恋爱模板来模仿这回事，其实还有点高兴。

她高兴得当然很含蓄，是除了夏耀节能看出来，别人都看不出来的那种。

那行吧，夏耀节想，她高兴，那他就跟着高兴起来。

“我本来以为他们会想去摩天轮的。”喻柚突然说。

“嗯？”夏耀节顿时紧张起来。

“对吧，他们既然能把那些礼物都摆上桌……我以为摩天轮会是个标配。”喻柚转了转眼珠，“而且摩天轮特别好写。”

“好写？”

“嗯，比如说在摩天轮到最高点的时候接吻啊，比如摩天轮坏在半空啊……之类的。”

“原，原来如此……”

“其实我倒是有点想去。”她看着夏耀节，“我自己其实还没上去过呢，之前写到摩天轮的情节都是瞎写。”

夏耀节觉得自己的腿不是特别听使唤。

你瞎写的就挺好的。

文学这东西源自于虚构，真实的体验其实往往没有这么重要对不对？

掌握了幻想的人才能征服世界啊喻老师！

夏耀节觉得自己已经开始在心里说胡话了，但这些话不能真的说出来，他就装作什么事都没有一样，跟着喻柚一步一步挪到了摩天轮脚下。

就在这个时候，他收到了周雄也发来的照片，S市的摩天轮坏了，他们已经在空中吊了半个小时，可能还要继续吊下去。周雄也自然是乐得开心，他恨不得摩天轮这一晚上都别恢复运行。夏耀节却是当场就被这个不祥的预告把腿彻底吓软，抱着女朋友求她不要上去。

最后，他在最后一刻从霸道总裁化身成一个需要人哄的小甜心，挂在女朋友身上，手里捏着女朋友买来哄他的双球冰淇淋。

真想买断全世界的摩天轮。他悲伤地想。

但是偶尔这样好像也不错。他又愉快地想。

后记

初次见面，我是真树乃。

恐怕有不少人是直接将书翻到这一页的吧？因为我也经常这样做，看作者的后记，是看书的乐趣之一。不过我这个人天生讨厌写散文，恐怕不一定能写得出什么像模像样的后记来。但是，我在这里有无论如何都想讲的话，所以非常努力地写了这篇后记。还希望大家可以看到最后。

这本书的诞生，完全要归功于我的责任编辑徐欢欢。

也许看过《爱格》杂志的人会有印象，这个故事的雏形来自于我写过的一篇名为《双向暗恋》的短篇小说。这篇小说的元素由一个电竞选手，一个女警察，一条乱七八糟的小街，还有一只鹦鹉所构成。去年秋天，欢欢和我聊起这个短篇，她说，这个设定很有意思，可以试着改写成一个长篇。

其实坦白说，在那个时候，我似乎并没觉得这个设定有什么特别有意思的——当然这是我自己写的小说，我不可能把自己觉得无聊的东西交上去，只是说，我并没觉得比其他的小说的设定有意思太多。它的有趣之处，是在选题通过之后，我们在QQ上讨论剧情和人物的时候，一点一点浮现出来的。

众所周知，写小说基本来说是个默认要作者单打独斗的工作，是如同在巨大的黑暗森林里和各种怪物奋力搏斗，最终拼杀出一条道路的工作。这种黑暗森林，我基本上每年都会进入，不如说人生的大部分时间都是待在黑暗森林中的，所以可以说我已经完全习惯了黑暗森林的孤独时光，并不是那种一定要有森林中的生物的鼓励啊肯定啊帮助啊才能往前走的人。但是，在这本书的写作过程中，我确切地感到了有人在一起和我努力突破这片森林的感动。

我们每次讨论剧情和人物的时候，我都觉得手中的武器和面前的道路都清晰了一些。讨论到最后，我们的对话经常是下面这个样子的：

——男主角好可爱啊！

——女主角也好可爱啊！

——想去男主角的战队扫地！

——想去女主角的派出所上班！

我其实是个情感波动很小的人，让我感兴趣的事也不怎么多。一般来说，没有什么事是让我非要打感叹号不可才能说的，看电影看到流泪的经历完全没有，在演唱会上尖叫也经常是随便喊喊……但是，我们讨论这本书的全程，我打下的每一个感叹号，都是真情实感地用力敲击键盘打下的（所以感叹号键真的被揍得很惨）。

我作为职业作者，截至今天为止，也和数十位编辑打过交道。其中有温柔可爱的，有痛苦得让人不想回忆的，还有工作诚然认真负责，但是我和对方的思维怎么都连接不到一起的。这种事虽然让人郁闷，却也没有办法，编辑毕竟是独立的个体，既是个体就有自己的好恶，有自己理解和不能理解的事，对于那些不能理解的事，就不是单单努力就能够理解的——我也不可能要求编辑为了区区一个我做出这种程度的努力。所以那个时候简直每天都在祈祷，希望遇到一个能够畅快地沟通的编辑。

然后我就遇到了徐欢欢。

说是“遇到”也并不怎么对，因为我们已经差不多认识了九年，她是我第一个真正意义上的小说编辑。在那个时候，我并没正式写过什么小说，写的都是些漫评和人物片段之类的十分随心所欲的东西，所以，我差不多是在认识她之后，才开始有意识地去学习“小说的写法”的。这里的“学习”倒不是说她在技术意义上对我言传身教过什么让我醍醐灌顶的东西，而是在和她接触的时候，每个细节都让我觉得她这个人是个有意思的，靠得住的，可以信赖的人，所以她说的话就在我心中产生了强大的力量。希望能成为被她认可的作者——也许是那个时候的愿望之一。

不过为什么到了现在，我才和欢欢合作第一本长篇小说呢……

人生总有各种各样的事发生嘛。

这本书的内容是一个有点混乱的恋爱喜剧，我努力用逗趣的方式写了一群人的故事。在写之前，我对欢欢提出了我的想法或者说请求，即“能不能不做豪门恩怨和反派角色”，在得到肯定的答复后，我怀着十分轻松的心情开始了初步的创作。

写出让读者能够轻松阅读并且觉得有趣可爱的小说是我的目标，对我来说最高的肯定，就是读者会一边读一边因为故事笑起来，如果同时还能够喜欢我创造的人物就太好了。这样的话，那这本书就可以说是真正宣告完成了。

非常感谢购买此书的各位读者——读到最后的朋友，非常感谢您在这本书上花费的时间，希望它给您带来了快乐放松的时光。一开始就翻到这里的朋友，现在可以从第一页开始啦。

非常感谢一直和我讨论人物和故事，给了我极多灵感，并且帮我完成了许多善后工作的责任编辑徐欢欢，以后还请继续督促鞭策指教查岗讨论游戏。

非常感谢为这本书的顺利出版付出了劳动的所有人。

期待和大家的下次再见。

正享受地吃着豆乳冰淇淋的 真树乃

2019年的闷热盛夏